滄海叢刊

給青年朋友的信

（上）

謝冰瑩 著

1981

東大圖書公司印行

行政院新聞局登記證局版臺業字第〇一九七號

中華民國七十年十二月初版

給青年朋友的信（上）

基本定價肆元壹角壹分

著作者 謝冰瑩
發行人 莊剛彰
出版者 東大圖書有限公司
總經銷 三民書局股份有限公司
印刷所 東大圖書有限公司
臺北市重慶南路一段六十一號二樓
郵政劃撥一〇七一七五號

新序

也許這是我的性格，從小我喜交朋友。在小學讀書的時候，就開始和小朋友通信，那時候的郵政，不像現在一樣便利；特別在鄉下，根本沒有郵政代辦所之類的設置；但我也要想法託人帶信給小朋友。

從上中學、大學到現在，經過六十多年，我的性格，絲毫沒有改變，我不但喜歡和朋友通信；而且更喜歡和大、小讀者通信，有來必覆，這是我的原則，也是受了那些前輩作家的影響。像孫伏園、林語堂、柳亞子、周作人、朱自清、兪平伯、胡適……諸位先生，我每次去信，都是很快收到回信的。

因此，當趙景深先生，希望我給北新書局寫本「青年書信」的時候，我馬上答應了；那是我生平第一本給青年讀者的信，用青年們自己的語氣說話，一問一答，凡是有關青年的求學、婚姻、作人、處世種種問題都談到，現在看來，有許多是不合時代潮流的，所以我下決心不再出版了。

這部「給青年朋友的信」，共分上下兩集，上集偏重於文藝寫作理論，舉凡小說、散文、詩歌、戲劇、電影、兒童文學，都談到一點，看過「我怎樣寫作」的中、老年朋友，如今有許多仍然和我通信；甚至通了三、四十多年的信，至今沒有見面的也不少。下集解答交友、戀愛、失戀、離婚等問題。這兩本書，只能算我獻給青年朋友的一個小小禮物；也可以說，這是我此生最後留給青少年朋友的紀念。以我這望八之年的老人，一身是病；尤其是眼睛太令我傷心，快要到不能寫、不能看的地步。一個文人，眼睛比生命還要重要，假如人還活着，她失去了視力，試問還有什麼意義呢？

朋友，請你們千萬原諒我，無緣無故地向你們發了些不應該發的牢騷；要知道人到老年，是喜歡嚕哩嚕嗦，有時會說重複的話，這是青年人不喜歡聽的；可是朋友，任何人都要經過這個階段的。現在，我最大的希望，是請你們看了拙作以後，有什麼指教？希望不客氣地告訴我。

祝福你們：

學業猛進　前途光明　永遠幸福

謝冰瑩

中華民國七十年(一九八一)國慶日
序於舊金山滑齋

原序一

遠在六年前，武月卿女士，主編中央日報「婦女與家庭」週刊的時候，她向我索稿，希望我寫一些有連續性的東西給她；於是我開始用潛齋書簡的體裁，給她寫短篇文字。信中的主角，有的是我的朋友，有的是學生，有的是和我通過信的讀者，她們不以我的文字草率拙劣見棄，反而源源不斷地給我來信，詢問許多有關讀書與寫作，戀愛和結婚的問題。記得當第十封信「和女孩子們談寫作」（這是編者改的題目）發表的當天下午，我就接到方常馥先生在火車站寫的信，他的熱情，實在太使我感動了；在一個月之間，我收到了一百二十七封信，每封信都經過我再三看過，有的我直接回信，有的我想公開答覆；誰知後來編者到蘇澳養病去了，我寄出那篇「關於十個問題的答案」，始終沒有發表（後來改登火炬月刊），使我失信於讀者，這是我做的一件有頭無尾的事，至今引為遺憾；好在此次出版這本小冊子，使我能向六年前的讀者有個交代，心裏比較輕鬆多了。

去年八月，友人姚葳（卽新生報的副總編輯張明）女士主編「今日婦女」，她也希望我每期能寫一篇關於介紹名著，或者和女青年談談寫作的文章給她，於是我又開始寫「綠窗寄語」；可是為了忙，只寫到第十封又停止了；但我並不灰心，仍然想繼續寫下去。

為了朋友們的鼓勵，要我將幾年來和讀者們通的信整理出版；在靜修院，我整整花了十天功夫，把四十多篇短文重看了一遍，覺得太平淡了，於是燒掉了一半，剩下這二十二篇，做為我和青年朋友們通信的紀念。

也許是因為我的心永遠年青的緣故，許多男女青年都喜歡和我通信，討論問題；有好幾位女青年，為了讀書、就業，和戀愛的問題，感到非常苦惱，常來找我商談，我說：「你們的遭遇，我可以拿來做寫作材料嗎？」「只要不發表我們的名字，非常歡迎。」她們天真地回答我。

朋友，在這本小冊子裏面，沒有高深的理論，也沒有美麗的辭藻，有的是忠實的報導，真摯的友情，和我一點讀書的心得，以及對於戀愛的看法。說不定有人要說我的思想是不合時代的；但我是根據許多人的經驗，寫成了「戀愛與結婚」，雖然那是八年前在北平寫的，今天也許還有重讀一遍的價值吧？

最後，祝福親愛的讀者們，每人都有一個光明燦爛的前途！

謝冰瑩　民國四十四年八月十一日寫於臺北潛齋

原序二

自從「綠窗寄語」絕版以後，曾接到許多青年男女讀者來信，他們詢問為什麼各書店都買不到這本書？為什麼不再版？

有時我也真想重新修改一遍，使它三版問世；可是覺得過去的文章，就讓它過去好了，等有了新的作品以後再出書吧；這樣，一拖就是十幾年。

這是一個偶然的機會，吳光華校友，在東海中學擔任教務主任，兩年前，他請我去他的學校講演，該校的汪祖華校長，是我留日的老學長；講演完後，我們隨便談到學校辦刊物的問題，他們兩位很有興趣，並且不久就發行「東海青年」創刊號，來信囑我每期給他們寫一篇專欄，限定字數在千字左右，內容是有關讀書、寫作與作人方面的。

除了自己編報紙副刊和文藝刊物，寫過方塊文章而外，已經有二十多年，不彈此調了，這時我想推辭；可是光華逼稿的本領，是相當大的，不是騎了摩托車，親自來討債，便是一天兩次電話，逼得我不能不寫，這就是從「談立志」開始以後的綠窗寄語，繼續寫下去的原因。

現代的青年，有許多苦悶，最重要的，是出路與戀愛問題；所以在這兩方面，我談得比較多。老實說，他們的所謂苦悶，有許多是無病呻吟的，只要放開眼界一看，社會上有多少不如我們處境的人？有多少在艱難困苦中奮鬥成功的人？便知道自己實在是太幸福了；尤其在祖國遭遇到空前困難的時候，青年朋友們，更應該時時刻刻想到怎樣敦品、勵學，做一個頂天立地，力挽狂瀾的民族戰士？

朋友，當這本小書，呈現在你面前的時候，希望你像和我對面聊天一般，請你不客氣地把你的寶貴意見告訴我，讓我知道我們之間，是否有相同的思想和感情？

本書的前半部，完全是過去的綠窗寄語，後半部是新寫的。

朋友，對着這無邊無際，海天一色的太平洋，我祝福你們前程萬里，永遠健康！

民國六十年八月二十六日於復旦輪

給青年朋友的信(上集)目次

附錄

關於十個問題的答案

自從五月廿三日，我那篇短文「和女青年們談寫作」，在「婦女與家庭」發表以來，到今天整整三個月了，起初是因為師院學期考試閱卷忙，放假後，我和孩子都相繼生病，接着又是學校考新生，閱卷忙，直到今天才讓我把那次的結果做一個有系統的報告，雖然在時間上慢了一點；然而我相信朋友們都會原諒我的。

從五月廿四日到六月廿五日，一共收到一百二十七封信，關於那十個問題的答案，以後也還有陸續寄來的，我都按照收到的日期，一紮一紮用繩子綑着，好好地珍藏在我的箱子裏，以做為這次通信的紀念。

首先我要向這一百多位讀者致謝，在那麼炎熱的氣候裏，承你們分出寶貴的時間來，寫那麼詳細的信，從自己幼年時代開始愛好文藝起，一直寫到現在的生活，現在的創作情形，以及對於寫作的心得，都盡量坦白地告訴了我，使我得到了不少益處；使我對未來中國的文壇，發現了比目前更燦爛，更光明的前途。

在這些無名英雄，未來的作家手跡裏面，我看到了他們的熱情與忠誠，他們把文學看做第二生命，從讀過的作品裏，深深地了解了文學是至高無上的藝術，它能陶冶性靈，啓示人生，養成正確的人生觀，使失敗者不灰心，再接再勵地奮鬥；它能反映現實，深入民間，領導青年走上眞善美之路……這就是他們對於第九題的第二個答案。

現在我再報告一點統計的結果：在一百二十七封信中，我以一百封先做一個統計：在性別一項，男性六十人，女性十三人、不明性別的二十七人；至於職業，陸軍四十二人，海空軍各兩人，公務員四人，主婦一人，女生四人，中學男生五人，大學生兩人，小學敎師一人，攤販一人，不明職業者三十八人。

關於第一題——你從什麼時候開始對文藝發生興趣的答案是：⑴小學時代十九人，初中時代十五人，中學時代六人，高中時代一人，十歲至二十歲十六人，幾年前十三人，近來才發生興趣者二人，記不清楚什麼時候的二十八人；由此可見文學力量感人最深的，是人生的幼年和少年時代，也證明了只有感情豐富熱烈的人，才能對文學發生莫大的興趣。

⑵你曾經寫過多少篇文章？答十餘篇至二十餘篇者各八人，兩百篇至四百篇左右者各二人，從未寫過者一人；至於字數五萬字左右者三人，二至三萬字者六人，六十萬字者一人，每篇字

數，一千字以下者十一人，二千字以下者五人，六千字以下者一人。

⑶知道自己文章毛病者五十人，不知道者二十八人，有時知道，有時不知道者三十人，喜歡修改自己文章的五十八人，不喜歡修改的十六人，有時喜歡，有時不喜歡修改的二人。

⑷喜歡把自己寫的文章送給朋友看的五十七人，不喜歡的二十一人，肯虛心接受別人批評的六十一人，不肯接受的兩人。

⑸在寫作之前，費很多時間思索的三十五人，不思索的十五人，略思索的十四人，有時思索，有時不思索的三人；寫作時，打腹稿的二十八人，不打腹稿的十七人，有時打，有時不打的一人。

⑹題材爲作者所熟悉的三十一人，不熟悉的七人，有時熟悉，有時不熟悉的六人；寫小說時，先有故事，後有人物的二十八人，先有人物，後有故事的十三人，人物故事同時有的三人。

⑺寫文章的動機，爲了心裏有許多話不寫出來不痛快，與爲了練習寫作者各三十一人；因感情衝動，同時想練習寫作者二十一人；想做文學家者四人；想出鋒頭者一人，勉強擠出者一人。

⑻投稿不見發表，因而灰心者九人，起初灰心，過幾天就好者七人，感到痛苦者一人；決不灰心，仍舊繼續投稿者五十一人。

⑼讀過的中國名著最多的是三國演義、水滸傳、紅樓夢；外國名著有茶花女、羅蜜歐與幽麗葉、復活、戰爭與和平、悲慘世界、塊肉餘生述等。沒有詳細統計，也許這題的資料遺失了。

⑽寫作時，感到缺乏材料的三十三人，辭不達意的四十一人，沒有勇氣的十二人，文思紊亂的四人，寫小說感到起頭難的三人。

看了諸位熱心文藝的青年朋友們來信以後，我有三點感想：

第一，凡是書看得愈多的，他們的文字，愈流暢，他們的態度也愈誠懇。

第二，他們感到最苦痛的，是找不到書看；而且也不知道那些書應該看，那些書不應該看，這是一個值得大家注意的問題；如果報紙雜誌上，專闢一欄介紹中外名著，我想這一定比散文小說還要受到讀者熱烈的歡迎。

第三，此次答覆問題的以武裝同志最多，女性最少，可見武裝同志特別愛好文藝，特別需要精神食糧！

我眞不知要怎樣描寫我的快樂和感謝才好，方常馥先生在上火車前，買了一份中央日報，看到拙作，立刻在候車室寫了一封信給我；還有一位右眼開刀，蒙上了紗布，就用一隻眼，寫了一封千餘字的信，他們都希望我個別回信；可是爲了忙，不能很快奉覆，這是非常抱歉的。

最後，我還要特別感謝金晶女士，這些統計，都是她花了三天三夜寶貴的時間做出來的。

謝冰瑩上　民國三十八年八月二十三日於滑齋

和女青年們談寫作

萍、慧、漢諸位朋友：

眞對不住，你們的信收到很久了，我因太忙，直到今天才回信，你們也許會原諒我；但我的心裏總覺得對不住你們。

關於怎樣寫作？要讀什麼書才能對寫作有幫助？這一類問題，已經有很多位青年朋友向我問過；尤其是武裝同志的信特別多，在這裏，我先做一個簡單的答覆，以後有功夫我們再繼續討論。

你們的來信，有一個共同點，便是都埋怨自己沒有文學天才，自己的文章老寫不好。我是個相信每人都有天才的人，不過有大小不同的區別而已；我又相信，不論一個什麼發明，或者一件事業的成功，只要有一分天才，加上九分努力，他便可以成功，現在我提出十個簡單的問題，請你們答覆我：

一、你從什麼時候開始對文藝發生興趣？第一部引起你興趣的作品是什麼？

二、你曾寫過多少篇文章？大約有多少字？

三、你知道自己的文章毛病在什麼地方？你喜歡修改自己的文章嗎？

四、你喜歡把寫好的文章送給朋友看，或者唸給他們聽嗎？你肯虛心接受別人的批評嗎？

五、你在寫作之前，曾費了很多時間思索嗎？你是先把題材在腦海裏打好了底稿才動筆寫的嗎？

六、這個題材是你最熟悉的嗎？如果你想寫一篇小說，是先構思故事，然後去找人物；還是先有人物，再去編一個故事呢？

七、寫這篇文章的動機，是爲了心裏有許多話不寫出來就不痛快，還是爲了練習自己的文章，或者是爲了投稿想拿幾個稿費呢？

八、如果你把一篇文章投給某個編輯，一連好幾次都不見發表，你是灰心呢？還是再接再勵地繼續寫下去呢？

九、中國和外國的文學名著，你看過的有那些？你從他們的作品裏，得到了一些什麼啓示？

十、你在每次提筆寫作的時候，最感困難的是什麼？是缺少材料？是辭不達意？還是沒有勇氣？

這十個問題，任何愛好文藝的朋友，都可以回答我，從發表這封信起一個月以後，我將所有來信的答案做一個統計，然後分別地答覆。

根據我自己的寫作經驗，我在沒有讀過一本關於寫作理論的書以前，我就開始投稿，第一篇「刹那的印象」，是描寫我在一位同鄉家裏看到了一個小丫頭，那是一位師長太太買了她來想將來把她升爲姨太太的。我因受了刺激，飯也吃不下，就回來寫了千字左右的文章，寄給長沙的大公報副刊，第三天就登出來了；而且登在第一篇。那時我眞比叫化子拾到了一袋黃金還要快樂，我深怕同學笑我，又恨不得讓每個同學都知道這是我寫的文章；第二篇，我寫了「小鴿子之死」，這是上生物學時，老師要我們四人一組解剖鴿子，我看到那隻羽毛潔白的活生生的小鴿子，給殘忍的同學把牠殺死了，我突然感到傷心；我不能再看到她們拔下毛，剖開牠的胸膛，把五臟掏出來一一加以研究，我也不知這是一種什麼感情，驅使我回到教室去，立刻又完成了一篇短文。後來教生物學的老師，質問我爲什麼不解剖，我含着眼淚回答他：「我難過。」一位同學在旁邊譏笑我：「她是詩人，有惻憶之心。」我也勉強回答一句：「自然囉，惻憶之心，人皆有之。」

從此，不知不覺地我對文學入了迷。整天看小說，隨便有點什麼感觸，就想寫下來；從此我和文學結了不解之緣。

怎樣寫作，我以爲這是個簡單的問題，只要你的文字寫通順了，你腦海裏貯滿了寫作題材，你有寫作的衝動，那麼你隨時都可以寫，不要把它看得太難，太嚴重，寫了不必一定要發表，更不必想要成功什麼作家；只要文章寫好了，你就得着了莫大的快樂和安慰，作家不作家，我想根本不值得我們放在心上的。

因此，我以爲第一個值得你們注意的問題，還是文字熟練的問題，你們如能暢所欲言，下筆千言，那麼寫起文章來，就不會感到困難；否則，你就更應該多讀多寫。

朋友，這樣的回答，我知道你不會滿意的，那麼，等你們的回信來了之後，我們再談吧。

謝冰瑩上

女人讀書有什麼用？

梅：

你的信收到三星期了，我到今天才回答你，我知道你一定等得發急了。梅，我眞不知道要怎樣對你說才好？你是那麼熱烈地希望我能給你一臂之助，我呢？眞是心有餘，力不足。我深深地了解你的痛苦，你處在那樣的封建家庭，正如我幼年時代，處在我那個封建家庭裏一樣。我把你的信反復地讀了三遍，而且給兩位朋友看了，她們都說：「一個只受過高小教育的臺灣女孩子，能夠寫出這麼好的信，眞太不容易了！她的環境很壞，你應該盡力幫助她！」

是的，梅，我應該盡力幫助你；但是從什麼地方着手呢？你告訴我，你的家裏不是沒有錢不能供給你上學，你家在做生意，錢，不成問題，主要的是你母親反對你讀書，她說：「女人讀書有什麼用？」她要你學洋裁，要你學烹飪，要你學一切女人應當知道的家庭瑣事；你的哥哥更是比母親的思想還要封建；他不許你大聲說話，不許你看報、看書，不許你到外面去玩……天，這些精神上的壓迫，叫人如何受得了呢？你的母親是一個奇怪的女人，她自己也曾受過師範教育，當過兩年小學教員，如今她却堅持「女子讀書無用」的主張；她不許你升中學，不許你自修，我不懂她是受了什麼刺激？還是受了有舊思想的朋友包圍，所以才產生那種錯誤觀念。梅，你是那麼渴望着求知識，你愛看書、看報，還愛投稿。你說報館把你的稿子退回來，你哥哥就痛罵你，譏諷你，因此你第二封信上，叫我不要把信寄到你家裏去，託一位朋友轉給你。梅，你太不自由，太痛苦了！我越想越覺得你現在的處境，完全和我少年時代一樣，所不同的，是我有哥哥同情我，他鼓勵我去從軍，鼓勵我求自由，就得遠走高飛。現在，我不能拿這類話來刺激你，原因是你太年輕，你只有十五歲，沒有一技之長，經濟不能獨立，還離不開家庭，如果我叫你冒險跑出來又怎麼辦呢？社會上壞人太多，種種惡勢力，都在引誘年幼無知的女孩子，跳進火坑，我不主張你走這一條路，我只希望你拿出勇氣來，和封建勢力奮鬥！

你信上沒有告訴我，你的父親現在做什麼生意？他在那裏？思想怎樣？是不是比母親開明一點？你要想法取得你家裏的同情，不要和他們處在敵對的地位，人是有感情的動物，只要你用感情去打動母親的心，只要你的理由充足，可以說服她，我想也許不久，你又可以恢復學校生活的。

下面，我再告訴你怎樣自修的方法。

你的字寫得很規矩，我希望你以後每天寫五百個小字，五十個大字，寫日記一篇，溫習國文一課，一星期寫兩篇文章，看兩本小說或者散文。你說你家裏錢不成問題，你可請求你母親給你多買書，買紙，買筆；不過，問題又來了，她既然不贊成你上學，自然也會反對你看書。照理你每天幫忙她把事做完了，餘下的時間，就應該屬於你的。前面我說的要你奮鬥，就是暗示你要盡量爭取你應得的自由，比方你哥哥說你不該大聲笑，大聲說話，這是聲帶問題，假使你生來就是一副粗嗓子，自然沒法改變；要是你故意大聲笑，大聲說話來氣他，那又何必呢？在小時候，我的母親曾教我唸過四字女經，裏面有：「行莫亂步，坐莫搖身，笑莫露齒，話莫高聲……」我當時就罵那著書的人不通，我質問母親：「笑，怎麼可以不露牙齒呢？」後來我一氣就把這本書燒了！現在想來，覺得太孩子氣了，裏面還有許多好話，可以讀的。

以你的程度，現在最好先看魯濱遜飄流記，天方夜譚，安徒生童話集，格林童話集，王爾德童話集，青鳥，愛的教育……以及那些科學家，文學家，藝術家的傳記；這些有的能引起你讀文學名著的興趣，有的鼓勵你自修成功。讀了之後，你有什麼不懂的，可以來信問我，我會詳細地告訴你的。

最後我要提醒你一句，你要時時刻刻爭取你合法的自由；尤其將來的婚姻問題，你要完全自主！爲了怕增加你的麻煩，我把你的名字改成了同音的，你該能原諒我的苦衷吧？

祝你努力奮鬥！

謝冰瑩上

從投稿談起

——兼答周智健先生

在中國語文月刊二十六卷三期上面，拜讀了柯楓秋先生的「投稿與退稿」，非常欽佩！恰好桃園有位周智健先生，前幾天來信詢問投稿的方法，索性也借本刊篇幅，來做一個公開的答覆，因爲想要知道投稿方法的青年朋友們太多了。

要使文章寫得好，有進步，投稿是一條最好的上進之路。平時你在課堂上的作文，只有國文老師，或者少數同學看到，他們當着你的面前，自然只有讚美，說一聲「很好！很好！」而編輯先生的眼光就不同了。因爲這篇文章一經發表，就有幾千幾萬人看到，假使不夠水準，讀者就會罵他：「這樣幼稚淺薄的作品，虧他也登出來！」因此編者取稿的原則，第一要合乎刊物的性質；第二內容充實，形式優美；第三，性質相同的作品，如果已經發表過的，就值得考慮了。

編者退還你的稿，你絕不能生氣，應該從頭至尾，一字一句地朗誦一遍，可能發現裏面有錯字、重複的句子、重複的副詞、形容詞等，例如「可是」、「但是」、「但」、「然而」……往往太多，唸起來很不舒服。

柯先生說，稿子被退回來，讓它躺在抽屜半年、一年，我以爲時間未免太長了一點，一星期半月就夠了；重新改過幾次以後，可以改投其他報紙副刊或雜誌。

青年作家馮馮，在他還沒有成名的時候，曾經向臺北市的報紙副刊，投過幾十篇稿，都遭到退還；他絲毫也不灰心，索性用英文寫了向外國投稿。當他的「水牛的故事」，在奧國徵文當選後，他的聲名大噪，於是被退還的稿，又一篇篇地投了出去；這時他已成爲國際知名的青年作家，再也沒有人退他的稿了，於是「微笑」、「微曦」……相繼出版了。現在他正在加拿大進修，一面在當地郵局工作，一面學音樂，寫長篇小說。馮馮是個再接再勵、刻苦奮鬥、從來不灰心的好青年；否則，他決不會有今天的成就。

現在我再舉三個例子：

菲律賓的名小說家康沙禮士，當他投稿的時候，因爲家裏很窮，買不起打字機，往往要跑到十幾里地的朋友家裏去借；費了很多時間，改了又改，才打好一篇文章，懷着滿腔熱望地寄了出去，不到三天，又被退回來了；但他從不灰心，接着又投到別的刊物上去，正是：「他退他的，我投我的。」結果，他成功了！

日本的女作家林芙美子，是一個連小學都沒有畢業的女孩子，完全由自修成名。當她投稿的時候，連郵費也沒有，車票也買不起，就親自步行走到報館；等她慢慢地一步步地走回家時，那篇稿子，已經躺在她家裏的信箱，靜靜地在等候她來收回了。

朋友，試想一想，假如你和我遇到這種情形，還有再繼續投稿的勇氣嗎？也許沒有，早就灰心了！然而林芙美子非但不洩氣，反而更加努力，繼續不斷地步行送稿去。後來，她心裏想：編輯先生不登我的文章的原因，一定是內容欠佳，或者文字不通，也可能兩者都有。於是她把自己可歌可泣的生活經驗，寫成「放浪記」（我國有崔萬秋先生的譯本）再送到朝日新聞去。這時編者看了大爲感動：一來這位小姑娘已送稿來過很多次了，其志可嘉；二來「放浪記」是描寫一個女孩受盡了社會的磨折，始終沒有倒下，反而勇敢地站起來了。編者認爲內容很好，只是文字欠通，他可以花點時間修改一下；於是寫信約她來談，問她寫的是否眞實故事。她很坦白地回答：「這是我的自傳，百分之百是眞實的。」編者非常佩服她的奮鬥精神，就爲她潤色之後發表了；而且在按語裏，說她是一位將來最有希望的女作家。果然，一鳴驚人，「放浪記」發表不久，馬上出版商要求替她出單行本，電影公司向她收買版權拍電影。這些事，是她親口對我說的；而且送了好幾張電影票給我，希望我和朋友一塊兒去看；誰知我那晚就被捕入獄了——時在一九三六，四月十三夜。

林芙美子後來成了日本的名作家，她拿了放浪記的版稅去歐美旅行，回來出版兩部遊記，又有錢，又有名。當初若是受了退稿的打擊就停筆，怎會成功呢？

還有，法國的大作家巴爾札克，也是一個經常投稿不見發表的作家。他想：「這些編輯大概有眼無珠，看不起我的大作，我要自己辦個印刷所，來印我的書，不受他們的氣了。」於是他向母親要了錢來，買紙買機器；沒想到印刷所辦成了，書也印出來了，竟沒有一個人買它。他自己開張大發，買了六本送朋友。過了很多天去書局詢問，還是他買的六本。當時他眞是氣暈了；但是回到家裏仔細一想，一定是自己的文章有毛病；要不然，怎麼沒有讀者呢？一定是我的文字太差，辭不達意，內容空洞，一無可取，所以才不受歡迎，從此他下決心要把文章寫好。幾年之後，他的「人間喜劇」出版了，轟動了歐洲文壇。「高老頭」，「從妹貝德」……等名著出版以後，他在文壇上的地位更高了。

還有很多例子，我也不必多舉了。今天要奉勸青年朋友們的是：稿子不妨多寫，寫完不要急於寄出去，自己先多唸幾遍，看看有沒有不通的句子？有沒有錯誤的標點？有沒有重複的字？寄走了，你就忘了這回事，千萬不要急着天天看報，尋找自己那篇文章。有些人稿子寄走了，過了很久還沒有消息，又急着抄一份寄到別處去，等到有一天兩處都發表了，又要着急了，怕別人罵你一稿兩投，取消了稿費。其實，這是件很簡單的事：你如果寄了回信郵票，編者不用，就會退還的。

有人問我，投稿要不要寫信呢？我的答覆是：可以寫，也可以不寫。編者決不會因爲你沒有寫信，而忽略你的大作；寫信時，可千萬不要寫錯別字。記得三十年前，我在西安主編黃河，曾經有人寫錯我的名字，編「輯」寫成編「緝」，「鈞」鑒寫成「釣」鑒，不登他的詩（註一），就來信痛罵一頓，這都是沒有學問，沒有修養的表現。如果要給編者寫信，千萬不要嚕囌，以簡單明瞭爲好。這裏我且舉兩個例子：

其一　主編先生：

寄上習作，不知能爲貴刊補白否？如不能用，敬請賜還爲感。此請

撰安。

學生〇〇謹上

〇年〇月〇日

其二　主編先生：

奉上拙作，敬請斧正，如不能用，請付丙丁（註二）可也。此請

撰安。

〇〇上

〇年〇月〇日

第一個例子，是付了郵票的，希望退稿；第二個例子，是沒有郵票，不希望退還的；不過，最好每篇文章都留底稿，將來你成了名作家之後，這些都是最寶貴的資料。

最後，還要特別說明一點：文章一定要抄寫清楚，不可寫錯字，如果編者一看你把最簡單、常用的字都寫錯，他就沒有興趣細讀你的大作了。

〔註一〕他的詩是：昨天下雨，

今天下雨，

不知道明天還下不下雨？

〔註二〕丙丁屬火，就是付之一炬的意思。

謝冰瑩上

閱讀與寫作

恒春君：

你問我「閱讀與寫作，究竟有什麼關係呢？最初的學者，他們沒有讀多少書，也能寫出很好的詩歌和文章出來；而現代的人，整天看報看書，爲什麼反而文字不通呢？」這是個很有趣的問題；不過，你也曾想到人類的智慧是有「智」和「愚」的區別嗎？中山先生把人分爲「先知先覺」，「後知後覺」，「不知不覺」三種，我們普通人都是屬於第二種，因此須要多多接受先知的學問。

愛好文藝的人，都不是傻子，總有幾分天才；可惜有些自作聰明的人，反而被聰明所誤，那就是他看不起前人的作品，連舉世聞名的傑作，他也覺得「不過如此，有什麼了不起呢？」這種心理，自然是根本錯誤的！我是個絕對相信閱讀與寫作有極大關係的人，我從看施耐庵的「水滸傳」；和莫泊桑的「項鍊」；都德的「最後一課」開始，便像有一把神話中的鑰匙，啓開了我智慧之門，我從此狂熱地愛上了文學。我發誓：只要身邊有錢，決不買吃的、穿的，先買書來讀了再說；這種決心，一直到今天還保存着。我認爲書看得很多的人，他的文字一定通順；不過有一個大前題，不可不注意：千萬要選擇那些文筆流利，內容充實的書來看。有些人看了幾十年的書，文字仍然寫不通，那他一定是囫圇吞棗，沒有消化；沒有用全副精神放在寫作上；沒有用批評的態度，去閱讀文藝書籍，正像一個小孩，整天聽一些妖魔鬼怪的故事，試問這對於他將來的學問有什麼幫助呢？

你來信問我，跑去書店，看到架子上、桌面上，擺滿了各色各樣的文藝書籍，不知道究竟要看誰的作品好？你又問我：「當你年青的時候，是怎樣選擇小說的？」這問題，你問得太好，太需要了！已經不止你一個提出這樣的問題，十幾年來，我在學生面前，開了不知多少次書目，這次在師院，我和好幾位同事共同商量，開了一百四十餘部中國和外國的世界名著，給他們研究文學的作參考，可說完成了一件有意義的事。其實世界名著，何止幾千幾萬呢？但我們如果能把每部看過的作品，細細地咀嚼其中的情節，吸收其精華，了解作品的題材來源，和作者的思想、人生觀，以及作品的結構修辭，那麼我們卽使只看過幾十部，也能對我們的寫作，有莫大的幫助；可惜的是，有些人看了一輩子的書，都是些無聊消遣之作，不但對自己寫作，與作人方面沒有益處，反而有害處，這絕不能怪別人，只怪自己太不知道分辨作品的好壞了。

我在開始看小說的時候，一點也不知道選擇，只要帶有文藝性的，什麼都抓來看，舉個例子說吧：舊小說裏面連什麼芸蘭淚史、雪鴻淚史、七俠五義、包公案、施公案、牡丹亭、燕子箋……不管看不看得懂，對寫作有沒有幫助，統統找來看；至於著名的水滸傳、三國志、紅樓夢……早就看過的；究竟這些作品在我看過之後，得到了些什麼印象呢？簡單地說來，約分三點：

第一、我奇怪曹雪芹的腦子怎麼這樣聰明？他不但能夠把每人的性格寫得那麼深刻，只要讀到她的語言，就可以聽到她的聲音，看到她說話的表情和姿勢；而且他把每個人物的服裝，配得那麼洽當，完全適合各人的性格；你看他把劉姥姥這個鄉下老太婆，描寫得多麼活形活現，令人看了可笑又可憐！一面描寫劉姥姥的窮酸、節儉，和受寵若驚的表情；一面描寫賈府奢侈、豪華，成一個強有力的對比，這對比，在電影和話劇上常常看到，而在曹雪芹的筆下，比電影更描寫得有聲有色。

第二、我奇怪施耐庵描寫梁山泊一百〇八名好漢，也個個都是不同的身段，不同的面貌和性格：魯智深的粗中有細，武松的力大如牛……每個人物都在我的腦子裏活動，難道社會上眞有這些人嗎？這許多地方，都是作者到過的嗎？如果沒有到過，他又怎麼知道得這麼淸楚呢？

第三、什麼雪鴻淚史，芸蘭淚史，一些佳人才子的故事，爲什麼老是千篇一律，一點也沒有變化呢？

這時，我要感謝我的二哥，他指示了我一條文藝的正路，他說：「你先列一張你看過的小說名單給我看，然後我告訴你那些是好的，那些是壞的，那些是有害的，那些是有益的，你首先要問自己究竟在小說、詩歌、小品文、戲劇這四種體裁裏面，最喜歡看的是那一種？」我立刻回答他：「我最愛看小說。」

接着，他告訴我看小說也應該有個選擇，例如抒情小說，社會小說，革命小說，偵探小說……我當時最愛看抒情小說和革命小說，於是二哥介紹我看茵夢湖、少年維特的煩惱、茶花女、羅密歐與朱麗葉、曼殊六記……在這些哀情小說與戲劇裏，他告訴我如何去發現問題——道德問題和社會問題。他又說：「你既愛看小仲馬的作品，那麼就可以把他的「金錢問題」、「私生子」、「一個濶綽的父親」、「婦人之友」……找來看，然後再研究他父親大仲馬的「三劍客」、「基度山恩仇記」、「拿破崙一世」等；你愛看莫泊桑的小說，就應該知道他的老師福羅貝爾的「波華荔夫人」、「情感教育」、「聖安東尼的誘惑」；再進一步去研究左拉、巴比塞、羅曼羅蘭、都德、巴爾札克……他們的作品，如此，把一國一國的名著盡量多看，你就自自然然地會寫小說了。」

朋友，我希望你們也有一個像我二哥一樣熱心的老師或家長、親友，指導你們，使你們走上成功之路。

謝冰瑩上

怎樣搜集材料

許多愛好文藝的青年朋友喜歡寫小說，只是缺乏材料；其實材料是很多的，到處都是，你在一天裏面，不論自身遇到的，見到的，聽到的，想到的事，其中有許多便是寫作材料。

今天我們先來談一談這個題目。

如果你想寫歷史小說，就需要多搜集關於這方面的一切資料。例如「阿里山風雲」，是一部電影片子，我們可以用同樣的題材寫成小說。當我們沒來臺灣之前，很多人不知道吳鳳這個名字；更不知道他有這種殺身成仁，以感動蕃民的義舉；到了臺灣，才知道他是一個這麼偉大的人物，自然可以把他當作作品裏面的模範典型；不過我們對於歷史上的人物，倘若了解不夠深刻，還是以現實材料來寫為宜。我們要多方觀察事物，深刻地體驗生活。搜集材料的時候，必須完全像一個新聞記者一樣，隨時帶着筆和小本子，在公共場所，記載與創作有關的各階層的人物，語言，面貌，服裝及其表情；特別要隨時隨地，記載人物的對話；至於你遊過的山水名勝，以及各地不同的風俗習慣，更要詳詳細細地，寫在你的筆記本上，以爲寫作時的參考。有時，你也許會偶然想到一個人物，或者一個故事，那麼趕快用筆記下來，免得一下又從腦海裏消逝了；還有，你所到過的地方，不論市鎭鄉村，把那些比較重要的街道里巷的名稱，詳細地記下來，他日你寫起小說來時，不知道那一天就用得着它。

託爾斯泰曾在創作經驗中寫道：「我寫了好多年筆記，大部份都是記些句子。從前寫我看到的風景，然而這些我一次也未曾用過，記憶保存着一切，只要把它提醒就得了；不過句子，詞兒，是必須記錄的，有時由於一個詞或者一句話，就能產生一個人物的典型出來。」日本名作家小泉八雲也說過：「只有靠刻苦的努力，才能使作品成功。」的確，寫筆記是一件很艱難很瑣碎的事，而且要有恒；如果能做到將所見所聞隨時隨地記下，那麼寫起小說來就不愁沒有材料了。

在軍隊中的武裝同志，他們的生活經驗很豐富，到過的地方，也比普通人要多，他們只要文字方面有基礎，我想一定能寫出不少動人的文章。

謝冰瑩上

怎樣處理題材

常常接到許多武裝同志來信說：「我在軍隊裏生活了十多年，我到過許多地方，經歷過記不清的戰役，我腦子裏裝滿了寫作的材料；但我不會處理，我不知道究竟是寫小品文難呢？還是寫小說難？」

那麼，今天我就來和諸位談一談怎樣處理題材吧。

在搜集材料的時候，自然是越多越好，只要你認爲有寫作價值的，統統可以記在你的腦海裏，或者寫在筆記簿上。等到開始寫的時候，第一步，要經過一番選擇工夫，首先你要問自己：平時我最歡喜寫那一種文體？小說？詩歌？還是小品文？決定了寫什麼後，再問問自己爲什麼要寫它？是不是因爲這個故事曾經感動了你，這個人物太好或者太壞，你要把他描寫出來，使讀者也和你一樣尊敬這個好人，厭惡這個壞人。這個人，或者這個故事，在你的腦子裏，佔據了許多時候，他們時時刻刻在催促着你，刺激着你，你如果不寫出來，就會感到頭暈腦脹，就會感到好像骨鯁在喉，不吐不快；於是你立刻坐下來，拿起你的筆，沙沙地在紙上寫着。這時你的熱情如火，你不假思索地只管信筆寫去，心裏想到那裏，筆尖就寫到那裏；不錯，這是熱情奔放的文章，也是有毛病的文章。毛病在那裏呢？就在你沒有經過一番選擇，你把瑣瑣碎碎，拉拉雜雜的文字，一股腦兒都寫了進去，你認爲每一件事，都有文學的價值，每一個人物的語言，都是有趣的；如果這樣，你未免太主觀，也太武斷。寫文章，假如不是給別人看的，那麼，你隨隨便便怎麼寫都行，倘若你想發表；或者不發表，僅僅爲了練習而寫作，也應該在寫完之後，給你的好朋友看一看，請他客觀地批評批評你這篇文章，究竟寫得好不好？有些什麼毛病？描寫得過火嗎？敍述得太嚕嗦嗎？形容詞用得恰當嗎？全篇的結構，是緊湊還是鬆懈呢？萬一你怕羞，初次寫了文章不敢給朋友看，你自己也要扮演一個讀者，客觀地欣賞一下你自己的文章，你要吹毛求疵地尋找文字的缺點，絲毫也不要客氣；因爲過於愛惜自己作品的人，終會給別人嚴格地指摘的。

方才說過，沒有經過仔細選擇題材，而只憑着興之所至，寫出來的文章，是雜亂無章的。在選擇的時候，我們要像沙裏淘金似的，把許多無用的渣滓篩出來，只留下一點精華。我們要像一個園丁，把那些枯枝敗葉剪掉，那怕只剩下兩片綠葉，襯着一朵小花也是好的。記着，千萬不要貪多，只要精彩。那些半個月可以寫成幾十萬字長篇小說的所謂多產作家，我是不敢佩服的。她不是模仿外國的作品，便是千篇一律地，以青年男女的多角戀愛故事；或者傳奇故事，來騙取讀者的金錢，這絕不是我們從事文藝工作者應有的態度。一個忠於藝術的人，他要像一個忠於革命的先烈，他要把整個生命，全副精神，寄託在藝術上，一點也不馬虎，一點也不苟且。

現在，我再具體地和武裝同志，談一談處理軍中題材的方法。

朋友，首先我得告訴你：寫小品文，比較寫小說容易；寫小說要講究結構，故事，人物，背景，技巧，主題……等等。寫小品文，雖然也要講究主題，結構，背景，描寫……究竟沒有小說的複雜，沒有像小說一般的限制嚴格。題材不論大小，只要你認爲有寫文章的價值，你就可以信手拈來，便成佳作；不過你在下筆之先，同樣要經過一番選擇，你要確定一個主題，你要先問自己寫這篇短文，是爲的抒情呢？寫景呢？還是敍述某人的事跡呢？朱自清先生是我國有名的小品文作家，現在我們就拿他的文章來舉個例子：他的「背影」，是抒情的，「荷塘月色」，是寫景的，「給亡婦」，是敍事的；然而抒情，寫景，敍事，這三種題材，往往成了三位一體不可分離的；不過所含的成分，有多少不同而已。

決定了你要寫那一種文體，或者說，你最長於寫那一種文體；那麼，你就向這方面努力，只要不灰心，肯虛心學習，沒有不成功的！

好！現在再回到小說來，假設你是最喜歡寫小說的話。

你在軍隊裏十餘年，所搜集的材料，當然也是屬於軍隊方面的，那麼好極了！一般會寫文章的人，大半都沒有軍中生活的經驗，要他們去寫一部描寫戰場的小說，眞是比要瞎子辨別色彩還困難。我常常羨慕軍人，世界上只有他們的生活，最充實，最有意義。他們走過不止萬里路，讀過不止萬卷書；但我在這裏要加一個註解，他們所讀的書，不是鉛字印在紙上的書，而是經驗過各種酸甜苦辣生活的書。在戰場，他們的神經整天興奮，整天緊張，日夜在炮火連天中，過着血肉橫飛的戰鬥生活，這時候，他們的生命是最短促的；可也是最有意義最偉大的。同是犧牲在火網裏的生命，只看他是否爲眞理而戰？爲大多數人民的幸福而戰？爲自由民主而戰？如果是的，他雖然犧牲了軀體，其實他的生命並沒有死，我認爲生命的眞正意義是精神，是靈魂，而不是軀體。

在戰場上，他們的生活是壯烈的，也是艱苦的。兩三天不吃飯是常事，肚子打穿了洞，腸子流出來，口裏還在高喊着：殺！殺！殺！有的人已死了，手裏還緊握着槍，或者手榴彈，也是常有的事。有時候，大砲轟隆轟隆地，把房子打得像地震一般搖動，也許這時，正有幾個弟兄在圍着一盞菜油燈，四兩白干，一包花生米，他們在津津有味地喝着，吃着，談着；有時在行軍的跋涉途中，身體實在疲倦得不能動彈了，忽然你面前出現了一個奇蹟：你看到一條瀑布從山巔傾瀉而下；或者一幅日落，晚霞，雲海的奇景，你一定盡情地欣賞，暫時忘記了疲勞；有時你駐紮在一個山青水秀的鄉村，偶然和一位純樸的鄉下姑娘發生了愛情；但上面有命令，馬上要你換防到別的地方去；這時你一定感到萬分痛苦，無限矛盾，這些都是你寫作的好題材。究竟如何去選擇呢？朋友，我再簡單地告訴你：在你所經歷過的大小戰役裏面，那幾次打得最激烈？那些人犧牲得最悲壯？最慘痛？你有受傷的經驗嗎？如果有，你當時以及傷癒後的感覺怎樣？你所到過的那許多地方，什麼地方風景最美？人情風俗最好？或最壞？你接近過的那許多男人、女人、老人、小孩，誰給你的印象最好最深？有些什麼故事使你聽了感動？值得你把它寫出來的？那麼你就好好地，把要寫的材料分類整理一番，那些宜於寫小品文，那些宜於寫短篇小說，或者中篇小說。你先把大綱，人物表列出來，然後按着何者先寫，何者後寫的秩序寫下去。寫的時候千萬不要寫一句改一下，寫一句看一遍，那樣你會寫上一天，也完成不了五百字；你既然下了決心要寫這篇文章，而且情感逼着你非寫這篇文章不可，你就只管毫無顧忌地寫下去，等到寫完之後，再來仔細修改。以我的經驗，最好寫完後，把文章收在抽屜裏，讓它休息一兩天，再取出來一遍兩遍地修改；因爲在你剛寫完的時候，精神已經疲倦了，卽使能勉強支持，也是改不好的。

拉雜地寫了這些，不知道對你有一點幫助否？

謝冰瑩上

怎樣看小說

這是十多年前的往事：

一位市女中的學生來找我借書，一開口，便要借十本。

「十本？太多了吧？你怎能一下就看十本？」

我驚訝地問她。

「可以！可以！十本書，還不夠我看三天的；有時我一天要看四五本呢。」

她很得意地回答我。

「請問你是怎樣看的？」

「我照例翻翻前面，翻翻中間，再翻翻後面就完了，我是跳着看的，只看他們的戀愛故事，不耐煩一字一句地看下去。」

「啊，原來如此，這種看書的方法，我還是第一次聽說，你有什麼心得嗎？」

「沒有什麼心得，不過知道故事的大概而已。」

「那麼，小朋友，我的書恕不出借了，師大的同學，來我這裏借書看的，都要繳一篇書評；否則，就不借給他。你呢？看完之後，也可以寫一篇讀後感給我拜讀嗎？」

「不敢，不敢，我不會寫。」

她的臉羞得通紅，我連忙安慰她：

「你千萬不要害怕，我雖然話說得很嚴厲；但書還是要借給你的。」

於是我花了將近二小時的功夫，告訴她看小說的方法。

其實許多人都愛看小說；可惜懂得欣賞小說的人並不太多。不要以爲少年、青年朋友有些不懂得看小說的方法，就是一些中年、老年人，也往往愛看消遣性的小說，而把眞正有價值的文藝，當做「傷腦筋」的作品，不喜歡看它。

究竟我們應該怎樣閱讀小說呢？

一、選擇

不經過一番選擇，隨便什麼小說亂抓來看，這是最浪費時間，損害腦筋的。少年朋友有家長和老師指導你們，那些書好，看了對於我們有益處；那些書不好，看了對我們有害處，我們應該遵循，不可存相反的心理：「他們不許我們看，我偏要看。」這是一般青、少年的心理，所謂好奇，唱反調，等到他上了當之後，才知道：「不聽老人言，吃虧在眼前。」

選擇小說的標準：

①主題是否正確？

②文字通順流利嗎？

③故事近人情嗎？能引起讀者同情嗎？

④結構緊湊，有條理嗎？

⑤時代背景，社會背景表現得很顯明嗎？

⑥人物性格描寫，心理描寫很突出、深刻嗎？

⑦辭藻優美生動嗎？

⑧寫作的技巧高明嗎？

好了，寫了這麼多，也許少年朋友要嫌我嚕囌了。我是希望你們看一本書，就要有一本書的收穫——心得，不冤枉浪費你們的時間和精神，因爲讀一本好書，可以使我們的文章進步，思想正確，充滿了希望，有樂觀進取的精神；反之，讀一本灰色，或者黃色的低級小說，會使人灰心、喪志、頹廢；甚至走上自殺之路，首仙仙就是一個例子。她看過不少小說；可惜不懂得選擇，也不知道批評，有人說她成熟太早，我認爲家長和老師沒有好好地指導她，這是個大原因。

二、寫筆記

我從高小看世界短篇小說開始，便練習寫筆記，到如今已有五十多年的歷史了。每次看小說時，我的身邊一定放着一枝筆和一個本子，遇着有好的句子，我把它抄下來欣賞，有的可以做爲座右銘；有的也可以在自己的文章裏引用。有些世界名著，翻譯得很壞，句子往往長達五六十個字還不說，最糟糕的，是文字不通。我國有一位翻譯大家林紓（琴南）先生，他不懂外文，全靠別人講給他聽，然後筆錄下來，他一共譯了一百多部，對於我國新文化，有莫大的貢獻。他用文言譯作，因爲文字流利，所以能吸引讀者。

寫筆記，也就是中學國文老師要大家寫的讀書報告。在這類題材裏，主要的，是要你客觀地，說說這本書的優點在那裏？缺點在那裏？使你感動的是什麼地方？看完之後，你要靜靜地思考一番；最好和同學、朋友研究，聽聽他們的批評，也許有些好句子，你沒有留意，他却發現了。俗語說：「三個臭皮匠，抵得個諸葛亮。」孔子說：「三人行，必有我師焉，擇其善者而從之，其不善者而改之。」我們讀書也應該抱這種態度，一個人的見識有限，如果集合好幾個人的意見，就可以由我們選擇了。

我記得民國三十二年在桂林見到巴金，（他叫李芾甘，是我國有名的小說家，著有春、秋、家、滅亡等，現在大陸被清算。）和他談起他的小說來，他要我批評，我說：「你的小說，什麼都好，只是主題太消極，看多了，會有人去自殺的。」「眞有這麼大的影響嗎？」他表示懷疑。

「哼！說不定還會集體自殺呢！」

「那麼我以後要改變作風，不再消極了！」

親愛的青年朋友，你一定喜歡看小說，而且看了不少的小說，那麼我問你：你曾經仔細分析過一篇，或者一部作品的內容嗎？經常寫讀後感沒有？我希望你看的都是有益身心的書，都是健康的作品，不但對你的寫作有幫助，而且會指引你走上光明、快樂、幸福的坦途。

謝冰瑩上

怎樣寫書評

朋友：

你問我看過一部文學作品，應該怎樣寫介紹文字或者書評？這問題，似乎過去我曾回答過一位青年朋友，今天不妨再談談：

寫書評的方法很多，往往隨着各人的興趣，而有各種不同的寫法：比方有的喜歡把一部小說的故事，像電影說明書似的摘要寫下，往往一部二三十萬字的作品，他用數百字或千餘字把他介紹出來；有的人喜歡用批評的眼光來寫他的讀後感，對於作者的思想，作者的技巧，故事的內容，他都有很詳細的批評；還有些人，喜歡把書裏的好句子抄下來，在每一章每一節的上面，他用提綱挈領的方法，把要點依着秩序寫出來，以做自己寫文章的參考。

那麼究竟這三種方法，那一種是對的呢？我以爲各有各的好處；最好你寫的時候，能把這三種方法同時採用，這兒，我先舉一個例子說一說：假使你已經看過歌德的「少年維特的煩惱」，現在我就和你談談這本書的讀後感怎樣寫法？

首先，我要問你：當你看過這本書的時候，在你的內心發生一種什麼感想？你是同情維特呢？還是責備維特不應該戀愛着夏綠蒂呢？你是責備阿爾伯爲什麼沒有犧牲的精神，不把夏綠蒂讓給維特？還是責備夏綠蒂根本不應該接受維特的愛呢？你是同情他們三個人裏面的那一個？或者他們三個人的處境你都同情呢？

這裏，要請你將看了這本書所發生的感想，詳詳細細地寫出來。寫的方法，首先把書中的故事大概介紹出來，然後再寫你的感想，不管你的思想同情書中的主人公，或者是不同情他，你都不能用簡單的幾句話寫它，你必得把同情或不同情的理由，充分地說出來，才能讓讀者了解你的思想；如果你是同情維特的，書中一定有很多句子是你很高興看的，那麼你不妨抄寫幾小段或幾句下來，以供沒有看過這本書的人做參考。

一篇完美的書評應該注意下列各點：

一、全書的大意。二、結構、修辭怎樣？三、描寫的技巧怎樣？四、作者的思想？五、作者寫這本書的時代及社會背景。六、本書的出版處及價格？何年何月發行。

關於第六項，是寫書評的人應該特別注意的；從一到五，是寫普通讀書筆記的人，需要遵守的。朋友，你說讀書筆記不容易寫，我的回答剛剛相反，只要你的文章寫通了；而對於看過的書又統統能夠了解，那麼，你就可以很容易地寫出自己的讀後感來，我以爲第一步，你還是先從練習寫作下功夫，有時間的話，一星期至少寫三四篇，書中如有艱深難懂的地方，看一遍看不懂，你可以看第二遍，第三遍。

同是一個作家的作品，有的難懂，有的容易懂，比方：「浮士德」和「少年維特的煩惱」比較起來，前者自然難懂多了，能夠看得懂「少年維特的煩惱」，未必能懂「浮士德」，因爲這兩本書的情調和寫法，內容完全兩樣，你要很耐煩地多讀幾遍，細細咀嚼，才能了解他的哲學意味。

最後，還有一點要特別注意的，是你批評一部作品，一定要很客觀地根據書的內容去寫，不可憑着自已主觀的感情，對作者故意攻擊，或者盲目恭維，因爲你的書評是研究作品，而不是攻擊或者瞎捧私人。

謝冰瑩上

欣賞與批評

英民先生：

你的來信收到很久了，恕我到今天才回信。你說看了十多年的小說，簡直記不清有多少部了，有的只記得書名，忘記了作者的名字，有的知道作者，又忘記了書名，也有統統忘記了，僅能勉強記得故事的；你問我究竟應該以一種什麼態度去看小說？是只注重故事的好壞呢？還是要注意其他？

當我還是個中學生的時候，我常問同學：「這本書你看過沒有？」「看過了。」對方回答我。「好不好看？」「很好！」如果我再問她好在什麼地方？她一定說：「我說不出，你自已看了，就會知道的。」

我總覺得她們的答覆，太不能使我滿意了。我需要知道一部作品好在什麼地方，壞在什麼地方；我看小說時，首先注意文字流利不流利？辭藻美不美？描寫得是否入情入理？不含糊也不誇張？其次再注意故事動人不動人？發展的情形是否很自然，很合理？人物的個性，是否刻畫得深刻入微？再其次，研究作者的思想，本書的主旨，以及作者所處的時代，和社會背景。如果是一部特別好的名著，一定有不少的地方使我們看了感動，興奮或者悲哀；一定有不少的佳句，值得我們抄下來留作參考，那麼我們就應該準備筆記本子，隨時寫下看書的心得，抄下那些你認爲最美，最有價值的句子；還有作者的生平，和他的全部著作。據我所知，在翻譯的名著裏面，十有八九，照例譯者要將作者做一個很詳細的介紹，這篇文章，幫助你了解作者和作品的思想，應該先看的；但也有些譯者一知半解，譯出來的東西，與原文大不相同，是常有的事；假使外文程度好的，自然以直接看原文得益最大。

我們看小說的人，大都像看電影一樣，當時只用欣賞的心情在看，看後並沒有用批評的態度去研討：究竟這部作品使我受到感動的是些什麼？描寫失敗或過火的是什麼？爲了方便起見，我且舉兩個例子來說吧。

許多人知道，賽珍珠女士，是美國一位最著名的女作家，她的「大地」和「兒子們」在中國早已有譯本，而且在美國已攝成電影上演；可惜我只看過小說，沒有看「大地」的電影。我至今還在想着阿蘭殺牛的那一個鏡頭，不知表演了沒有？那是非常有趣而令我懷疑的一段描寫。作者寫王龍一家人，饑餓到了快要死亡的地步，不得不忍心把一條老耕牛宰了來吃；於是王龍的妻子阿蘭，跑去厨房，拿了一把菜刀，一下就把牛殺死了，她用碗將血盛了，把牛皮剝下來，把肉煮熟，大家搶着吃，一會兒什麼都吃光了，連骨髓也敲出來吃了，最後只剩下一張硬硼硼的皮，晒在竹竿上……。

這裏，我們有幾個問題：第一、一個女人是否能單獨地殺死一條牛？卽使那條牛也餓得奄奄一息了，起碼也需要兩三個人。（殺一頭猪，也得兩個人；而且牛血很多，絕不是一只碗可以盛得下的。）這裏爲什麼王龍和他的孩子們，都不來幫忙阿蘭殺牛，是否他們都餓得不能動彈了？

第二、一條老耕牛是相當大的，至少也有三四百公斤重，卽使是十多口人的大家庭，也得吃好幾天才能把肉吃完，怎麼可以一會兒功夫，就把牛吃得乾乾淨淨呢？我們丢開肉不說，就拿那些牛肝、牛肺、牛肚、牛心、牛腸……來說，也夠他們吃上兩三天的，這裏的立刻吃光，不過是想形容他們饑餓得太厲害，其實誰也看得出，這是過火的描寫。

第三、一把菜刀，（也許是生了銹的）眞的能把一條老耕牛殺死嗎？牛皮那麼厚，那麼硬，絕不是殺一隻鷄可比，殺鷄尚且要把刀磨快，要有膽量，要有經驗；（我曾看過殺不死的鷄那種痛苦掙扎的情形，實在可憐極了！）中國有句俗話：「殺鷄焉用牛刀。」可見殺牛宰猪是另有一種尖形的鋼刀（約二尺長，形如刺刀。），絕不是普通的菜刀可以殺得死的；不過阿蘭既非屠夫，自然沒有「牛刀」，那麼，也應該敍述她先把刀子磨快，然後丈夫幫她把牛用繩子綁起來再動手宰殺。這段文字，我很想找出原文來對照一下，如果譯者沒有錯誤，那一定是賽珍珠女士根本沒有看過宰牛，而只憑想像寫的；雖然這是小節，用不到我們小題大作；可是我們看小說的人，若不細心體會，不隨時具有懷疑的態度，那麼閱讀對於我們，又有什麼益處呢？又如在一本新詩上，看到一句「深深的，一條古老的巷子裏，住着七八個人家。」（此處個字也不妥）當時就有朋友對我說：「七八戶人家的巷子是很淺的，怎麼可說是深深的呢？」我很同意他這種看書認眞的態度。因此，我們看小說，不但要欣賞作品的美，也要批評它的好壞是非才對。

謝冰瑩上

小說中的第一人稱和第三人稱

幾天來的淒風冷雨，使我這患脚痛的人，既不能出去看朋友，又沒有學生來借書，達明去上課，家裏只剩下我一人，照理應該可以好好地寫點什麼，或者多看幾篇好文章；誰知不爭氣的右眼，飛蚊症愈來愈厲害，黑點愈來愈多；有時我狠下心，不理會它，照樣看書寫字，等到有一天視力完全衰退的時候，我就可以永遠地休息了。

正在我計劃想要清理信債和文債的時候，門鈴響了，迎進來的是文文，十五年前在師大國文系畢業的女生。

假如不是她先報名，我怎麼也想不起她是誰來，看她一臉的不愉快，我猜她一定有心事。

「怎麼？近來生活很好吧？聽說你的先生待你特別好，兩個孩子也很聽話、用功，你不教書了，正好多寫點文章……」

「老師，快不要提文章了，今天我就是為這個問題來請教您的。外子待我的確很不錯，他知道我身體不好，有心臟病，家裏許多事，都是他做的多；孩子們的一切費用，都由他負擔，正因為他太好了，我心裏眞是過意不去，所以就想利用他們都不在家這段清靜時間，多看點書，充實自己；同時靈感來時，寫點短篇小說、散文之類投稿，換幾個稿費貼補家用，不也很好嗎？」

文文打斷了我的話，一開口，就說了一大篇。

「是呀，這個想法正對，剛才你又為什麼叫我不要提文章呢？」

「最近他和我鬧了一場，起因是我用第一人稱寫了一篇小說，描寫一個戀愛悲劇，他一口咬定那是我過去一段羅曼史，我再三解釋，這是用好幾個女人的遭遇組合而成的，因為要使讀者看了感到眞實、親切；又因為用第一人稱寫，比較容易處理題材，所以我就這麼寫了；可是我無論怎麼解釋，他都不相信，硬說是我自身的故事，老師，你說怎麼辦呢？」

「這是很容易引起人家誤會的，並不止你的先生一個人。有一次某學校一個女生用第一人稱的方法，描寫小偸如何偸東西、如何被捕，後來釋放出來之後，他如何悔改，做了好人。老師看了這篇文章，覺得寫得很好，給了很高的分數，後來被校長看到了，以為那個小偸就是學生本人；要不然，她為什麼寫「我」呢？又為什麼對於小偸了解得這麼深刻呢？好危險，差一點把這位學生開除了。

還有一個例子，我那個中篇小說「離婚」發表之後，惹來了更多的麻煩：有一個阿兵哥給我來信說：「……眞可憐！你嫁了一個這樣的壞丈夫，太不幸了，我爲你抱不平，我要爲你復仇……」另外一封寫道：「……我們這一羣，都是你忠實的讀者，爲你不幸的遭遇，感到氣憤、不平。我們最掛念的是你和孩子們的生活，我們正在發起募捐，將來有了一個相當大的數目時，就爲你寄來。」

以上三個例子，都是他們不知道小說裏面有第一人稱和第三人稱的區別。以爲凡是用「我」的口吻寫的，一定是作者自己的故事。我收到那兩封充滿了同情和正義感的信時，連忙回信謝謝他們的關懷，並且告訴他們：我的婚姻很美滿，外子待我很好，「離婚」裏面所寫的，是一個朋友的故事，材料是她供給我的。其實寫小說的人，大半喜歡用第一人稱寫，原因是這種體材使讀者看了感到格外親切，有興趣，容易引起同情，容易起共鳴作用；而用第三人稱寫的小說，往往以爲這是作者捏造的故事，不是事實。有些聰明的作家，他往往把自己的故事用第三人稱寫；而把別人的故事，改爲第一人稱寫；假如說，用第一人稱寫的都是自己的故事，那麼「一個陌生女子的來信」，怎麼又是個男作家呢？

「這也難怪，不是寫小說的人，往往弄不清第一人稱和第三人稱的，現在我再講一個笑話給你聽：有某大學一個長字號的教授，他攻擊白話文說：『眞是胡說八道，豬和狗怎麼會說話呢？牠們又不是人！』他也許忘記了修辭學裏面的「擬人化」，「擬物化」。在童話裏面，不但一切動物能說話，就是一切植物、礦物，所有無生物都能說話；在我國寓言「鷸蚌相持，漁人得利」裏面，不也是動物能說人話的例子嗎？」

「老師，您說的我都懂，十多年前，您教我們寫小說的時候就講過了；可是外子不明白這個道理，他硬和我吵架，還說以後不許我用什麼第一人稱寫小說，您說氣人不氣人！」

「在我看來，沒有什麼可氣的，你以後就改用第三人稱寫好了；何況這方法更好寫，因爲範圍廣，沒有時間、空間的限制。你像一部X光機器，可以把每個人物的心理照得清清楚楚；你也像一架顯微鏡，把一根毫毛，放大到幾千倍來描寫它，不但你可以盡量描寫主角的性格、思想、外形、心理變化；而且你可以寫他家裏的祖宗三代，他們每個人晚上做的什麼夢，你都知道得清清楚楚，傻孩子，有什麼可煩惱的呢？趕快回去準備午飯吧，也許你先生快下班了。」

文文聽我叫她傻孩子，她格格地笑了，笑得那麼開心。

「老師，您眞像我的母親，我雖然有兩個孩子了，見了長輩，我還覺得是個孩子。老師，您的母親還在嗎？」

「唉！她老人家在民國二十六年就去世了！如果還在的話，今年九十三歲了。」

我長嘆了一聲，文文默默不語，兩顆亮晶晶的淚珠，從她的長睫毛下面滾下來，原來她的父母，早就不在人間了。

在雨中，文文默默地走了，我想到自己以後寫小說，也該用第三人稱了，以免讀者發生誤會。

可以寫陌生的背景嗎？

勉之先生：

你九月十一日的來信，由本刊編者轉來很久了，只因眼疾未癒，使我拖延到今天才答覆你，非常抱歉！我想你如果知道兩年來，我爲「飛蚊症」所苦，一定會原諒的。

現在我來回答你提出的三個問題：

一、南宮搏、高陽先生他們寫歷史小說，有的起家，有的成名，我說要寫親身經歷的題材，豈不自相矛盾？

其實，並不矛盾，寫歷史小說，我們自然無法回到那個朝代去，即使你想寫北伐時代，抗戰時代的故事，你沒有參加過當時的工作，全部資料只有靠別人的傳說以及報紙、書籍的記載來寫它。小說，多少情節和背景，都要靠想像來完成它；但是你必須寫你最熟悉的題材，不能露出馬脚，要使讀者看起來，有身歷其境之感。好比明明是一個虛構的故事，由於作者的想像豐富，技巧高明，處處佈置得天衣無縫，看的人就以爲是眞實的故事；否則寫作技巧失敗，眞的故事也會變成假的，一點不能感動讀者，更不要希望引起讀者的共鳴了。

寫歷史小說，更需要作者搜集更多的材料，並非要他們去體驗那種生活，這是很明顯的。

二、你說寫小說「有時爲着情節『風趣』或什麼，而憑空『揑造』一點，倒也無妨。」我沒有說過寫小說處處要憑「典故」，「鑽牛角尖」，我不懂你說可以「揑造」是指什麼？我是說寫歷史小說，應該百分之百的忠於史實，不可揑造，正如有人把李清照寫成一個比娼妓還風騷、浪漫、下流……的女人，這是侮辱了李清照，不知有多少人爲李清照抱不平；像這種「揑造」，難道你贊成嗎？你認爲要這樣描寫，才有藝術價值嗎？我想：除了搖頭說一聲「黃」外，是絲毫沒有藝術價值的！

三、你說，拙作裏面提到「處處都要親身經歷」，是萬萬不可能的。朋友，你誤會了，我卽使再糊塗，也不會糊塗到這種地步，難道我們寫小偷，要自己也去做小偷嗎？男作家寫風塵女郎，你要他去變做女人之後再來寫嗎？我是贊成大仲馬所說的：「關於地理背景，我絕對不寫我沒有去過的地方。」

記得在馬來亞時，我曾經問過一位據他說到過臺北的人，我問他：「臺北最熱鬧的區域是什麼地方？」他回答：「忘記了。」「什麼路上的書店最多？」他說：「我沒有去買書，所以不太

清楚。」「那麽你住在什麽街，總該知道吧？」「中山東路！」他毫不猶豫地回答我，請問：由

這句話裏，你說他究竟到過臺北沒有？

還有一個例子，我在北平前後住了六年，知道有府前街、府後街、府右街，腦海中總以爲一定還有條府左街。後來有一天，忽然看到一則新聞，有人問一位站崗的警察：「請問府左街在什麽地方？」警察指路回答：「北平只有府右街、府前街、府後街，沒有府左街。」那人把警察一槍打死了，原來他是個強盜，要掩護他的同黨通過這裏，故意借問路來殺他。

假如我們以北平的背景寫小說，說主角，或者配角住在府左街，豈不鬧大笑話！

最後，你問可以寫陌生的背景嗎？我的答覆是可以寫；但有一個條件：必須寫得像眞的一樣，使讀者看了，絲毫看不出破綻來，那麽你的描寫算是成功了。

祝你

努力

謝冰瑩　敬覆

怎樣修改自己的文章

親愛的同學們：

大家好。

收到楊松蔚同學來信，知道你們的刊物將要出版了，他希望我寫幾句話。我想了好幾天，也不知道應該說什麼好。近來爲了師大校慶，所有作文，各體文選習作，都要參加展覽，因此同學們忙於寫小說，（我教三班小說習作）我也忙於修改。好，現在我就簡單地談幾句關於修改文章的話吧。

我經常收到青年朋友來信，問我：要怎樣才能使文章寫得好？我回答他們：第一、多讀書；第二、使生活經驗豐富；第三、多寫，第四、仔細修改自己的文章。

現在就我的經驗來談談修改文章：

首先你要站在客觀的態度，來修改自己的文章。所謂客觀，就是把你這篇文章，當做是別人寫的，你儘量吹毛求疵找它的缺點。

第二、嚴格。你的腦子裏，千萬不要存着「文章是自己的好」這觀念，你要捨得刪改，遇到有不要的形容詞，或者故事的結構不妥當，你可以整句整段，甚至整篇改寫。我生平最佩服那些虛懷若谷的作家，像托爾斯泰一連七次修改他的『戰爭與和平』；郭戈里爲了朋友有睡午覺的習慣，聽他朗誦小說時睡着了，他誤會以爲自己的文章不好，而把整部小說投進火爐；季薇先生老是很謙虛，說他的文章寫不好，其實他的散文比詩還美；還有梁實秋先生在『強迫出書』一文裏，說他過去的文章，有些不能出書的，有兩家書店，不經他的同意，替他印出來，也不寄給他一本，眞是太豈有此理了！我這裏不是專談這件事；而是佩服梁先生的雅量和謙虛。

三、修改文章要朗誦，光只用眼睛看，往往看不出錯誤來的，只有用口唸，才發現『但是』、『不過』、『可是』、『了』字用得太多，或者應該寫『呢』的，也許寫成『嗎』？應該寫『了』的又寫成『啦』……諸如此類問題，非朗誦不可，特別是劇本和詩，更要朗誦，才能體會出是否口語化，是否有詩意。

本來只想寫幾句問候語的，一下筆又快千言了，眞是太嚕囌。

好，眞的不多寫了，祝你們

精神活潑；

身體健康；

學業猛進！

謝冰瑩上

修改文章的苦樂

德修同學：

你來信說，兩年來不斷地改作文，把你改煩了，你問我如果天天改一些不通順的文章，是否會使自己的文字退步？我不相信會有這種事實，現在且讓我寫一點修改文章的苦樂給你看看吧。

假使把民國十七年，我在衡陽五中附小那半年的小學教員生活，以及歷年編副刊、週刊、月刊時，改稿子的生活也算在裏面，那末我已經整整地過了三十年在方格子裏傷腦筋的生活了！

不論他是研究什麼學科的，一提起教國文，對方就會帶着同情的語氣向你說一聲：「教國文，最苦的是改作文！」是的，每一個教過國文來的，都有同樣的經驗，改作文，的確是一件苦差事，寧可一星期多教兩班國文，也不願多改一班作文。這原因很簡單，教國文，是選擇自己喜歡的文章講解給學生聽；而改作文，却是把人家似通非通，或者半通不通，甚至完全文不對題的文章，改成流暢有內容的文字，並且要儘量遷就每個作者，不要把他們的筆調、語氣，和他們慣常用的詞彙，改成像你自己的，因此改作文之難，就難在這裏了。

底下我再把歷年來從小學、中學到大學，改文章所得的苦樂印象，做一次總的回憶，究竟是快樂多呢？還是痛苦多呢？我且根據事實來談一談。

我相信誰也不會否認，改小學生和初中學生的作文最容易，因為他們多半是寫實的，知道什麼便寫什麼，看見什麼便說什麼。他們的造句很簡短，缺乏想像力。這時候，要提防他們模仿別人的句子，因為缺乏創造力的緣故，他們會盲目地崇拜別人，看見同學的作文也認為是傑作，不妨自己也學學他們。

改小學生的作文和日記最有趣味，他往往把最瑣碎的事也記在上面，例如「爸爸喜歡媽媽」，「爸爸來了客人，一談就是半天」，「媽媽今天買了許多菜」等等，或者「媽媽和爸爸吵架了」，「媽媽哭了」，在大人認為是無足輕重的，而孩子認為是最現實最好的題材。由他們的字裏行間，可以發現兒童的天真純潔，兒童的誠實可愛。改他們的文章日記，是非常有趣的，有一次，北師附小的徐鳳貞先生問我：「文蓉的爸爸是不是要到美國去？」我問她：「你怎麼知道的？」「文蓉的日記上寫的。」於是我們兩人相視一笑，末了她說：「看小朋友的日記最有趣味，誰的家裏死了一隻雞；誰的媽媽生了個小弟弟小妹妹；誰的爸爸怕媽媽，都有很詳細的記載。」

「不要小看了這些瑣瑣碎碎的記載，將來他們如果成了偉人、革命家、科學家、藝術家之後，少年時代的家庭生活資料，是多麼珍貴呵。」我回答她，同時告訴她不要認爲改他們的作文日記太麻煩，他們造的句子太幼稚，我們要從孩子們的童心裏去發現眞、善、美，去尋找快樂。

我以爲改高中學生，和大學一、二年級的作文最困難，何以見得呢？這是人生思想最複雜，情緒最矛盾的時候。他們富於熱情，極需要異性的安慰；他們渴望着獨立自由；可是自己本身又沒有獨立的能力；他們不耐煩過孤寂生活，喜歡和異性朋友看電影、旅行、運動。他（或她）儘量地在異性朋友面前，表示自己的聰明、多情、能幹、有學問；因此表現在他們作文裏面的有許多是抒情詩、戀愛小說、抒情小品文。他們之中，有些並沒有戀愛的經驗，也想嘗試寫愛情小說，有些對象還沒有追求到手，就大發失戀的牢騷。我把這類文章統稱爲無病呻吟，什麼「苦悶呀，煩惱呀！人生沒有意思，人生永遠是痛苦的、空虛的……」不用說，寫這類句子的作者，他一定在追求某個對象，而沒有成功，或者是曾經有過一次戀愛的經驗，如今又失戀了，於是他就大罵起女人（或者男人）最沒有情義，最不可靠，最愛虛榮，甚至罵出一些什麼卑鄙、無人格的話來。假如你正在看一篇描寫他們熱戀，或者正在追求某個對象而寫出來的詩歌、小品文，又大不相同了：他們歌頌女性是安琪兒，是聖母利亞，是上帝，是生命的寄託者，靈魂的花朵……一切形容女性美的字句，他們儘量在模仿，在創造，那怕是搜索枯腸，傷透腦筋，他們也願意拚命地寫。他們受不了一點打擊，喜、怒、哀、樂很容易表現在臉上，也很容易流露在他們的文字裏面，這是青年的天眞、熱情和坦白；不過寫起文章來時，他們有的好高騖遠，有的眼高手低，他們看不起別人的文章，然而自己又寫不出優美的作品；他們很想做個詩人；可惜連一封信也寫不通。綜觀他們作文的毛病，大概可分為下列幾種：

一、材料缺乏 這是與他們的生活有關的，例如生長在臺灣，從來沒有離開臺灣一步，甚至生長在臺北，連臺中、臺南都沒有到過的學生，他一直過着家庭和學校生活，他的見聞有限，自然可寫的文章材料很少；反之，從大陸來的青年，他們在戰亂中顛沛流離，自己的生活經驗，就是很好的文章材料；但也有些人，眼前擺着萬萬千千的材料，不知道怎樣去搜集；搜集了，又不知道如何去處理，這都是問題，都是一般初學寫作者，感到最傷腦筋的問題。

二、辭彙缺乏 文學的用語，究竟和我們普通的語言有區別的，在口語方面，我們力求簡單明白；而在文學作品裏面，我們要使語言藝術化、音樂化，不但字面要美，聲調也要美，因此各種美的辭彙，需要充分搜集，多多創造。自從抗戰以後，一般青年男女學生，不容易看到那些世界名著，卽使看到了，也因生活不安定的緣故，他們很少有時間寫筆記，看書好像小孩子聽故事似的，聽完就算了，有些還記得小說裏面的故事，有些連書名和作者的名字也統統忘記了。

三、想像缺乏 想像在文學裏面，佔着與情感、思想相等重要的位置，沒有美的想像，根本就產生不出美的作品。現在一般寫文章的青年，似乎有點喜歡走捷徑，不高興下一番苦功夫，不願意多動腦筋。他們不論在故事的結構上，人物的描寫，或自然風景的描寫上，都喜歡套用老調。例如：「月亮掛在蔚藍的天空裏」、「人生是虛空的，痛苦的！」、「尷尬的表情」、「銀鈴般的笑聲」、「爽朗的笑聲」，這一類句子，我不知道看過幾千幾萬次了，他們只知道人云亦云，很少有創造精神；不過也有些自作聰明，硬要把「憂鬱」寫成「鬱憂」，「寂寞無聊」寫成「聊寞」的。

想像不是靈感，它不會突然一下來到腦中，它需要用腦子靜靜地思索，把一切美的幻景化成眞實的景象，眞實的人物，眞實的故事，呈現在讀者之前，使他們相信眞有其景，眞有其人，眞有其事。

四、歐化的句子 也許這是因爲受了看翻譯小說的影響，有些年青的朋友，喜歡寫二三十個字的長句，常常看到那些「什麼的」，「什麼的」一大串的形容詞，除了使人感覺拖泥帶水，嚕哩嚕囌而外，有時甚至完全不通。他們以爲形容詞堆積的愈多，文章愈美；殊不知形容詞也像女人用的胭脂、水粉、口紅之類的化妝品一樣，長得美的女人，她不用化妝也很美，或者薄施脂粉，就顯得更美；但是一個本來就醜陋的女人，那怕是白粉抹的像石膏像一樣，胭脂口紅擦得比關公的臉還紅，反而顯得奇醜不堪，令人一見作嘔。

一篇文章的好與否，主要的在乎文字流利，內容豐富，情感熱烈；只要你寫得合乎情理，辭彙用得恰當，簡短的句子，一樣能顯出作者的天才，千萬不要故意雕琢，矯揉造作，而損害了自然純樸之美。

五、忽略了錯字　寫錯字，是人所不能免的，有時是眞的不知道，有時是最普通的字，一時忘了不知不覺地寫錯，這是筆誤，有些大作家也會犯錯；不過，在這裏我所說的錯字，是不應該錯而常常被他們寫錯的，甚至你替他改過兩三遍了，等到考試起來，他還要寫錯，的確太粗心；現在我且舉幾個最簡單的字來說一說：

怎麼「辦」？「辦」公的「辦」，常常錯成「辨」字；辨別是非的「辨」字，與辯論的「辯」字，也是他們弄不清的。有些粗心的學生常喜歡把「眼睛」寫成「眠睛」，「原諒」寫成「願諒」，「相思」寫成「想思」，把祈、禱、福、祿一類示旁的字寫成衣旁，這還可以原諒，有些字甚至錯得令你啼笑皆非，例如「報紙」寫成「報子」，「建國」寫成「健國」等。

六、日化的文法

「『你有吃過飯嗎？』他站在房門口，啓開紅的嘴唇，露出兩排白牙來問我，帶着微笑。」

「『有吃過了！』我也裂開着嘴微笑地回答着他。」

看了上面的對話，誰也知道是臺灣學生寫的，兩個「有」字都用得不通，這是他們的習慣用語，應該改掉的。前面那句，只要十六個字便可以了。「你吃過飯嗎？」他站在房門口微笑地問我；後面那句可改爲：「吃過了！」我回答他。爲什麼刪去了下面那一句呢？因爲只要不是在生氣，兩個人說話，總是帶着笑容的時候居多，爲了免除重複嚕囌起見，可以把它省略。

修改作文，倘若遇到歐化的句子，日化的文法，眞是大傷腦筋！不過青年人究竟是向上的，他們的進步也很快，三年前，我改一篇千餘字的文章，要花半小時以上，如今却只要十餘分鐘便夠了。我改文章的速度很慢，一篇文章，照例要經過三道手續：首先從頭到尾看一遍，然後再逐字逐句修改，連一個標點符號也不放鬆；最後，再唸一遍，看看有沒有不妥的地方。近兩年來，常常有些不是我教過的學生，或者陌生的讀者，寄稿來要我修改，我假使原件退還，良心上實在過意不去，而且也太使他們失望；改吧，實在花費我不少時間，好在他們都了解我的苦衷，原諒我把他們的稿子積壓至一年半載也不埋怨；否則，更要把我急壞了。

本來寫文章是一件苦事，而修改文章，更比寫文章要苦上不知若干倍，常有人說：「改一篇文章，還不如替他們寫兩篇文章。」這話雖然有點過火；然而事實上，凡是當過國文教員和編輯來的，他是了解此中滋味的。

以上嚕嚕囌囌說了許多關於改文苦的話，現在我再來說一說，修改文章時所得的快樂。眼看着一篇辭不達意的文章，經過一番修改後，它成了流利優美的作品，可以在報紙雜誌上刊登，這時我的快樂比醫生治好了病人還要加倍；又有時眼看着我敎過的學生，或者常向我編的刊物投稿的青年朋友，他們一個個成了作家，我這「與有榮焉」的老師、編者，眞感覺無限的欣慰和興奮；雖然成名是他們的天才和努力得來的；但我在他們的作品裏，也曾灌漑過清泉，下過肥料，爲他們拔除過雜草，驅逐過害蟲，我雖無功，至少是個於他們有益的小園丁。

還有時看到一篇佳作，讀到那些優美的句子，不知不覺地搖頭擺腦，自言自語地拍案稱讚道：「眞寫得好！好文章！好文章！」於是用筆使勁地加圈加點，打眉批，打總批，恨不得立刻給他打上一百分，再投到報刊上去發表。

也有的時候，作者淒涼的身世，或者不幸的遭遇感動了我，使我一面修改，一面放下筆來嘆息。他們的快樂，就是我的快樂，他們的憂愁，也就是我的憂愁；這時作者和我的感情起了共鳴作用，我和他們打成了一片，這是文字的力量，也是寫作的成功。

不過，這裏的所謂成功，並不是指他們的作品，已到了爐火純靑的地步，而是說他在描寫某一件事某一個人，能使讀者感動，在這一點上，他是成功的。

修改文章，你說對於自己的寫作有妨碍，這是當然的；但我以爲文章越改得多，對於自己的寫作越有幫助，至少自己不再寫那些拖泥帶水的句子，一句話可以表達完的，絕不會寫成兩句；用幾個恰當的字可以形容的，絕不會拖上幾十個冗長乏味的字兒，這就是我從修改文章裏得到的益處，不知你以爲然否？

謝冰瑩上　四十三年二月二十八日於滑齋

怎樣寫遊記

說來慚愧，我雖然是個最愛遊山玩水的人，國內的名勝古蹟，也見過不少；可是我並沒有寫過一本令自己滿意的遊記。

遊記，在文學裏面所佔的位置，雖然不及小說的能引起讀者的興趣；但它比起戲劇小品文來，更受到人們的歡迎。中國旅行社出版的旅行雜誌，銷路很好的原因，完全在於吸引了一批有山水嗜好的旅客。在臺灣，因爲地方不大，寫來寫去，總是碧潭、日月潭、阿里山、橫貫公路、獅頭山……這些地方，不像在大陸似的，東、南、西、北各省，有各省不同的風景、風俗、以及習慣人情，看起來一點也不覺得雷同或者單調。

一個人愛好山水，等於他愛聽音樂，愛看美術是同一的道理，不管他是那一種職業的人，假如知道某處的風景很好，某處有名勝古蹟，在他的經濟力量許可之下，他沒有不想出去遊歷的；

同樣的理由，喜歡遊覽名山大川的人，也就是愛寫遊記，或者愛看遊記的人。

從我讀陶淵明的桃花源記，柳宗元的永州八記，蘇東坡的前後赤壁賦開始，我便熱烈地愛上了遊記。西遊記、鏡花緣、徐霞客遊記、老殘遊記、愛麗思夢遊奇境記、魯濱遜飄流記，這些在中學時代就看過的書，直到今天我還在看它，研究它；尤其老殘遊記寫得實在太好了，不但寫景如畫、敍事生動、抒情深刻，寫人物栩栩如生，全部遊記的內容，實在太豐富了！可以當做小說看，也可以當做詩歌朗誦，可以改編爲劇本，也可以把每篇繪成各種各樣的圖畫；例如大家都唸過的「黃河結冰記」，你看他描寫得多麼有聲有色！黃河上游的冰，和下游的冰不同，水流動的冰，與平水的冰又不同；溜河的冰，「仍然奔騰澎湃，有聲有勢，那走不過去的冰，擠到兩邊平水上的，被亂冰擠破了，往岸竄出，有五六尺遠，許多破冰積起來，像個插屏似的。」這一段，老殘描寫得多麼細膩，多麼壯美！接着，他寫月光照着積雪的美，以及看到北斗七星移轉的迅速，而想到光陰過得太快，由「維北有斗，不可以挹酒漿」，而諷刺當時的王公大人，只做官不做事，他們那種「只是多耽處分，多一事不如少一事」的餘毒，至今還保留不少在社會上；最後寫老殘的感慨，他沒有寫我如何傷心，如何難過，只輕描淡寫地，用冰條和冰珠子，來反映他的傷心……。

「老殘一面走着，覺得臉上有樣物件掛着似的，用手一摸，原來兩邊滑溜的兩條冰，起初不懂這物那裏來的，旣而想着自己也笑了；原來方才滴下的淚，天寒就凍在臉上，立着的地下，必有許多冰珠子呢。」

從這段文字裏，不但了解老殘當時是如何地爲國事傷心；而且也知道北方冬天結冰的苦寒景像。

寫遊記，如果能寫到老殘這種地步，那就可說成功了。

在臺灣，四季都可以出外旅行，所遺憾的，是臺灣四時的風景氣候，沒有多少顯著的變化，處處是青山綠水，處處有鮮花野草，連廟宇也是差不多的形式；不過，我們如果仔細觀察，從平凡中去發掘美景，那麼寫起遊記來，就不愁沒有材料了。

現在我把遊記分成兩類來談談：一類是導遊性質的，一類是專寫風景的。前者要把這名勝或古蹟的所在地，有多少里，如何去法，寫得清清楚楚；例如由臺北到日月潭，坐特快火車十二點五十分可到臺中，然後搭一點半開的遊覽車，下午四點五十分可抵日月潭，沿途經過南投，水裏坑幾個大站；到了日月潭，當然要寫出涵碧樓、龍湖閣等幾家旅館，甚至順便說一說吃什麼比較經濟，同時介紹附近的風景，光華島、文武廟、蕃社等等；如果是專寫風景呢，你可以選擇一個目標，做爲你寫文章的對象；或者專寫日月潭的夜景、晨景；或者寫由文武廟俯瞰日月潭、光華島的風景；或者專寫蕃社歌舞團的舞蹈，總之你要覺得這地方眞美，這件事眞的感動了你，才把它寫下來；否則，勉強繳卷，是沒有意思的。

我平時最喜歡看遊記，因爲遊記裏面有歷史、地理、生物等各種常識，也有各地風土人情的記載，人物的介紹，以及掌故趣事。凡是我沒有去過的地方，我要知道別人介紹了那些好山水；假若是遊過了的名勝，我也要看看他寫得是否太誇張？是否形容過火？記得有一次，我在一本雜誌上，看見有人把烏來瀑布寫成如何壯觀，水聲如何洪大，及至我親自一看，不覺大失所望，這麼小小的瀑布，有什麼壯觀呢？那天也沒有看到高山同胞的歌舞，倒是我們坐臺車經過的木橋搖搖欲墜，低頭一望，眞叫人心驚膽戰，我害怕得滿頭大汗，說不出話來；除了一篇「烏來鳥外，至今沒有寫成遊記。

我們寫遊記，要忠實可靠，不要誇張，不要故意錦上添花，例如明明是一處最平凡的地方，你硬把它描寫成比桃花源還美的仙境，別人去過的，自然會罵你胡說八道；沒有到過的，將來有一天他上了你的當，也會大罵你的。

還有一件事，也是寫遊記的人要注意的：無論你去什麼地方旅行，一支筆和一本筆記是不能離開你的。記得我遊獅頭山的時候，我還特地繪了一個簡圖，由仰高亭上去是勸化堂，再往右是金利洞，左邊是開善寺，我都記得清清楚楚；後來回到臺北，我寫獅頭山遊記的時候，非常方便，朋友說我這篇遊記比別人的寫得詳細；可是我覺得沒有去水濂洞，始終是一個遺憾。

喜歡看電影的人，都知道電影裏面有遠景、中景、近景和特寫，寫遊記也需要分出遠景、中景、近景和特寫來；有時你所寫的目的地，並不令你滿意；但沿途某處風景優美，或者你的朋友講了個有趣的故事，你都可以寫在遊記裏，以增加它的餘興。

謝冰瑩上

投在大自然的懷抱裏

朋友：

上次信上談到愛的煩惱問題，今天本想再繼續和你們討論戀愛與結婚；可是我的腦子裏充滿了大自然的美麗，充滿了山川的崇高與壯濶，這是祖國的河山，我彷彿回到了大陸，陶醉在長江一帶的風光裏。

你們看了上面一段話，一定會感到莫名其妙的；原來我離開臺北五天了，由日月潭而阿里山、嘉義、臺中，今天來到了梨山。爲了答應貴刊的編者，一定在二十日左右寄稿來，我每天都在想着這件事；但實在抽不出時間，我陪着一位四十多年前，認識的老朋友汪海蘭女士，整天坐火車、汽車，欣賞風景，談少年時代的趣事，我眞沒有時間和你們筆談；不過，儘管如此忙碌，如此勞累，我並沒有忘記你們，這是我的責任，也是我應該守的信用。

今天，我和你們簡單地談一談「達觀」的問題：

每個人對於人生都有不同的看法，有的人消極悲觀，有的人積極樂觀，還有的人開朗達觀。我以爲不論他怎樣悲觀，如果常常和大自然接觸，他一定會變得積極，達觀；什麼原因呢？宇宙間一切的生物，都是向上生長的，你看熱帶有熱帶的植物，溫帶、暖帶、寒帶，各有它們不同的生物。阿里山的神木，經過了三千多年的風霜雨雪的摧殘，它還在生長；第二代、第三代木，儘管下面已經完全枯到只能拿來當做柴燒了；但它還在欣欣向榮地與萬物競爭。越到寒冷的地方，植物長得又快又好，花開得特別燦爛。朋友，你想不到梨山的杜鵑花，正是盛開的時候，阿里山的聖誕紅，也滿山遍野地一片紅艷吧？小鳥的叫聲，也比平地的好聽多了，這證明，越到寒冷險峻的地方，生物的抵抗力越強，適應環境的力量越大。朋友，你該明白我的意思了吧？人爲萬物之靈，他應該更具有與環境奮鬥的能力，更能克服一切物質的、精神的困難，創造自己光明的理想前程！

從小我就愛好大自然，登山涉水，不辭辛勞。我羨慕徐霞客、劉鐵雲；我希望我的身體還能讓我和大自然相處十年，卽使老到要用拐杖爬山，我也心甘情願。朋友，你們在假期中，千萬多和山水接近，最好是登山，不但鍛鍊身體，而且使你的胸懷開豁，有「登泰山而小天下」之感。「萬物靜觀皆自得，四時佳興與人同」，這是個多麼美，多麼可愛的世界！朋友，你還有什麼煩惱呢？讚美它，歌頌它還嫌來不及哩！

非常抱歉！我不能多寫了，明早還要去天祥、太魯閣，今晚應該早點休息了。祝你們進步！

謝 冰 瑩 上

旅行與寫作

很久以前，記不清在那一本雜誌上面，曾看到這樣一個故事：一位熱烈地期望她兒子成爲作家的母親，寫信給一位名作家，詢問要怎樣才能成爲一個文學家；那作家立刻回了她一信，裏面只有簡單的一句話：「你給一萬塊錢與你的兒子，叫他到外面去旅行吧。」

雖然是一句話，其中却有至理。一個人只要他多跑些不同的地方，看到一些不同的風景和不同的風俗人情；假如他愛好文學，而又有表達能力的修養，自自然然地會寫出一些優美的文學作品出來。

我相信，而且敢武斷地說：一個富有藝術天才，或者愛好文藝的人，沒有不喜歡旅行的。他們的文思，越在新鮮的地方，越能如瀑布一般傾瀉出來；倘若整天像一隻籠中的小鳥，關在狹小的房間裏，他一定文思枯竭，絕對寫不出好文章來的。我們隨便去讀那位作家的傳記，他至少曾經旅行過三、四個國家或者十餘省來的。他們到過的地方越多，經歷越豐富；而在文學方面的收穫，自然也越大。現在我且舉個例子來說吧：德國的歌德與海涅，這兩位舉世聞名的大詩人，若是不到意大利去旅行，絕對產生不出震撼世界文壇的詩篇；又如雪萊、濟慈、勃朗寧，這三位詩人的作品，也都充滿了意大利的異國情調。我國已故詩人王獨淸，常喜歡寫威尼斯的風景和風俗人情；周作人兄弟，以及郁達夫等留日的作家，他們都喜歡以日本爲背景寫小說、詩歌或散文。西洋某作家曾說：作家的營養是「人、自然與書。」我國也有句古話：「行萬里路，勝讀萬卷書。」書，可以坐在家裏讀到；而人與自然，不到外面去旅行，是無從搜集到作品裏來的。一個作家，無論他窮到什麼地步，他也應該借債出外旅行；萬一不能到遙遠的地方，至少坐三等慢車到附近幾十百里地的風景區走走總可以的，因爲旅行，一來可以使心胸開朗，精神煥發；二來可以找到許多文章材料。你把這些新的材料寫成文章，不但完成了一篇或者一部很好，而受到讀者歡迎的遊記，而且你借的債，也可以用稿費來還淸；不過也有時，我們付出的代價太高，而收入很少，甚至不能補償十分之一的；可是，朋友，你千萬不要如此斤斤計較，一部偉大的作品，絕不是金錢可以估計它的價值的；何況旅行一次，在你的生命史上，是個永遠難忘的紀念。還有，說不定在什麼時候，你的小說，需要寫什麼地方的風景，以什麼地方作背景，而那地方你剛好沒有到過，這時候，你感到的遺憾，是無法補償的。

根據我個人的經驗，越在生活不安的旅途中，我越能寫出抒發自己感情，描寫社會生活的作品。無論在火車上、輪船上、小客店裏，或者汽車停住的山道上、醫院的候診室裏，我都能靠着膝蓋寫文章；還有許多小說裏面的人物，是在坐火車的時候，找到對象構思出來的。火車，我以爲是所有交通工具裏面最有助於寫作的一種。當火車開行的時候，你眼望着窗外各種不同的風景、房屋、雲彩，像電影似的一幕幕從你的眼前飛奔過去，忽而崇山峻嶺；忽而一片平原；忽而經過波濤洶湧的海邊；忽而看到萬丈高懸的瀑布，自山嶺傾瀉而下。你眼睛裏看到這變化萬千的景物，心裏想着你要寫的題材；也許這時候，你突然會在腦海裏湧出一首美麗的詩；或者因爲看到了坐在你對面的那個美麗少女，而引起你想寫一篇動人的小說；那麼，你不要着急，一會兒火車就會停的，那時候，你就可以把剛才想到的好句子、好情節，立刻記在小本子上面。朋友，千萬記着：旅行的時候，除了錢，最不可缺少的是「筆」和「小本子」。無論你旅行到一個什麼地方，不論城市或者鄉村，你應該對於這地方的風景、人物、習俗人情，以及這地方有什麼古蹟，有什麼特產，統統記下來；還有重要街道的名稱，儘可能地多記載一些，以爲將來寫作時的參考。

一個人如果老住在一處地方不動，在知識方面，他固然是孤陋寡聞，就是在精神上和身體上，也有莫大的妨礙，何況靜極思動，乃是人之常情；最好在某一處地方，住了一年半載之後，就要出外旅行，換換環境，使腦筋清醒。人生有機會多旅行幾處地方，實在是無上的愉快，孔夫子假如不是周遊列國，他的「春秋」也不會產生。外國人若不旅行到中國來，他絕不會知道中國是這麼一個地大物博的天府之國；而深深地愛上了中國，把他們的商品，儘量向中國推銷；哥倫布若不是喜歡旅行，也決不會發現新大陸。

其實像這類的例子，眞是不勝枚舉。所有的畫家、攝影家，固然要常去旅行，收集材料；而詩人作家同樣需要出外旅行，隨時補充寫作材料。

總之：旅行可以使身心愉快，眼界開曠；啓發文思，凡是從事藝術工作的人，每年至少要有一次長途旅行的機會才好。

文學與自然

瑞雄同學：

你抵家後給我的信，收到一星期了。謝謝你的關心，近來我的精神還好，每天寫作四、五小時，也勉強能夠支持。你說你整天看書，連飯也不想吃，這是錯誤的。你應該趁着這漫長的暑假，約二三好友去山水幽美的地方寫生，領略大自然的快樂。今天趁着下雨，沒有遊客，靜修院更比平時顯得清靜，我來好好地和你談一談文學與自然的關係吧。自然界的變化實在太美，太神秘了！在頃刻之間，風雲氣候有各種不同的變幻；尤其在山上，最使我感到有趣的，是雲霧的變幻，和晴雨的無常；有時眼望着下界是火紅似的太陽，而山上却是雷聲隆隆，大雨傾盆，滿山的瀑布滾滾而下；可是不到十分鐘，又是雨過天青，紅日高照；有時看到山下烏雲密佈，大地沉沉；反觀山上却是赤焰當空，熱得那些遊山客汗流浹背，叫苦連天。

住在臺灣的人，更容易領略到自然的變化，拿氣候舉個例子來說吧：往往在基隆下大雨，臺北是大晴天，僅僅一山之隔，或者隔一條馬路，就有晴雨不同的差別。有時在一天之內，要經過春夏秋冬四季的氣候，很多人都覺得這種氣候太討厭，我却非常喜歡她；尤其在阿里山上看雲海，在基隆海邊聽濤聲，我認爲是最壯麗的圖畫，最動人的音樂。

自然界的變幻，眞是又美麗，又偉大！一個研究文學的人，（特別你是學畫的！）一定要愛好自然，觀察自然，描寫自然，才能成爲一個偉大的作家或畫家。歌德曾經說過這樣的話：

「我今後要永遠皈依自然，因爲只有自然是無窮豐富，只有自然能造就偉大的作家。」

藝術家羅丹也說：

「要把自然作你們唯一的主神。」

中國有句古話：「仁者樂山，智者樂水。」無論那一個藝術家，沒有不酷愛山水的。正如蘇東坡說的：「唯江上之清風，與山間之明月，耳得之而爲聲，目遇之而成色，取之無盡，用之不竭……」的確，這是造物者給與人們以無窮的寶藏，啓示人們無限的文思。

畫家與詩人，是最愛好自然的，畫家簡直把自然看成他們的第二生命。他們常常背着畫架跋涉山川，不怕麻煩地替自然寫生，盡量描寫自然的美，自然的偉大。他們對於自然的崇拜與忠實，遠在詩人之上，其實詩人也把自然當作他的靈魂。試讀古今中外詩人的作品，大半是歌頌自然的。愛好文藝的人，必須多和青山綠水接近，與自然做一對永遠的情侶，你們的作品裏面，越多描寫自然，便越顯得充實。

宇宙間的奧妙，有許多是我們永遠不能了解的。天生萬物，一視同仁，對於它們的愛護，眞無微不至。

我們常常看見從堅硬的石縫裏，會長出樹木和花草來；北平故宮的房頂上，長着青青的美麗的花草，和那些紅牆綠瓦配合起來，特別顯得好看。無論是一棵小草也好，一滴流泉也好，都有它生命存在的價值。我們必須多多觀察自然，了解自然，因爲自然是幫助你了解奧妙的人生，陶冶你偉大人格的最好方法！你如果常和名山大川接近，你的胸襟會特別開朗；頭腦會特別清新；意志會特別堅強；文思會特別豐富，寫出來的文章，也會像黃河長江似的一瀉千里，波瀾壯濶。

自然是偉大的、博愛的，它沒有貧富的區別，沒有老幼的界限，誰愛好自然，便可倒在自然的懷抱裏盡情享受。它最純潔，最忠實，也最誠懇，你可以從它的身上，得到一切的快樂與希望，甚至得到整個的人生。

總之，每一個人，特別是愛好文藝的人，一定要常與自然接近；因爲自然可以陶冶優美的性情，除去自私偏狹的觀念，養成清高的人格和正確的人生觀。當你看到一叢欣欣向榮的花草，聽到小鳥啁啾的聲青，或者看到「明月松間照，清泉石上流」的美景，你覺得整個的宇宙是活躍的、美麗的、和諧的、有生命的；如果消極的文人到此，一定會變成積極，爲什麼？因爲「一切生物都能生存，我爲什麼要走向滅亡？」

是的，消極的文人不但變成了積極的；而且將成爲一個最努力的文化工作者，爲什麼？因爲「一粒沙，一顆小石子也有它的用途；一股清泉，可以養活萬萬千千的生靈；一根小草，一朵小花，也會點綴風景；而一個身爲萬物之靈的人，怎麼可以偸生於人世，對社會沒有半點貢獻呢？」

常常有很多騷人、雅士；或者那些不得志的人，他們喜歡住在山水清幽的地方，享受着自然給與他的快樂和安慰。古時候的詩人作家，更是以山中做爲他們的天堂，終生的安息之地。在電影裏面，一看到那些青山綠水，景色宜人的幕景，不覺爲之神往。讀了一篇好遊記，恨不得立刻去遊那座山；看到一幅好的風景畫或者照片，腦海裏立刻會湧出兩種慾望，一種是：「我要得到這幅畫；」另一種是：「將來我若是能到這地方去遊玩就好了。」可見山水沒有人不喜愛的，不過喜愛的程度有深淺而已。

總之，自然是我們作品的靈魂，是我們思想的主宰。我們要研究文學，首先要皈依自然，把生命寄託在自然的懷抱裏；要在自然的奧妙中，去了解人生的眞意義，發揮人類的活力，貢獻給社會和宇宙。

瑞雄，你平時看書太多，老不運動，也不去遊山玩水，實在對你的健康有妨礙。看了我這封信，你能改變一下生活方式嗎？

祝你

健康！

謝冰瑩上　四十四年七月十八日於靜修院

談青年的苦悶

「苦悶啊，苦悶！」
「這日子如何度過，實在太苦悶了！」
「我恨不得變一顆炸彈，把整個世界毀滅！」
「唉！度日如年，人生究竟有什麼意義呢？」
「戀愛、學問、事業，什麼都是空的，都是假的，完了！完了！一切都完了！」
「…………」

好了，好了，我不再抄下去了，這是現代——五四以來的一部份青年人的苦悶，表現在他們的言語和文字上面。依我看來，這些都是無病呻吟；假若眞正有煩悶的人，他只有兩種處理的方法，第一種是：什麼也不說，終日緊鎖眉頭，一言不發，煩在心頭；第二種是：想法解除煩悶，拚命用功讀書，或者工作，借此來驅除煩悶，我是贊成第二種人的作法的；而且自己也是用的這種方法。

「唉！什麼是人生，簡直是人死啊！」一位青年讀者，來信向我發牢騷。

前幾天接到老友許建吾先生自香港來信，眞是無獨有偶，他也說：「剛剛打電話給老丁夫婦，報告姚文訓先生，已於九月二十五日，病逝星洲湯中律政府醫院，二十八日出殯，大家感嘆不已。他經過種種既痛且苦的爭鬥，終於倒下去了。唉！所謂「人生」，實係「人死」，乃人自出生，只有一條路可走，無論是直徑或是曲徑，總是走向「死路」也，二公以爲然乎？明乎此，則當多尋樂趣矣！」

許建吾先生是我國三十年代的名詩人，臺灣的讀者，想必對他不會陌生，我們經常在電臺聽到的「黑霧」，「山在虛無飄渺間」，「祖國戀」……都是他作的詞，黃友棣先生作的曲，他們兩個人是老搭檔了。

我知道，許建吾先生所說的「人死」，絕對不是由衷之言，而是一時因姚先生之死有感而發，不像那位青年朋友的無病呻吟。老實說，我在二十歲左右的年齡，也曾經有幾次起過自殺的念頭，但當我臨到快要走上絕路時，我的腦子裏，立刻跳出來一個問號「？」爲什麼要死？不死可以解決嗎？能不能找一位朋友談談？可不可以把我的痛苦發洩在紙上？

這麼一想，我就不想自殺了。

在南京的燕子磯石頭上，刻着六個大字：「想一想，死不得！」當初詩人朱湘就是投水自殺的；可惜他沒有看到這六個字；否則，我想他一定捨不得他的愛妻和兒女去死的。

現在，我們來分析一般青年人的苦悶，不外下列幾種：

1. 受經濟壓迫。
2. 戀愛失敗；或者想戀愛找不到對象。
3. 事業受打擊；或者考不取學校。
4. 受病痛折磨。
5. 家庭有什麼問題。
6. 其他。

以上不過舉些大概的例子，自然還有很多，人是感情的動物，有時衝動起來，理智不知道逃到那裏去了？一件芝蔴大的事情，也會導致他走上自殺之路，拿生命來開玩笑，實在太不應該了！

謝冰瑩上

「我迷失了」

朋友：很久不見了，你們都好嗎？時間過得眞快，今天又是師大期中考試開始了，我特地提早一小時回來，爲的是想趁這短短的五十分鐘，和你們談談「迷失」的問題。

常常在報紙副刊上或雜誌上，看到這樣的句子：「我們是迷失的一羣，不知何去何從……」或者說：「我們失去了家的溫暖，我們四顧茫然」；「我們在十字街頭徬徨，不知走向何方？」「我們徘徊歧路，苦悶不堪……」。

奇怪，看了這些句子，我不忍心責備那「迷失的一羣」，只有深深地同情他們。我了解他們所說的苦悶、徘徊、徬徨，這件事，一半要家庭、學校、社會負責，一半他們自己本身要負責。得不到家庭的溫暖，這固然是做父母的責任；但他也應該自己反省：「我對家庭盡過什麼義務？我對父母、兄弟、姊妹，付出過愛沒有，我給了他們溫暖嗎？給了他們好處嗎？」

再想一想：「學校的課業，我都按時繳卷嗎？我眞的尊敬老師嗎？我逃過課沒有？我曾經因爲戀愛而躭誤過功課嗎？……」至於社會，你也要想一想：「社會有很多壞風俗，爲什麼我們不能改良它，反而受它的汚染呢？我們是青年，天天以國家的棟樑，未來的主人翁自居，試問，我有什麼學問，什麼本事，能擔當起社會棟樑的責任呢？我的學問基礎打好了沒有？我有正確的思想和堅強的意志嗎？朋友，要反省的事太多了，這裏我不想增加他們的負擔，我只問他們一句：

「你迷失了什麼？」

我希望得到他們的忠實回答，究竟苦悶的是什麼？爲什麼要在十字路口徘徊？那麼多來來往往的汽車、卡車、摩托車，不會撞倒你嗎？出門之前，你應該有個目的地，有個方向，你不能無目的地在街頭漫步，正如你進了中學以後，你就應該立定志向，一步步走去，總會達到你的目的地的。

目前，我們的國家，正處在一個最艱苦，同時也是最偉大的時代，要說苦悶，恐怕每一個人都有這種感覺，只是程度的不同；就拿我來做個例子吧，我的苦悶比誰都要多：二十多年得不到大陸家人和親友的信了，每天日夜，我都會想念他們，我常常爲「不知道要何年何月才能見到他們？」這個問題而苦惱，更爲自己的身體一年不如一年而躭憂；最令我傷心的是：我的眼睛不許我寫字、看書，只要我閉着眼睛休息；否則，她就要流淚了，也許過去我用得太多，所以她現在提出抗議。你想：在這種情形之下，我能不煩悶嗎？有時我氣起來時就想：管她呢，我偏要看書、寫稿，由她去眼痛，流淚吧，有一天，到我雙眼失明時，我就要永久休息了。

如果我眞的這麼消極，那就未免太不中用。我要樂觀、達觀，還像青年時代一樣朝氣蓬勃，在內心裏時常想到：我要老當益壯，有許多事待我去做。這麼一來，我非但沒有煩惱；而且非常快樂，我要打起精神來努力工作。

朋友，我相信你們決不會喊迷失的，你們早已認淸了自己的目標，正在努力向着光明的前途勇往邁進，我祝福你們每人都有個快樂幸福的未來！

謝冰瑩上

解除煩悶的方法

現在我們再來簡單地談談解除煩悶的方法：

1.雙手萬能，我想誰也不能否認這句話，只要你肯下個做苦工的決心，我相信經濟決不會有問題，白天做工，晚上讀書的人很多，很多。我們絕不能守株待兎，等着中獎，等着發財；假如你能吃鹹菜、饅頭、稀飯過日子的話，我相信生活決不會發生問題。

2.對於戀愛，我始終相信一個「緣」字，所謂可遇而不可求。我以爲戀愛結婚，只是人們生活的一部份，而不是人生的全部。人，活在世界上，並不是只爲了愛；而是與比愛更重要的事業，爲社會，爲人類謀求幸福。許多人沒有結過婚；可是他仍然活得很快活，很舒服，很有意義。多少男男女女，爲學問、爲事業整天在忙，到最後一口呼吸停止，自然有他的親戚朋友、老師、學生以及社會熱心人士爲他料理後事，總不會讓他含恨而終，屍骨暴露。

3.至於事業受打擊，更不算什麼一回事，大丈夫能屈能伸，跌倒了馬上爬起來；受一次打擊，就可增加一份奮鬥的勇氣。

考不取學校，也值得煩悶，甚至自殺，更是笑話！今年考不上，明年來，明年再考不上，後年來。只要你有充分的準備，不氣餒、不灰心，總有一天會考取。萬一你是個處境困難的苦命孩子，根本不能進學校，那麼你只要自修，將來也會成爲大學者的。

4.受病痛折磨，的確是很苦的，我的同鄉、同事龔慕蘭教授，她在師大教詩詞，很受學生歡迎，突然有一天中風了，十多年來整天躺在床上，四肢發抖，非但不能作任何事情；而且要別人餵飯，大小便都要別人照料，她實在苦痛得想自殺。我每次去看她，就安慰她；勸她好好地、勇敢地活下去，我說：「你一定要留得這條命回大陸！」她點了點頭，微笑了！

大陸上有她的愛兒、媳婦和孫子，僅僅靠這一線希望，她勉強痛苦地在活着，已經七十歲了，舊文學的造詣很深，在大陸曾當過中學校長、教員，桃李滿天下。如今得了這種病，中西醫都束手無策，她除了忍耐達觀而外，還有什麼法子驅除煩悶呢？

5.家庭問題，青年人還不覺得什麼，到了中年，有些人就會發生一連串問題。例如夫婦不和啦！子女太多，負擔太重啦，事業不如意啦，受朋友牽累，傾家蕩產啦；或者家門不幸，子女做了太保、太妹啦……總之：家家有本難念的經，事之不如人意者十之八九。我們要有樂觀、達觀的心情，要有克服一切困難的奮鬥精神，要有面對現實的勇氣，才能立足社會，創造理想的事業，求得高深的學問，建設眞、善、美、愛的人生。

我爲什麽要說青年朋友喜歡無病呻吟呢？我曾經在師大一位學生的作文裏，看到他喜歡過流浪生活的語句，我問他什麽是流浪？他回答不出來。我說：「你在師大上課，有公費可拿，同學這麽多，家裏環境又好，怎麽想到要過流浪生活呢？」

由他我聯想到許多青年男女，都想離開家，不讀書、不做工，去過吉卜賽人的流浪生活。朋友，你想想，這是正常的思想嗎？這是大時代中的青年應該過的生活嗎？

爲了時間的關係，我只能寫到這裏爲止，最後，我希望青年朋友千萬不要無病呻吟，即使眞的有苦悶，也要想盡方法來解除它；你自己的力量解決不了，可以請朋友和家裏的人大家來，共同爲你解除困難，千萬不要悶在心裏，那樣會使你愁上加愁，悶上加悶的。

朋友，願你們：

在天朗氣清的秋天裏，有豐富的收穫！

謝冰瑩上

中學生可以戀愛嗎？

紋：昨天你回去的時候，從你臉上的表情看來，可以斷定你是不高興的。這也難怪，正在我們談得起勁的時候，忽然來了兩位中年太太，打斷了我們的話頭，她們又老不走，所以你就呶着嘴回家了。

紋：你知道她們後來和我談些什麼話嗎？眞有趣，她們也提出一個和你同樣的問題來和我討論：「究竟中學生可不可以談戀愛呢？」早知如此，把你留下和她們開一個辯論會就好了；不過她們的主張，也是和我一致的，那麼，你豈不成了孤掌難鳴嗎？

紋：你是個最聰明的孩子，你的母親只有你這一顆掌上明珠，父母的愛，全集中在你一人的身上，他們希望你將來能成爲一個科學家或者教育家；而你也許一方面，受了看電影和交朋友的影響；另一方面，是寶島的氣候刺激你，使你成熟得太早，還只有十七歲，就渴望得到異性的安慰。你羨慕別的同學太自由，可以交好幾個異性朋友，可以和他們一同去遊山玩水；跳舞、看電影，你公開批評你母親的思想頑固，太守舊；你說二十世紀的青年，應該過二十世紀的生活。不錯，你說的都對；只是有一點你沒有認清楚，這是個什麼樣的時代？這是一種什麼樣的環境？青年在非常時期，應該負着什麼使命？你曾經想到過沒有？你和你的父母，爲什麼不留在大陸而逃到臺灣來？難道是爲了想看電影，想跳舞嗎？難道是爲了爭取交朋友的自由嗎？紋，關於青年報國這些大道理，你比我講得還要動聽，我無須向你宣傳；現在要提醒你的是，假使你的母親一點也不干涉你，讓你絕對自由，你可以日夜不回家，跟着你的男朋友去遠走高飛；那麼，不出一年，我敢說，你會永遠失去你少女的天眞，少女的快樂；你會變成一個充滿了煩惱、痛苦、後悔無及的少婦；你的光明燦爛，有無限希望的前途，也許就因此而黯然失色，甚至完全斷送了！這是一件多麼可怕的事呵！前幾天在一位同事的家裏，聽到一位少女的故事，我現在寫在下面供你做個參考；不過我要特別聲明：這不是一個故事，而是一件千眞萬確的事實。

「我的房客，有一個十八歲的女孩子，在×女中還沒有畢業，不知從什麼時候開始，她愛上了一位有婦之夫；那男的在某銀行服務，穿得很講究，每天晚上來找女的去看電影、坐咖啡館。有時她母親硬不許她出去，男的就陪着她在院子裏那棵大榕樹下面，談到十一二點還不走。不知道他們那兒來的那麼多話，好像永遠講不完；有一次，我實在忍不住了，就毫不客氣地下逐客令，我說：『你們要談情說愛，爲什麼不去北投開旅館？我這裏是不許三更半夜不關門的！』你們想想，她聽了我的話，會立刻叫男的走嗎？哼！她才不理這一套呢！仍然繼續說下去；還有一次，她穿一件很漂亮的新衣裳，現出很高興很驕傲的樣子；衣服是她男朋友送的，她的父親知道了，氣得發抖，立刻把新衣撕成碎片。現在，老頭氣病了，躺在床上呻吟；老太婆也氣得暈過兩次。看樣子，這一對老夫妻，非死在這位寶貝女兒手裏不可了！」

李太太很感慨地說。

「她家裏還有別的人嗎？」我問。

「還有兩個哥哥，都在大陸沒有出來。」

「她難道不知道對方有太太嗎？」

「起初那男的瞞住她，後來知道了，她也滿不在乎。最近聽說那男的要和太太離婚，與這位十三妹型的小姐結婚了！唉！你們這些教育家，對於這個問題，究竟應該怎樣解決呢？」

「不管她，讓她們去上當，等到上當的一天一天多起來了，她們就會覺悟的。」王太太氣憤憤地說。

「不可以！不可以！譬如我們對於一個小孩子的管教問題，明知道玩火會燒傷他的手，但此時孩子並不知道，當他哭着要點火的時候，難道你眞的替他點上，等他燒傷了，再帶他去醫院治療嗎？我們應該盡我們的責任，把少女時代，不能隨便交異性朋友的理由告訴她，把報紙上登載的那些少女受騙的事實說給她聽，使她警惕；告訴她怎樣用理智壓制感情，把興趣轉移到讀書和各種運動上面去；少讓她們看那些講戀愛的電影；少看那些三角戀愛，多角戀愛的小說，指導她們多交努力用功的同性朋友；告訴她們戀愛過早的種種害處……」

宗太太不愧是一個教育家，她認眞地說了這許多，李太太連忙打斷她的話說：

「現在看電影，成了中學生的主課之一，試問兩條腿長在她們的身上，你怎麼能禁止得住呢？我自己也有一個上中學的女兒，爲了怕染上不良的嗜好，我把她送到臺中一個教會學校讀書去了，因爲那裏可以寄宿，校規很嚴，比她走讀好多了。」

「的確，我也贊成女學生能夠儘可能地住在學校，因爲走讀太容易和惡劣的環境接觸，往往有許多家長，以爲他的女兒還沒有放學，其實她早已溜進電影院去了。」

很久不開口的王太太，也發表意見了。

紋，你看到這裏，也許會罵我們的思想太多烘吧？其實我是一個絕對擁護自由戀愛的；可是那些沒有達到大學年齡的女孩子，她的感情還沒有成熟，對於社會認識不清，意志薄弱，很容易受異性甜言蜜語的誘惑，而葬送了她寶貴的前途；因此我還是那句老話：我是不贊成中學生戀愛的！

寫得不少了，紋，你是個聰明人，想必能了解我對你的關心。

最後，你有什麼意見，希望忠實地告訴我。

謝冰瑩上

戀愛與結婚

朋友：你來信要我對於戀愛與結婚，發表一點意見，這是個大問題，絕不是在短短的數千字裏，能夠說得清楚的；為了不辜負你的好意，我就長話短說吧，有不對的地方，還得請你多多原諒。

戀愛，在人生的旅途上，是不可避免的遭遇，她是和吃飯穿衣一樣，那麼很平常的事情；然而在當事人看來，簡直是世間最稀罕最神秘的一件事。他們偷偷地幽會，偷偷地寫情書；假使某一方的家長是頑固的，他們在越不能自由戀愛的環境裏，愛情便越甜蜜，而且越能如火如荼，不顧一切地去爭取！他們可以為愛情自殺，或遠走高飛，什麼名譽，什麼學問，什麼事業，他們全不顧及，只覺得兩人的愛是偉大的，神聖的，誰也沒有權力來干涉，誰也沒有力量來阻止；他們彷彿像一對瘋子，什麼人也不需要，那怕世界上沒有一個親戚朋友同情他，他們也覺得沒有關係，甚至兩人都窮得沒有飯吃也不管，反正只要有「愛」便行。

「愛，我們痛快地愛吧，即使餓死了，也是甜蜜的。」

無論這話是出於男性或者女性，對方總會很高興地接受的。

戀愛像洪水，能夠沖破舊禮敎的藩堤；

戀愛像烈火，能夠燒燬一切封建勢力；

戀愛像一顆炸彈，她可以把整個的生命炸燬！

可怕呵，戀愛是這麼熱烈，這麼勇敢，這麼不顧一切的一種潛在的生命力！

但是，戀愛有時是盲目的，在她的眼睛上，蒙上了一層厚厚的情感之網，她失去了理智的判斷，她什麼也看不見，除了愛；她什麼也不想，除了愛！她情願挨餓挨凍，情願失學失業，情願被洪水淹沒，情願被烈火燒死，情願被炸彈燬滅，誰要反對她戀愛，誰就是她的敵人！

於是他們兩人，在月白風清的深夜，緊緊地擁抱着，發出像囈語似的聲音：

愛，我們熱烈地愛吧，

這世間只有你和我，

只有我們偉大純眞的愛。

眞的，當一對情人熱戀着的時候，是絕對自私的！他們不要父母兄弟，也不要親戚朋友，他們常常有這種可笑的思想，總覺得自己是世界上最幸福的人，在這廣大的宇宙裏，別人都是傻子，都是沒有快樂，沒有幸福的，只有自己才是人間的幸運者，甚至有時還會漠視了他人的存在，「這世界，是只屬於我們兩人的！」

其實，這世界，眞是屬於他們兩個的嗎？不！別人，那些千千萬萬的別人，也像他們一對一對地在互相擁抱着，在月白風清的夜裏，發出同樣的囈語，做着同樣的美夢。

不錯，戀愛是神聖的，是人生最寶貴的幸福開端；可是她如果失掉理性，一對靈活的眼球上，蒙着一層厚厚的情感之網，那麼她的戀愛將是盲目的，悲慘的！在快樂的後面，緊接着苦惱；在幸福的後面，緊接着慘痛。她的一生，也許就會完全葬送在這「戀愛」兩個字上面了。

那麼，戀愛可以避免的嗎？

什麼才是眞正的戀愛之道呢？

戀愛是人生所不能避免的，但她很可以用理智來處理。比方有立志做社會事業，或者從事某種專門學問研究的人，爲了害怕戀愛結婚這些事來糾纏他，擾亂他的心神，妨害他的工作，所以他或她寧願一生抱獨身主義，或者等到學問事業，有了相當成就的時候才結婚。這時候，也許有人在譏諷老小姐做新娘，老頭子做新郎，其實有什麼關係呢？戀愛與結婚是個人的事，只要與社會沒有妨礙，儘可自由戀愛，自由結婚。

至於戀愛之道，最要緊的是在乎理智。往往一對青年男女，當他們在熱戀的時候，只有感情，沒有理智，只覺得對方是一個十全十美的人，沒有絲毫缺點，乃至於一言一笑，一舉一動，都覺得美麗無比，所謂「情人眼裏出西施」，眞是一點不錯；然而關於對方的思想究竟怎樣？性格如何？他的家庭背景怎樣？環繞在他周圍的朋友是些什麼樣的人？這一切都應該在戀愛的時候，調查清楚，觀察清楚。你在情人的面前，不要老表示出你的優點，使他愛慕，使他盲目地崇拜，你應該把你的思想，你的家庭狀況，你有那些特殊的個性也告訴他，使他完全認識你，了解你；如果他眞是佩服你的，他一定愛你的坦白忠誠；否則，你把一切隱瞞起來，將來結婚之後，很快地便會露出你的本來面目，那麼不幸的悲劇便會開始了！

要知道，一個不幸的結合，寧可當初沒有戀愛。

同時，你在觀察對方的時候，也要盡量尋找他的缺點，不要只顧注意他的優點。你要故意找些問題來試探他的思想，比方你要充分地表示你的個性，你的思想；表示你是不能屈服在任何壓力之下的。他約你去看電影，有時你可以拒絕；他要請你吃飯，你說這時候另有約會，不能前往，看他有什麼反應。

在戀愛的時候，往往只怕不成功，所以彼此都想極力遷就對方，都想把自己的缺點隱藏，而盡量把優點表現出來，於是雙方都只看到各人的好處；但一到結婚之後，不自覺地都現出原形來了，例如，在戀愛的時候，他請你去看電影，唯恐你不去，如今結婚之後，你想要他陪你去看電影，他也許會說：

「省下幾個錢吧，這片子沒有什麼好看的。」

在戀愛的時候，看到那幅一絲不掛的小愛神，拿着一支箭，射穿一對男女兩顆心的「邱比特」的照片，這時兩人會脈脈含情地相視一笑，各人心裏想着：將來我們也會生出這麼一個可愛的小天使；可是結婚之後，眞正的「邱比特」，哇的一聲，降生在他們的小家庭之後，於是煩惱便緊接着孩子的哭聲來到了。

「眞討厭，這孩子整天地哭，哭得我什麼事也不能做。」男的說。

「誰教你結婚的？做了父親，難道不管孩子？去，快去拿尿布來給寶寶換吧。」女的說。

於是男的只得無可奈何地站起來，丟下手裏的書本，替孩子找尿布。

朋友，在戀愛的時候，你也曾想到這些嗎？想到結婚？想到生孩子？想到他的家？想到他的事業和你的事業？他的志願，和你的志願，是否不背道而馳？

戀愛應該有理智，不應該單憑情感，這是許多過來人的經驗之談。戀愛時，雙方應該盡量表現自己的個性，尋找對方的缺點，了解對方的身世；如果是經過愼重選擇後的結婚，一定是美滿的；否則，他們雖然結合了，到頭來還是落得一個離婚的下場。

所以很多初戀的結婚是失敗的，其原因就在於這是沒有理智的戀愛，沒有理智的結婚。

※　※　※

前面說過，在戀愛的時候，要用理智來支配情感，要愼重考慮這個人是不是可以和我同居一生？是不是可以和我同甘苦，共患難？假使有那些不滿意，千萬不要勉強結合；一到結婚，這時就應該讓感情處於主要的地位，兩個人處處要用情感來維持。生了孩子之後，自然要增加許多麻煩，他們不能像初婚的時候一樣去自由自在地看電影、逛公園、吃館子；女的必得餵奶（卽使吃牛奶或奶粉，也要你去餵），帶孩子，爲孩子預備衣裳；男的必得多兼一份差，或者多寫些文章以增加收入。在托兒所並不普遍的中國，生孩子，是一件最苦惱的事；尤其在普通一般公教人員的家庭裏，單靠丈夫出外做事，所賺的錢，是無法維持一個家的，必得夫婦兩人同時出外工作，這時一個大問題又發生了：

誰管孩子呢？多雇一個老媽子嗎？太太的收入，也許還不夠老媽子的開銷；不雇嗎？必需太太自己兼差，而受過高等教育的太太，又不甘願在家做奶媽當老媽，於是兩個人發生口角了：

「讀書有什麼用處呢？嫁了人就是生孩子，看家，和沒有受過教育的女人，有什麼區別？」女的在發牢騷。

「誰教你不去嫁個有錢有勢的丈夫，而做了窮公教人員的太太！」男的也咆哮起來。

這時，孩子的哭聲，大人們的吵嘴聲，充滿了這個小小的家庭。其實，有什麼可吵的？誰都不能怪，只怪孩子們，不應該在這個苦難的時候，來到人間受罪；不！不！只怪自己爲什麼當初要戀愛？要結婚？

有許多道理，在結婚之後，不能拿來清算，例如孩子是兩人的愛之結晶，誰也不能把責任推於對方，男的不能說：「撫養孩子是女人的工作」，女的也不能說：「負擔家庭，是男子的責任。」兩個人都要負起撫育兒女，維持家庭生活的責任；而且要時時刻刻爲孩子打算，寧可兩口子多吃苦，不能讓孩子受罪。

女人是特別富於感情的，她在結婚生孩子之後，往往還留戀初戀時的生活，她希望丈夫像向她求愛的時候一般溫存：上街的時候，她希望丈夫緊緊地靠着她，挽着她的膀子，看見一件什麼美麗的衣料，或者她愛吃的東西，立刻買來給她；但在丈夫方面，處處要爲經濟着想，很多男人都是自己走在前面，把太太丢在後頭，也是爲了經濟時間的緣故。這時，你不要希望一出門，丈夫就爲你雇車子，你要想到坐車子是要花錢的，最好還是勞働你們兩人的貴腿，省下幾個錢來爲孩子買個小玩藝兒，或者買包糖來，以換取孩子最親熱的一聲：「媽媽！」「爸爸！」

如果說戀愛是詩的話，那麼結婚便是小說和散文了！生了孩子之後，便是戲劇，因爲那怕再好的夫妻，也會爲了孩子而出演幾幕悲喜劇。

朋友，你看到這裏，心中起一種什麼感想？是害怕結婚呢？還是有勇氣接受結婚呢？

其實，結婚也像戀愛一樣爲人生所不可避免的，我雖然很羨慕那些抱獨身主義的老小姐，她們自由自在，不受任何拘束，愛到什麼地方去，便到什麼地方去；然而我並不贊成獨身主義，我以爲這是壓制自己感情的一種酷刑，人類應該有家庭之愛，夫婦之愛，朋友之愛，社會之愛，無論缺少那一方面，都是不完滿的。

理想與現實，常常不能副合，在戀愛的時候，總覺得結婚是快樂的；可是他們只想着度蜜月的快樂，而沒有想到生了小寶寶以後的許多煩惱。

不過，話又得說回來，孩子雖然麻煩；可是他會使你得着快樂，得着安慰；這快樂和安慰，也許比你初戀的時候，愛人給你的還要甜蜜，還要純潔。當你在外面忙碌了一天，回到家來的時候，孩子的笑容，和他一聲親切的叫喚，你會忘記了疲勞，忘記了在外面所受到的刺激與苦惱，本能地將孩子抱起來狂吻，你這時得到的安慰，是無法形容的。

生了孩子之後，可能增加夫妻兩人的幸福，也可能減少某一方面的快樂。有些男人和女人是特別討厭孩子的，他們只圖自己享受，不願生孩子，這是根本錯誤的！不但戀愛結婚要負責任，就是交一個朋友，也該有信義，無論做一件什麼事，都應該盡責任！我們常看見這種人，結婚之後，男的不負兒女的負擔，或者女的不顧孩子的啼哭，而一走了之，這都是沒有盡到做父母的責任，都是不應該有的行爲！要知道夫妻兩人的感情不好，是兩個人的事情，與無辜的孩子絲毫沒有關係。

有了孩子的人，最好不要離婚，因爲影響孩子的精神太大，不論孩子在他們離婚之後，由父親撫養，或者由母親撫養，都是一件很不幸的事情，當孩子想到他的媽媽或者爸爸的時候，那種深刻的痛苦，是我們想像不出的。

戀愛是甜的；然而一到結婚生孩子，便不斷地有苦來。人生沒有絕對的幸福，也沒有絕對的痛苦，幸福與痛苦，永遠是連結在一起的。人類有克服環境的力量，他們能夠時時刻刻在痛苦中掙扎、奮鬥；所以遇到一個打擊來到，在當時是痛苦，事後回憶起來，未始不是另一種快樂，另一個新生命的開始。

最後，我再鄭重地說一句：男女在戀愛的時候，千萬要拿出理智來選擇對象，不要任憑情感的奔放，而走上不幸的結婚之路。

前面我雖然說了許多孩子麻煩的事；可是沒有父母不喜歡孩子的，所以孩子在家庭裏面，佔的地位很重要，有時他們是父母愛情的維繫者。

末了，我謹以至誠，祝禱天下有情人都成眷屬，而且有個美滿的家庭。

謝冰瑩上　三十六年元月十八夜於北平

失戀

素文女士：

收到你的信，我不覺大大地吃了一驚！從來沒有一個女孩子，會把自己的心事，向一個陌生人傾訴的；尤其是少女的初戀，可以說是很神秘的；而你能夠打破一切普通的慣例，你是那麼信任我，把內心的秘密都告訴我，希望我能給你一個解答，使你能得到一點精神上的安慰和鼓勵，我佩服你的勇敢，更喜歡你的天眞坦白。眞的，正像你來函所說：「戀愛有什麼可秘密的呢？它是人生的切身問題，應該提出來大家討論的。」

在過去，如果有人提到結婚，戀愛這些字眼，當事人就會臉紅，甚至害羞得連頭都抬不起來，也不敢向人正視一眼，好像有了愛人，就是做了小偸似的那麼不名譽，被人輕視；如今，時代不同，思想開通了，十四五歲的小姑娘，也會交男朋友，講戀愛；而且會鬧出殉情的慘劇來，我在沒有答覆你的問題之前，現在先舉兩個例子和你談談。

這兩個例子，都是發生在北平的：

第一個，是師大女附中的學生，她還只有十七歲，就懂得戀愛了；她的對象是一位軍人，常常在星期六，或者星期天，帶她去看電影，逛太廟，或者北海公園，兩人的感情如膠似漆，弄得這位小姐好像中了魔似的，腦海裏只有這個男人的影子，什麼家庭、學校，全不在她的眼裏，一天到晚，只是愛呀愛的；幸虧她天資聰穎，所以功課還能及格。

有一天，這位小姐在街上突然發現一個奇蹟，那位平時挽着自己的手走路的軍人，如今又挽上了另一個比自己更美麗的女郎，他們有說有笑地走過，並沒有看見她，這是一個莫大的打擊！在這位小姐看來，自然比死了父母還要傷心，她也許根本就沒有考慮其他的問題，除了自殺，她以爲絕不能解除她的痛苦，於是立刻買了安眠藥來吞下，等到同學發覺時，她已奄奄一息，躺在厠所裏呻吟了。

第二個，是一位女孩子和她的小情人雙雙服毒自殺。在北平，當時所有各日報晚報上，都把這件事視作頭條新聞。這一對寶貝，生長於有錢的家庭，兩人都在中學讀書，不！名義上是讀書，實際上不過掛個名而已。他們每天都要看一次電影，深深地中了羅蜜歐與朱麗葉的毒，當雙方的家長，對於他們這種整天不讀書，只顧談情說愛的生活，表示不滿而加以干涉時，於是就覺得這是萬惡的封建家庭，阻礙了兒女的戀愛自由，他們想雙雙逃跑又沒有勇氣；而且一對十六七歲的孩子，離開了家又怎能生存呢？想來想去，惟一抵抗家庭的辦法，就只有雙雙服毒自殺。

據說他們在自殺之前還痛飲一場，開了留聲機兩人抱着跳舞；死的姿勢，非常藝術，完全像演戲一樣，男的跪下向女的擁抱，女的倒在沙發上，好像接受他擁抱的樣子，報紙上也說這是一幕戲劇性的悲劇；其實最有趣的戲，還是他們的父母，請了許多親友來，爲他們這一對小情人舉行冥婚典禮。

素文女士：你對於上面這兩件事有什麼感想？作何批評？說句也許是你不願意聽的話，一般人都對那三位爲愛情自殺的孩子，只覺得可惜而並不同情，爲什麼？理由很簡單，他們太任性，太幼稚了！這樣年紀輕輕的孩子，應該好好地求學，愛惜一生中最可貴的少年時代；即使這兩個女孩成熟得特別早，她也應該了解戀愛、結婚、生兒子這三部曲是相連的，自己還是一個乳臭未乾的初中學生，學問的根基，絲毫沒有打好，經濟基礎更談不到，沒有一技之長，一切供給仰仗父母，像這種情形，根本沒有談戀愛的資格。

寫到這裏，恰好有位朋友來了，她看了這段文字，笑我未免思想頑固，老氣橫秋；同時她說一定有青年人反對我這種說法的，我回答她，我是爲了愛護青年朋友才這麼寫；如果我鼓勵他們不要讀書，只談戀愛，是不是會把他們一個個送進墳墓，或者投入苦海中去呢？朋友啞口無言，微笑着走開了。

你說失戀之後非常消極，前途什麼希望都沒有，這是錯誤的！你不能把戀愛看得太重要，這只是人生的一部份，而不是人生的全部！人，不論男女，除了本身的問題而外，應當想到學問、事業、社會、國家。有許多沒有家的人，以及那些怨女曠夫，從來沒有享受過家庭的幸福；但是他們（或她們）在學問和事業上都有成就，對社會有貢獻，可見沒有愛，或者失掉了愛，固然是人生的最大痛苦，最大缺陷；然而它絕不能影響一個人的前途和生命。

素文女士：你現在所需要的是冷靜的頭腦，堅強的意志；你不要做愛情的俘虜，你要戰勝愛情！初戀往往會失敗；可是也值得你永遠回憶的，你應該趁此機會來一個自我檢討：究竟是那位男朋友變了心？還是你自己也有缺點？假使是前者，那樣的人，還值得你死心塌地去追求嗎？你未免太浪費感情了！若是後者，你應該反省，糾正自己的缺點，那麼等到第二次的戀愛機會來到時，我包你會成功。

謝冰瑩上

失戀了，怎麽辦？

朋友：

感謝你在農曆除夕的晚上，給我一封限時信。你的信，寫得那麼熱情如火，那麼直爽坦白，我本想將它公開；但沒有得到你的許可，我不能這樣做。朋友，請原諒我用平信答覆你的問題；不，我是希望你來舍下，好好地和我談談，傾訴一下你所受到的委曲。我知道你一個人在宿舍的寂寞生活，爲什麼不到同學家裏去過年呢？難道沒有一位同學邀請你嗎？

像你那樣的信，我經常收到，也許她們都像你一樣信任我，喜歡把心中的秘密，悄悄地告訴我，我，我是多麼感到高興而榮幸啊！朋友，你叫我的名字，有什麼不可呢？不過我老了，你應該稱呼我老師的，你以爲我還是少女嗎？我的孫女都會走路了。像閃電一般的光陰，早已消逝了我的壯年，如今我是個白髮蒼蒼，齒牙脫落的望七的老人了，你不覺得奇怪嗎？連我自己都不相信，老得這麼快，這麼難看；幸好我的童心未泯，我的熱情和意志沒有老，所以我仍然能和青年做朋友，和他們一塊兒聊天，歡笑。除夕晚上，有八位青年在我家吃年夜飯，他們下棋、玩撲克、喝酒、吃韓國式的年糕湯、北方餃子、南方菜、上海式、臺灣式的年糕……實在太高興了！

你一定奇怪，爲什麼還不回答你的問題呢？

朋友，你的煩悶，也是一般少女的煩悶。正當情竇初開的時候，認識一個你喜歡的異性，於是就一往情深，想他，愛他，恨不得他天天陪伴在你的身邊，像電影、電視上的親熱鏡頭一樣；假如對方也像你愛他一樣那麼愛你，自然你們是很快樂的；萬一像你所說的男友一樣，突然變了，對你冷酷無情，傷害了你的自尊心，於是你恨他，也恨自己太容易自作多情了，你覺得被人欺騙了感情，受到莫大的侮辱；而最難堪的，是同學們會竊竊私語，在背後指指點點，說你失戀了，被男朋友拋棄，你受不了，於是只好躲在被窩裏暗自哭泣，責備自己做了一次大傻瓜。（這是你來信上說的）

朋友，這種遭遇，不只你有，許多男孩、女孩，都有這種經驗；只是有的藏在心裏，不表現出來；有的寫在文章、日記裏；有的像你一樣，找一個對象寫信發洩一下；有的很達觀，他想：「天涯何處無芳草？」失戀了怕什麼？我會再來一次更積極的追求，更完美的戀愛。

這麼一來，他眞的化悲哀爲力量，重新有了上進的精神，說不定他很快地就得到了勝利，應了「失敗爲成功之母」的格言，他又沉醉在愛河中了。

朋友，你也有這種勇氣嗎？我以爲誰都應該有才對。人生在世間，不論什麼事（包括戀愛與結婚）有成功，便有失敗。試看古往今來的英雄豪傑，有失敗的，也有成功的。多少人在戀愛的時候，甜甜蜜蜜，當一對新人雙雙挽着手兒，踏在大紅的地毯上，走進喜氣洋洋的禮堂時，誰不羨慕他們是天生的一對才子佳人，曾幾何時，他們鬧離婚了；或者生了兩三個孩子之後，男的另結新歡，女的別有所戀；於是可憐無辜的孩子們，成了無父無母的孤兒了！自然，這種人是不對的，太自私了，對愛情認識不清楚，對子女不負責，他們還算人嗎？

朋友，我說了一大堆，還沒有告訴你，究竟失戀以後怎麼辦呢？老實說：談戀愛，等於買愛國獎券、買馬票，你能說一定會中嗎？完全靠運氣。交男女朋友，你能說一定會成功嗎？我的答覆是不一定！有的生平只戀愛一次就結婚了；有的一連失戀好幾次也不成功；於是她絕望、灰心，從此抱獨身主義，把全副精神寄託在學問或事業上面，這種人是令人欽佩的，她不叫苦，不叫悶，默默地埋頭工作，爲社會人羣服務。朋友，你還年輕，你不會找不到理想的伴侶，我相信你即使初戀失敗了，還可以再戀，甚至三戀；可是，記着，失戀一次就應該得到一次寶貴的經驗，仔細研究爲什麼會失敗？是對方有缺點？愛情不專一？視愛情爲兒戲？還是你自己有毛病？例如不上進？嫉妒？虛榮心？……我知道你一定沒有這些缺點，那麼他爲什麼突然對你的感情起了變化？你要冷靜地、理智地分析一下，然後才能找到正確的答案出來。

朋友，不怕你聽了不高興，我要奉勸你：像你這種年齡，目前談戀愛還嫌太早一點，你應該進了大學之後，才開始和異性交際。目前你要努力讀書，多交幾個同性朋友，他們的學問有比你好的，你就向她請教；比你差的，你就教導她。在深夜，在清晨，你應該每日三省：

1.我的父母爲什麼送我讀書？我要怎樣努力，才能對得起他們？要怎樣才能報答父母的恩惠？

2.我的每門功課都好嗎？如有不及格，或者考得不理想，我要怎樣下苦功夫？才能補救？才能對得起老師？

3.我正在青年時代，記憶力強，身體好，我應該好好努力，創造我未來光明燦爛的前途；假如我糊裏糊塗地過日子，將來我怎麼辦呢？我用什麼學問技能來立身處世呢？

朋友，只要你這麼一想，我相信你就不會爲失戀苦惱了，你自自然然地會警惕起來，努力看書，寫日記，寫文章，把感情寄託在家人、師長、同學、親友上面，你就不會爲某一個人浪費你的感情，犧牲你寶貴的光陰了！

非常抱歉，這幾天因爲不斷有朋友、學生來拜年，我忙於接待，不能多寫了，祝你理智起來，戰勝苦悶，戰勝寂寞！

謝冰瑩上

離婚以後

阿南：

這是一封想了半個月，而始終沒有動筆的信，我相信你不會責備我，因爲你知道我很忙，也知道我的個性。我不願意隨便寫幾句空洞的話給你，爲了你的前途，我願意和你作一次長談，因此這封信，便在這種情形之下，就擱下來了。

阿南，你太痛苦了，我常常在爲你嘆息，爲什麼上天這麼無情，使一個這麼聰明、年輕而又美麗的你，遭遇着如此殘酷的命運？你從小沒有父母，在悲苦寂寞中度過了你的幼年時代。我們認識，是在那風景幽美的厦門海濱，那時你還是個梳着兩條辮子的小姑娘，你的活潑天眞，和那對藏着熱情的大眼睛，使我傾愛，也使我特別同情。當你向我敍述你的身世時，我陪着你一同流淚，我緊緊地握着你的雙手，望着淸朗的明月，對着蔚藍的海水，我從心坎裏發出對你的同情：

「阿南，不要難過，一個有作爲的人，是會遭遇着各種不幸的，你的環境不好，正是象徵着你未來的光明。」

記得那時，我還把孟子的：「故天將降大任於是人也，必先苦其心志，勞其筋骨，餓其體膚……」的大道理和你說，你那時究竟是個十五歲的小姑娘，還不十分了解；你只知道，沒有父母的人，是世間最痛苦的人，沒想到一個女人的痛苦，還在中年和老年呢！

在那個整天有着醉人的薰風吹着，整天可以看到浩渺碧綠的海潮的海島上，我們相識了，當你常常坐在我的寢室裏，而被學生發現時，她們都驚訝地問我：

「老師，她是你的妹妹嗎？」

「不！她是我的小朋友。」

「爲什麼她和你很像呢？」

眞的，阿南，你爲什麼和我很相像呢？別的不說，單說那雙大眼睛，單說那副倔強的性格，實在太和我相像了！我恨母親爲什麼不替我生個妹妹和弟弟，我喜歡你，正因爲我沒有妹妹的緣故。

「阿南，無論什麼時候，在什麼地方，你都要給我來信，有什麼需要我幫忙的，儘可坦白地告訴我，我一定盡我的力量幫助你的。」

阿南，我非常慚愧，那時給你的諾言，如今還深深地印在我的腦海裏，一點也沒有忘記；可是今天，我眼看着你遭遇不幸，能幫助你什麼呢？

「你看，冰姊，我老多了吧？」

「不！你還是那麼美麗，那麼年輕。」

阿南，說老實話，我說你年輕，實在帶着幾分勉強；你的確老了，額角上添了無數皺紋，眼睛似乎也沒有年輕時候的發亮了。你憂鬱，你苦惱，你悲觀，你對人生失去了樂趣；最危險的思想，是你失去了生之勇氣。當你告訴我你想自殺，或者想遁跡空門時，我簡直不相信這是由你嘴裏說出來的話。

本來呢，你也的確太苦了！朋友幫助你從大學畢了業，後來嫁了一個愛你而又不了解你個性的丈夫，生了兩個孩子之後，丈夫嫌你老，嫌你個性太強而遺棄你，另外去找年輕貌美的情侶去了，這一打擊，誰能受得住呢？

於是，你從此消沉了，從此了解了愛，只有在年輕美麗的時候才能獲得，到了生孩子，色衰體弱的時候，便一切沒有了，剩下來的只有淒涼、痛苦、失戀、死亡……。

阿南，你不能這麼消極，你應該了解人生的眞諦不是爲個人，而是爲社會。你遭遇着不幸，當然值得同情；但你應該放開眼睛向你的周圍看看，找出那些比你更苦、更值得同情的人，來和自己比較一下，她們爲什麼能生存？她們爲什麼能夠忍受這樣的痛苦？她們爲什麼能奮鬥而我不能？你生了兩個孩子，那是說，你替社會盡到了責任，你雖然受盡了苦難，這也是應該的，免不了的，誰叫你生而爲人？誰叫你偏偏又是女性？也許你在後悔不該結婚的，但這又有什麼用呢？既然結了婚，就無法避免生孩子；既然生了孩子，就應該盡你做母親的責任，爲孩子好好地活下去，那怕再苦、再困難，也要掙扎着活下去！你如果問我這是爲什麼？理由很簡單：我們活着，不是爲了個人，而是爲了社會！

我知道你又要笑我在說教了，實際上，社會就是這樣一個東西，它全靠這些傻瓜，這些一生沒有享過福，整天只爲別人的幸福而勞動的傻子們在維持；倘若和那些整天只講究享受，整天只夢想着升官發財的混蛋一樣，世界上那裏還有什麼正氣？人類那裏還有什麼幸福？社會那裏還有什麼進化呢？

你不能後悔你不該嫁人，更不能埋怨你不該生孩子，你應該反問一下：女人一生難道只爲的嫁人嗎？你爲什麼不想想，如果丈夫一旦死了，我該怎麼辦呢？現在他的不理你，也不管孩子，自然是他的不對，他不應該對自己的兒子放棄責任，他更不應該對你變心；然而理論是理論，事實是事實，他要這麼辦，你又能把他怎樣呢？

我已經看到不知多少這樣的事實了，不管是男人遺棄女人；或者女人拋棄男人，一旦到了破裂的時候，法律無法制裁它，人情無法挽回它，這是一幕人生舞臺上的悲劇，實在無法避免的；唯一的希望，是悲劇中的主角，要有堅忍不拔的意志，再接再厲的精神！你不能灰心，不能消極，只有忍受一切物質上和精神上的痛苦，努力向前掙扎，才能爭取生存。

阿南，寫了這一大堆，不知對你有無影響？是不是多少能增加你一點生之勇氣呢？

最後我祝福你拿出魄力來，戰勝痛苦和困難！

謝冰瑩上

寫稿？離婚？

立人女士：

從文協的歡迎茶會回來，收到你的限時信，我讀了一遍又一遍，一連三次，我都不忍釋手。我忘記了做晚餐，手裏握着你的信，坐在沙發上，我竟像一個呆子，不知要怎樣回答你才好。我知道，你是希望我快點給你答覆的；而又再三囑咐我，千萬不要把你的信公開，也不要寫出你的眞姓名，感謝你對我的信賴，你將一切眞實的家庭生活告訴了我，你要我爲你解決一個大問題，老實說：這個問題，恐怕連大法官也解決不了，所謂「清官難斷家務事」，何況我是一個大笨人。

立人女士，你現在處在不自由的環境裏，連接信也不方便，（因爲你說，你的信，丈夫都要拆閱的）。我眞希望有一天能和你見面，把我要對你說的話傾訴個痛快。在信上，老實說，有些話是不能盡情說出的，多少有些顧慮；何況寫信根本沒有當面傾談的自由、方便。

爲了把握時間起見，先把你來信的要點提出來，然後寫出我的意見。

你說：你的先生是一個月入千餘元的小公務員，一家六口，實在很難維持生活，因此你才想到投稿，每月能收入五、六百元，好貼補家用，有時爲丈夫兒女添幾件新衣；有時給他們每天加一個鷄蛋，你是這麼辛勞，在打發丈夫兒女上班、上課之後，整理好家，洗完了衣服之後，就開始你的閱讀與寫作生活，你說：

「這是我最快樂、最自由的時間，我可以看我高興看的書，寫我喜歡寫的文章；可是問題發生了，一連三次我燒焦了菜，煮糊了飯，我把全副精神放在寫文章上面，結果，腦子裏忘記了厨房的事，我挨罵了，丈夫像法官審問犯人一般對付我，生來我就沒有說謊的習慣；尤其這件事，丈夫早已知道，也不容許我有別的理由解釋。」

立人女士：看到這裏，我已經猜出下文來了，用不着看完來信，就知道是怎麼回事了，一定是你的先生不許你再寫文章，要你放下筆，一心一意做個家庭主婦，做個模範的賢妻良母；而你呢？你捨不得拋棄你的文藝生涯，你說：

「感謝文藝，它使我在苦悶、煩躁、空虛的環境裏有了安慰，有了寄託。過去我在中學時代就愛上了文藝；而且也曾經在報紙副刊上投過稿，丈夫不是不知道，他和我結婚十五年了，我們有兩男兩女。起初十年，我們的生活雖然很苦；但我靠着寫稿、車繡，也能負起一半責任。後來我覺得寫稿比車繡的出路要大，所以將大部份時間，犧牲在塡方格子裏，我用過的筆名很多，在這裏恕我不能告訴你。

「我的大女兒，常常在國語日報上投稿，家庭版也是我投稿的地盤。她很懂事，每次當她的父親，對我發脾氣的時候，總是幫着我，爲我打抱不平……。

「近來，外子的脾氣越來越變得古怪了，他不能看見我寫稿，一看見就罵：『寫！寫！寫！整天就只知道寫，告訴你，你那個笨腦筋，下一輩子也不要想成爲作家，你以爲作家這麼容易，隨便在報紙雜誌上發表幾篇似通非通的文章，就是作家嗎？不要做夢了！臺灣的女作家那麼多，誰像你一樣幼稚淺薄……。』

「先生，這一次我眞光火了，和他大吵起來；我氣極了，我回答他：『寫文章總比出去打牌好吧？你如果討一個整天打牌，好吃懶做的老婆，怎麼辦呢？』『哼！怎麼辦？我早就和她離婚了！』

「現在到了最嚴重的階段，僅僅爲了他不許我寫文章，提出了離婚的條件。他說：『你要完全聽我的話，做一個安守本分的好主婦，放下你的筆；要不然，你先和我離婚。』

冰瑩先生，請你回答我，在這種情形之下，我應該怎樣處理我的生活？是繼續寫我的文章呢？還是眞的和他離婚呢？」

立人女士：看到這裏，我不覺笑起來，我以爲你的先生未免太小題大做了，寫文章又不是交男朋友，根本不妨礙你們的愛情，不妨礙你們的家庭生活，怎麼會和離婚扯在一起呢？他的理由是你寫文章就誤了家事；自然，最大理由是你把飯煮糊了，菜燒焦了，老實說，我也有過好幾次這樣的經驗，也曾挨過罵；但我沒有你的嚴重。在這裏，我順便告訴你另外一位朋友的遭遇：她沒有生育過，家裏只有她和丈夫兩人，丈夫上班之後，她就在家看書，寫稿子，照理，他們應該過得很好；沒想到先生不贊成太太寫文章，理由是「亂世文章不值錢」，即使有一天成爲作家，也沒有什麼意思。他希望妻子做一個純粹的家庭主婦，一點社交活動也不許她參加，結果兩人由小吵而大鬧，由大鬧終於分居了！朋友們都替他們感到難受，認爲他們是最理想的一對，不愁吃，不愁穿，又沒有兒女的拖累，誰知也發生了悲劇；可見俗語說的「家家有本難唸的經」，眞是一點不錯。

這故事並沒有完，三個月之後，他們又和好如初，破鏡重圓了。丈夫一個人過日子，覺得太單調、太無聊，忙了一天回來，還要自己燒飯吃，實在太辛苦了，於是他主動地去請太太回來；而太太的條件是：「回來可以；但此後不許干涉我寫文章。」

丈夫答應了，太太也就高高興興地回來了。

關於你的問題，我想還沒有到像他們的嚴重階段。第一步，你應該好好地用婉言向他解釋，寫文章並不是壞事，是件好事，非但可以增加生產；而且可以陶冶性情，增長學識；第二步，你把稿費存起來，有了相當數目的時候，可以買個電鍋來，就不會把飯煮糊或燒焦了，何況飯上還可蒸菜，蒸蛋呢。

第三步，千萬不要在他下班之後寫稿。因爲他辦了一整天公，希望回來得點家庭的溫暖，妻兒的安慰。孩子們吃完飯，也許做功課去了，這時只有你能陪他聊聊，或者下幾盤棋；假若吃完飯，你只顧埋頭寫作，也不和他說一句話，自然會引起他的反感，怪不得他要你放下筆桿了。

第四步，他假若喜歡抽煙、喝酒的話，你拿到了稿費，不妨送幾包煙給他抽，買幾瓶酒給他喝，以他最喜愛的來收買他的心，也許可以消滅他一點憤怒。

立人女士：老實說，我是不贊成你們離婚的，你們的孩子這麼多，怎麼可以輕言離婚呢？沒有父母的孩子，是多麼可憐啊！不論孩子歸你帶，或者由他撫養，失去了母愛，或者父愛任何一方面，都是不幸的！立人女士，千萬不要胡思亂想了，沒有經過離婚來的人，是絕對不會了解其中的痛苦滋味的。

你問我：要怎樣才能使你丈夫不罵你，不反對你寫文章？我想：唯一的方法，是當他不在家的時候，你就拚命寫文章；他回來了，你就像隻小貓似的偎依在他的身旁，多做家事，少摸書本；多愛護小孩，管教小孩，把家佈置得乾乾淨淨，井井有條，這麼一來，他還有什麼可罵的呢？萬一他還要無理取鬧，你就不要太軟弱了；假如你百依百順，完全沒有你的主張，一切服從他，隨他怎麼罵，怎麼欺負你，你絲毫也不反抗，那麼他就會得寸進尺地壓迫你了！

我有一個在北平的學生，她是天下的第一等好人，丈夫剛好和她相反，自私自利，一點也不顧家。兩個孩子，完全靠太太做工來維持生活，他是個無業游民，好吃懶做，喜歡吹牛，旁觀者都替她抱不平；但她一點也不後悔，她說：「這是我前世欠他的，這一輩子應該還他，我再苦十年就熬出來了。」她的性情特別溫柔，也很達觀，我們都佩服她。每天她喝稀飯，啃兩個硬饅頭，吃點鹹菜；却爲丈夫兒子買魚、買肉。一部破縫紉機，通夜噠噠噠地爲他人做嫁衣裳，自己骨瘦如柴，丈夫兒女吃得又白又胖，朋友，她眞是位偉大的女性，有充分的犧牲精神。

我上面舉了兩個例子，無非勸你忍耐，不要難過；更不可灰心喪志！看在孩子們的身上，你要忍受目前的艱難痛苦，特別是你先生的氣，你要默默地吞下肚裏去，不可和他吵鬧。我不贊成你放棄寫作，因爲凡事熟能生巧，你經常寫，文思會源源而來，下筆千言，毫無困難；倘若你隔了一年半載之後，再從事寫作，那支筆不知有多麼重，寫出來的句子，也會生硬乾澀，我不但勸你不要放棄寫作；而且要奉勸你擴大寫作題材的範圍。社會上不知有多少不如我們的人，他們在生活線上掙扎，我們要寫出他們的遭遇，忘記自己的痛苦，人活在世界上，只有短短的數十寒暑，我們總要多替社會做點事情，才不寃枉來到人間一趟。從你的來信中，可以看出你是個最善良，最富於感情，最熱愛國家民族的女性，你不能放下筆，好容易走上了這條艱鉅的寫作之路，只有更勇敢，大踏步地走上前去，豈有開倒車之理？

有時我也眞替我們女人感到悲哀，要是自己的丈夫是作家，太太一定會好好侍候他，讓他安心地去寫，絕不會責備他，更不會用離婚做條件，禁止丈夫寫文章；然而反過來，就不同了，太太寫稿，丈夫就要和她離婚，這眞是天下的奇聞，古今所沒有的。

說了這許多，想來你一定明白了，我勸你千萬不要和你的先生吵架。所謂大智若愚，他發脾氣時，你千萬不要去頂撞他；等到他恢復常態時，你再輕言細語地，把你要解釋，或要他反省的話說出來，這樣，兩人沒有衝突，也就沒有煩惱了。

這封信我寫了又停，停了又寫，我有許多重複的話，我相信你會看出我一片苦心來。古語說：「家和萬事與。」一個融融洽洽的家庭是一團和氣，沒有爭吵的，請你拿出眞純的愛出來愛你的丈夫和你的兒女；還要愛朋友，愛鄰居，愛國家民族，愛全世界善良的人民。

我常說，我們這一代的人，是犧牲品，從小我就看到過戰爭的殘酷，一顆被北洋軍閥砍下來的頭顱橫在路上，我踏着他摔了一交，他的眼睛並沒有閉，至今我還彷彿看到他那一對可怕的眼睛；後來又經過北伐、抗戰、戡亂，一直到今天，我們不都是在逃難嗎？

說這一段話的意思，是勸你凡事要想得開，想得遠，不要老把自己的不幸放在心中；而要多替別人想想，多替祖國的苦難想想，眞的，個人的一點點不如意的挫折，又算得什麼呢？

夜深了，我的眼睛已模糊不清，頭也有點暈，明天一大早就有課，朋友，再談吧，祝你忍耐，堅強！

謝冰瑩上

把感情武裝起來

朋友：

眞對不住，今天收到你的第三封信；而且又是限時信，我不能不趕快答覆你的問題。這三個多星期來，我實在太忙了，閱卷、回賀年卡、寫信、還稿債，把我忙得暈頭轉向，晚上熬到一點多才上床，事情還做不完；知道了實情以後，我想你會原諒我的。

朋友，讀完你的信，我也像你一樣，感到萬分難過。爲愛情煩惱，這是每個青年男女所不能避免的，只是程度有深淺而已。有的兩人一見傾心，彼此相愛，一帆風順地達到結婚的目的；有的歷盡千辛萬苦，遭受種種打擊，好不容易爭取到幸福；可是後來又發生不幸——離婚了！也有爲愛情而雙雙服毒，或者跳水自殺的；也有單戀着對方而毀滅自己的；更有最下賤、最殘忍的人，因爲得不到對方的愛而用殺人、毀容的手段來滿足自己野心的。

愛情，愛情，眞是又可愛，又可恨，又可怕的名詞，世界上不知道有多少人爲她迷醉，爲她顚倒，爲她痛哭流涕，爲她心碎腸斷，爲她狂笑高歌……。

好了，我不必多費筆墨來描寫愛的幸福和痛苦，我要回答你的兩個問題：

第一，你問我怎樣選擇對象？

老實說，愛情是很微妙的東西，她可以悄悄地來到你的心中；但不能悄悄地離開你，可能你深深地愛着一個人；但對方絲毫也不感覺；同樣地，你不喜歡的人，他却在熱烈地追求你，大有「非卿莫娶」的決心，天下事往往有這種矛盾，這是無法避免的。

我以爲選擇對象的第一個條件，是看對方的品格好不好？性情是否與你相近？家庭背景怎樣？別人對他的批評怎樣？有無志氣？學問差一點倒無所謂，只要他肯虛心，肯上進，那怕生了兒女之後，他還可以去讀書的；最怕的是遇着一個花言巧語，浮而不實的人；或者個性很強，好高鶩遠，目空一切的人；甚至好吃懶做，只會逢迎吹拍、貪贓枉法的人；那麼她的一生就葬送了。

因此，我認爲不論男女選擇對象，都要看他的內在美，外表是否英俊、漂亮、美麗，並沒有關係，因爲不是選美，不是選明星、歌星，只要五官端正，大大方方就行。有些愛慕虛榮的女子，選擇對象的第一個條件，看他有沒有錢？是不是大官的少爺？這是大錯而特錯的！因爲錢是最不可靠的，萬貫家財，可以毀於一旦，達官貴人的子弟，憑着他們在社會上的地位虛名，可以玩世不恭，只顧享樂而不上進，這種人，絕不是理想的對象。

第二，失戀了怎麼辦？

朋友，這是個很難回答的問題，我雖然沒有過失戀的經驗；但我曾親眼見過失戀的朋友，她們悲觀、消極、頹廢、自暴自棄，對一切沒有興趣，對整個人生失去了希望，我常勸她們：把感情武裝起來！這是我在青年時代常說的一句口頭禪。我認爲人生在世，應該重視的，第一是學問，第二事業，第三親情，第四友情，第五愛情，爲什麼我把愛情放在最後呢？那意思是說可有可無的，有，固然很幸福，由許多理想的好家庭，可以組成一個理想的好社會、好國家；但愛情沒有，也無所謂。試看許多大科學家、哲學家、文學家、宗教家、教育家……他們有的一輩子是光棍；有的結了婚又離開；有的同床異夢，過着很痛苦的日子。人的感情是多方面的，不是全部給與一個人的，例如拿家來說吧：有父母、兄弟、姊妹的愛、親屬的愛；學校有師生之愛、同學之愛；社會有朋友的愛、同事的愛、有廣大的人類愛，所謂處處有溫暖，人人有熱情。可能你失戀了，從家庭，從朋友處得來的安慰和快樂更要多，更要眞摯。

我常常告訴師大的同學們：假如你們失戀了，只當做那是一個不祥的夢，夢醒了，就忘了它吧，你還可以做第二個美夢的。我是絕對反對爲失戀而自殺的，朋友，你冷靜地想一想，我們的生命，多麼寶貴，是應該爲國家民族而犧牲？還是應該爲一個人而犧牲呢？

我對於戀愛的看法，不知道你同意不？我眞的希望你把感情武裝起來，不悲哀、不傷心、不流淚，假如你眞的有那麼一天失戀了，趕快去找你的知心朋友傾訴吧，她會給你安慰，給你鼓勵的；還有，跑到圖書館找幾本很好的世界名著、或名人傳記之類的書來看，包你會把感情的方向轉移，理智若能戰勝了情感，你就不會有苦痛了。

本來還想寫下去，奈何電話來了，說完話，又有師大的同學來了，這封信就寫到這裏打住吧。祝你

新春如意

謝冰瑩上

談立志

朋友：

我已經有十年沒有寫公開信了，也就是說自從「綠窗寄語」絕版以後，便沒有再繼續下去；儘管我接到不少青年朋友來信，要我和他們談一談作人處世，和讀書寫作的問題；但爲了忙，我沒有勇氣答應他們；今晚，師大的校友，也是你們的老師吳光華先生，一定要我替你們的校刊寫幾句話，我想：寫什麼呢？只有信，是我高興寫的，那麼就隨便和你們談談吧。

我眞沒有想到自己會走上寫作這條路，我不但沒有天才；而且是個最愚笨的人。當我還在高小讀書的時候，就讀過都德的「最後一課」，那個小學生的故事，深深地感動了我，使我了解了亡國的慘痛，不能說自己祖國的話，不能使用祖國的文字。我心裏想：我們不是也在受帝國主義者的統治嗎？特別是日本所訂的二十一條，等於亡國的條件，我傷心極了。

——希望我長大之後，有一天能寫出像「最後一課」一樣的文章出來，那怕只有一篇，也就心滿意足了。

我偷偷地在內心發願，基於這個心願，我立志要多讀多寫；其實，說來可笑，一個小學生懂得什麼呢？

——不！在歷史上，多少革命先烈，學者專家，都是從小就立志的，遠的不說，就拿我們的總理　孫中山先生來講吧，他不是從小就立志要推翻滿清帝制，建立中華民國嗎？結果，他果然成功了！漢武帝說的「有志者，事竟成」，不是明明告訴我們嗎？無論做什麼事，只要你立下志願，決不動搖，一定會成功的！

我這麼替自己辯護。

回憶一下，這是五十多年前的往事，我當時立下的志向，一直到現在，並沒有改變，也毫不動搖；所感到慚愧的是：我的文章到如今還沒有寫好。離「最後一課」，還差十萬八千里呢！

朋友，你們還在青年時代，正像剛出山的太陽，剛出土的嫩芽，只要你們趁早立定志向，不論從事文學創作，或者研究科學，或者做一個教育家，實業家……一定會成功的！

許多青年朋友來信問我：「要怎樣才能走上寫作之路呢？」我總是這樣回答他：

「先立下不把文章寫好，誓不甘休！」的志願吧，然後你沿着「多讀」，「多寫」兩條路走去，不灰心；不中途停止，不好高騖遠，眼高手低，只要肯虛心，不斷地努力，不斷地求進步，最後的成功，一定屬於你的！

朋友，夜深了，今天我就寫到這裏，以後有時間再談。祝

你們進步！

謝冰瑩上

有計劃的讀書

朋友：

光陰像閃電，兩個月的暑假，一眨眼就溜走了，距離我授課的日子，只有一星期，我彷彿覺得昨天才放暑假。我難過，我恨自己爲什麼讓日子白白地過去，除了日記，兩個多月，我沒有寫過一個字的文章，一想起，我就恨，我太沒有計劃了，這個暑假，我被兩個會，就誤我的寫作：一個是亞洲作家會議，一個是世界作家筆會，前者在臺灣的中泰賓館舉行，後者在韓國漢城開會，我眞後悔不該參加的；否則我的旅美遊記，說不定早已完成了。

朋友，寫到這裏，我自己檢討一下：有許多事，失敗於沒有計劃；或者有了計劃，而實行不徹底，因此才有半途而廢，或者有始無終的結果。後悔，自恨，懊惱，都是於事無補的，過去的就讓它過去吧，最要緊的是把握現在，那怕一分鐘，一秒鐘也不讓它虛度。

朋友，所謂有計劃的讀書，是指在開學之前，就要對於這個學期做一通盤的計劃：除了每天或者每夜上課之外，你還有許多時間，可以利用它來讀書、寫作的，那麼，你首先要計劃好這個學期要讀完那幾本書？或者學一門技能，把打字、電腦學好；你可以開始學着寫文章，投稿；或者把四書讀完；把英語的基礎打好；把毛筆字寫好……總之，只要你有計劃，能把握時間，一分一秒不輕易放過，那麼你一定有收穫，不會白白地虛度了寶貴的光陰，到後來落得滿腦子的懊悔、怨恨。

我自信是個會利用時間的人，每個月上公保看病時，我總是帶了書和紙筆去，有時看書，有時改作文，寫小說，回信。我看見許多病人，有的坐在那裏打瞌睡，有的呆呆地不知在想什麼，也有寫字看書，或者打毛衣，穿珠珠錢包的；不過這究竟是少數。我很奇怪，爲什麼他們不愛惜這幾小時呢？由排隊，掛號到看病，取藥，整整要一個上午或者一個下午，至少也要兩、三小時，實在太長了！朋友，你們之中，一定也有去過醫院的，在等候掛號、看病、取藥這個時間裏，你怎樣打發它呢？希望你告訴我。

常常聽到一些青年朋友向我發牢騷：「我不知道如何利用時間，一個假期不知不覺地什麼也沒有做，連一本小說也沒看完就過去了，眞寃枉！眞寃枉！」

這就是因爲沒有計劃的緣故，像我今年暑假，原來是計劃每天寫兩千字的遊記的，後來爲了參加兩個會議，把我的計劃整個破壞了，現在我重新來分配這個學期的時間，我要繼續完成暑假未竟的工作。朋友，一個好的開始，就是成功的一半，你不能不承認的。

祝你

努力

謝冰瑩上

一年之計在於春

時光像閃電一般，五十八年又完了！這一年來，我感覺日子過得特別快，而事情却做得特別少；我難過，我懊悔，我恨……仔細想一想，客觀地檢討一下，我並沒有偷懶，也不曾浪費時間。爲什麼？爲什麼我今年的寫作成績是這麼壞呢？平時，每年我總要寫三四十萬字，今年還不到一半。唉！我的創作能力衰退了，這是無可奈何的事，朋友，爲什麼我要把自己的牢騷向你們發洩呢？

記得我小時候，不知道多麼羨慕大人。我恨自己長得太慢，希望有奇蹟出現，有什麼神力，使我一夜變成大人？那時候，我感覺日子過得太慢了，眞有度日如年之感；過了六十歲以後，我忽然覺得度年如日了。原因很簡單：人在少年、青年時代，是不了解珍惜時光的，到了老年，才知道活在世間的日子愈來愈少，而想做的事，却越來越多；尤其在力不從心的情形之下，眞有

「人生不滿百，常懷千歲憂。」之感。朋友，我現在要告訴你的是：怎樣愛惜你的光陰？怎樣在一年的開始，做一個詳細而具體的工作計劃？

古人說「一年之計在於春，一日之計在於晨，一生之計在於勤」，眞是一點不錯。不知道你有這個經驗沒有？每天一過了十二點，這一天就完了，所謂「年怕中秋月怕半」，也就是這個意思。在這五十九年將要來到的時候，你要把這一年的工作計劃，按照十二個月的進度，精確地寫出來，要像你寫一月的收入和支出的預算一樣。我們知道，金錢的收入，應該多於支出；而光陰的支出，就應該少；工作的進度應該快。這是一般人很難做到的，我們一定要從愛惜一分一秒的時間做起。我知道青年人最喜歡聊天，有時一連談三、四個鐘頭也不厭倦，更不覺得浪費了時間可惜，朋友，你有這個毛病嗎？如果有，千萬要馬上改掉。

「一寸光陰一寸金，寸金難買寸光陰。」我又要引古人的話，來奉勸你愛惜時間了。也許你早已讀過朱自清的「匆匆」，他一定也像我一樣，到了中年以後，才感覺時光老人的可愛，值得留戀，於是以他親身的經驗，來勸告朋友們，趁着年輕的時候，把學問和事業的基礎打好，在文章裏面，他雖然沒有明說，但他的整篇主題，就是愛惜光陰。

朋友，也許你看厭了，說來說去，老是這一套；可是我還想再嚕嗦一句，時光比生命還要寶貴，你浪費一分鐘，便是浪費你生命中最可愛的希望和前程，你要緊緊地抓住它，使每一分一秒，都要用在你的工作上，學問上。

再談吧！朋友，這是五十八年給你們的最後一封信，祝福你們

新春愉快

學業猛進

謝冰瑩上

不要等待明天

朋友：

時光像閃電，轉眼又到放暑假的時候了。我不知道你們有這個經驗沒有——每次在放假以前，總有一大堆計劃：看書，寫文章，旅行，看朋友……可是等到開學的時候，來檢討一下，總有十之七八沒有做到的，能夠完成一半，算是成績很好的，做到百分之百的，恐怕千人之中，難得有一兩個。

究竟這是什麼原因呢？太簡單了，只有「懶惰拖延」四個字，可以回答這個問題。朋友，你總不會否認吧？人是有惰性的，沒有人逼你，許多事做不成功，上至國家大事，下至個人私事，假如沒有計劃，不限期完成，你想，這社會還會有進步，一切建設還能成功嗎？

——今天完不了，沒有關係，反正還有明天。

這念頭，不知道害了多少人，就誤了多少事。明天，這是一個看來很近的日子，只要過一夜，就是明天；可是問題發生了，明天，是一個永遠沒有完的日子，明天過了，還有無數個明天，許多人把希望寄託在明天，我也曾經被明天騙過；後來我下決心，儘可能「今日事，今日畢」。不要拖到明天，因爲明天又有別的事發生，須要我們花去不少的時間去處理。

在假期中，日子過得特別快，你最好先把要看的書，要寫的文章，列一個表，像上課似的，完全按照作息時間表實行，一個星期做一次檢討，千萬要嚴格，不要寬恕自己；更不要替自己辯護，什麼天氣太熱啦，簡直不能用腦；什麼應酬太多，毫無辦法；最不能原諒的是：「人生有幾，何必這麼緊張，應該多多享受，反正事情永遠做不完的，還是得高歌處且高歌吧！」朋友，假如你有這種想法，那就太危險了！古人早已說過「少壯不努力，老大徒傷悲。」這是他們的經驗之談，我們爲什麼不引以爲殷鑒呢？岳飛在滿江紅裏，不也說過：「莫等閒白了少年頭，空悲切。」嗎？

我在幼年時代，每天看見父親手裏拿着書在看，我很奇怪地問：「爸爸，你讀了幾十年書，還沒有讀通嗎？爲什麼不休息呢？」他老人家回答我：「學海無涯，書是永遠讀不完的，我們要活到老，學到老。休息，你每天晚上睡覺，不就是休息嗎？白天是應該工作的。」接着他又舉出大禹惜寸陰，陶侃惜分陰的故事給我聽，我當時不懂，到現在，我才深深體會到父親當時的心境。人，在愈老的時候，愈想用功，多讀，多寫，多做點對社會國家有益的事業，因爲他在人世間不知道還有多久，假如將大好光陰，犧牲在無聊消遣上面，未免太可惜了！

朋友，這封信我寫寫停停，停停寫寫，已經放下筆六次了。朋友們以爲我放了假，都來聊天，不知道我整天都是忙的，再不趕快寄出去，又不知要拖到那一個「明天」了。

在暑假中工作，是萬分辛苦的，首先你要克服熱，克服蚊蟲，克服「明天」！千萬記着：「好好地計劃，限期完成。」

祝福你們，過着快樂而有意義的假期生活！

謝冰瑩上

有恒

朋友：

最近我實在太忙了，前次你們的吳老師來找我，我不在家，以為沒有見到他，正好賴一次，不繳卷；沒想到成功先生又來催了，我一看見他的名片，便感到這次再不寫，實在太不像話了！只好把要改的作文暫時放下，先和你們談談「有恒」。

在青年守則上面，有一條是「有恒為成功之本」，我相信成功先生他一定做什麼事，都是有恒的。

說來慚愧，我對於這兩個字，有很多地方沒有下決心去實行，因此我到現在，還不會寫字，不會作詩，不會寫文言文，不會繪畫，假如我遵從先父的話，從小好好習字，不會到現在寫成一筆奇醜不堪的鬼畫符。家三兄曾罵我：「你的字，是世界上最醜的。」我當時並不感到羞恥，反而很得意地說：「那不很好嗎？我成了世界上的特殊人物。」說這話，是在讀初中的時代。

父親常常把我寫給他老人家的信退回給我，要我規規矩矩地寫成正楷之後再寄給他。遇到這種情形，我眞是欲哭無淚，只好一筆不苟地重寫一遍再寄去。

來臺灣之後，師大的同學及軍中的讀者，常常找我在紀念册上題字，或者寄宣紙來要我寫幾個字留做紀念。我感到慚愧極了！有時竟會全身發麻，血液沸騰，想想我的字太醜了，如何見得人呢？於是我盡力推辭，把他們的紙藏在櫃子裏，一年、兩年、三年，如今一晃就是十多年了，我仍然不敢獻醜，也沒有把紙退還給他們；這件事在我的心裏，留下了一個永難塡補的傷痕。

——從今天起，我要每天練字，那怕一天寫十個，二十個字也是好的，十年之後，一定會寫得像個字樣了。

我曾下過決心；而且實行了將有兩個星期，後來因爲太忙又間斷了。我在心裏痛罵過自己；理智又替我辯護：「沒有關係，你已經接近老年了，在世上還能活多久呢？還是集中精神去教你的書吧，不要再練字了。」

朋友，爲什麼我要把自己失敗的經驗告訴你們呢？因爲我知道「一曝十寒」，「見異思遷」，「虎頭蛇尾」……都是不能成功的致命傷！青年人，往往會在不知不覺之中，犯了上面所說的毛病中的任何一點，危險呵！我們的前途，我們的一生都要受到莫大的影響。

有許多人立志寫日記，有的寫幾個月不寫了；有的寫幾年停止了；可是也有的寫一輩子，一直到他生命的最後一天才停止。無疑地，他是成功了，前面兩個人是沒有恒心，半途而廢的。朋友，你要做那一種人呢？

朋友，請你不要嫌我囉嗦，也不要笑我這是老生常談的話，誰不知道有恒是一切學問事業成功之本；但是，實行起來，可眞不容易，一定要咬緊牙根，下個決心，日夜不懈地去做，遇到困難，就要想辦法去克服它。

寫到這裏，綠衣使者送信來了，是一位名叫李展平的同學寄來的，他說從初二開始看我的綠窗寄語，便對文學發生了很大的興趣，如今他已是大學生了。我很高興，今天我要在你們面前發誓，我要繼續寫我的綠窗寄語，表示我的有恒。祝

你們快樂

謝冰瑩上

忍耐是成功之母

白：這樣的稱呼，不知你高興不？

自從那次發現了你，我似乎吃的並不是臭豆腐，而是一塊又酥又脆的香豆腐。我一看你的模樣，就知道你並不是操這職業的人，一定爲生活所迫，才來受這種苦；果然，我在中央副刊上，看到了你的文章，你很有文學天才，你的生活經驗，如果再豐富一些，再用功寫上十年、二十年，我想你一定會成爲一個最有希望的女作家。

你和你妹妹來看我，正遇着我不在家，非常抱歉！你的來信我看了一遍又一遍，我同情你的處境；但又無法幫忙你。這種「心有餘而力不足」和「愛莫能助」的難受，你也許可以想像出來的。

你不要罵我殘忍，我是贊成你繼續現在的職業的，你不要認爲那是一種最苦、最不幸的工作，要知道你站在十字街頭的一角，有機會看透這花花世界，認淸楚好人壞人的眞面目，這是一個搜集材料的最好機會，別人做夢都想不到，你却很容易地得到了。你好容易學會了一種謀生的技能，爲什麼又要輕輕地放棄呢？我以爲你至少再幹半年，也可以說你再磨練半年，假如你過去沒有從那些來來往往的男女老幼的身上，發現寫作題材的話，那麼你從今天起，重新照我的方法去觀察一番，包你有很大的收穫。

第一，首先你觀察男人女人的服裝，和他們面部的表情；由他們衣着的華麗與樸素，可以看出他們的貧富來；第二步，你要注意他們的談話，什麼樣的人，說什麼樣的話，是描寫人物最要緊的第一課——語言。平時我們要描寫社會各種各樣的現象，各類人物的語言，感到非常困難；就拿我來說吧，我所接觸的社會是學校環境，我所經常接觸的人物是公敎人員、軍人、學生。我沒有機會像你一樣整天站在十字街頭，去看川流不息的人羣，去聽各種粗野的，溫柔的，和嗲聲嗲氣的怪聲音，看到那些令人作三日嘔的壞人，或者使人肅然起敬的好人；尤其當那些排成長蛇陣，等着買票看電影的人，在擠得大喊大叫，或者買票打起架來的種種怪現象，大可以供給你寫文章的材料。你從最熱鬧的黃昏到最寂靜的午夜，不知要看到多少好人和壞人，多少值得你同情，值得你歌頌；多少需要你咀咒，使你感到憤怒的事，眞是罄筆難書；不過話又說回來了，那種生活，對於一個少女，的確太苦，太殘酷！有些幸福的女孩子，像你一樣的年紀，也許還在母親的懷裏撒嬌，或者正在敎室裏受着完全敎育；而可憐的你，却不分春夏秋冬，不分天晴下雨，老是默默地站在那裏，兩眼注視着火爐，耳裏聽到炸油的響聲，一瞬也不敢疏忽；你小心翼翼地等候着來光顧你的顧客，他們之中有同情你的，也有輕視你的，說不定還有些無賴來奚落你，欺負你，侮辱你的。白，你不要害怕，你只要把臉孔一板，兩眼向前直視，你把正義之光，由你嚴肅的眸子裏射出來，那麼壞人就會感到害怕，感到慚愧。白，一個女人，尤其是年紀輕輕的女孩子，在社會上，往往要受到許多毋妄之災；可是只要自己站得穩，有勇氣抵抗外來的侵略，有智慧應付外來的變化，那麼你就不會上當了！

今天我很高興，月卿的病好了，她來看我；婦週也復刊了，她要我繼續寫書簡，我把你來信要找工作的事告訴她，她也說不容易。

白，最後，我勸你忍耐，一萬個忍耐！爲了生活，爲了創造未來光明的前途，你必得忍受一切辛酸苦辣！我累了一天，這時連筆都提不起了。再見吧，朋友。祝你

堅強地生活！

謝冰瑩上

創作的態度

朋友：

眞對不起，收到你的來信，這是第三封了，答應你的稿子，始終沒有兌現，我眞不知道要怎樣向你解釋才好。自從去年三月七號的晚上，我跌傷了右手，到現在十個月了，還沒有完全好；這對我眞是一個莫大的打擊，我不能一刻離開手，雖然我的左手在我日夜練習之下，也會寫五、六百字的短文章；但究竟太慢，太費力了，我不能倚靠她，還是由右手來操作的好。

自從今年元月二號到今天，日夜不停地下雨，於是我的手更痛了。既然無法寫字，只好多看點書；然而書看多了，頭又會暈痛，眼睛也不舒服，這討厭的氣候，對我實在太不利了！

朋友，一個人立身處世，信用第一，我既然答應過你，就要守信。你希望我隨便寫點什麼，那麼我就把近來藏在內心的幾點感想寫出來吧。

前方與後方

去年十二月十八日，我曾和三十位婦女寫作協會的朋友去過澎湖，雖然在那兒只有短短七小時，我却留下了極深刻的印象。每次我到前方，例如金門、馬祖，我的精神便特別興奮；回來後，很久很久，那些蓬蓬勃勃的新氣象，一直佔駐我整個的腦子。我覺得前方和後方的生活，實在太不調和了！爲什麼不能把前方的吃苦、奮鬥、創造的精神，帶到後方來呢？前方那些衞國守土的將士們，他們不管春、夏、秋、冬，白天黑夜，一直站在最前哨埋頭苦幹，用他們的血肉和生命，在保衞後方的安全；尤其澎湖的風特別大，又常常幾個月不下雨，滴水全無，純靠人力挖掘深井，來解決水荒問題。在那裏生活的人們，不論誰都要富有忍耐、吃苦、奮鬥的精神才行。澎湖不像金門、馬祖，到處可以看到綠樹、紅花，像一座美麗的大花園；澎湖只有一棵通樑的大榕樹，只有林投公園，是烈士們長眠的地方，有蒼松翠柏，此外還有數不盡的仙人掌。我最喜歡仙人掌，因爲它們的生命力堅強，能夠在沙漠中生長！

在澎湖前線的將士，的確比金門、馬祖前線的將士們，更要辛苦，因爲無情的風太可怕了，它會把辛辛苦苦地種植的幾十萬棵樹，在一夜之間吹倒，或者是使它枯乾；於是重種、灌漑……又要忙碌多少個日子。

從報上，我們可以經常地看到一批批的國內外人士去金門、馬祖慰勞、訪問；而很少去澎湖的；我想：風大，交通不便，可能是一個大原因；其實，澎湖，這塊通往大陸的跳板，我們實在應該常常去拜訪的，在這裏工作的每一同志，我都佩服他們和風、旱奮鬥的精神，連那些在大風中搶籃球的男女學生們，我也特別喜歡，因為他們在風沙中長大，將來一定和仙人掌、大榕樹一般堅強，充滿了活力，不屈不撓，能發揚我們中華民族堅毅不拔的精神。

朋友，寫到這裏，我的血液突然沸騰起來，我的頭又暈了，你說，我還能寫下去嗎？

創作的態度

香港文藝月刊的編者——黃國仁和丁平兩先生來信，要我在「創作的態度」一題下，寫幾百字給他們。我說：我的寫作態度，在年輕的時候是隨便的，愛怎麼寫，就怎麼寫，根本不懂得文章發表之後，會給予社會有什麼影響；現在我的寫作態度是嚴肅的，認眞的。我不能隨便塗鴉，說我高興怎麼寫，就怎麼寫；也不能故意用一些冷僻的形容詞，寫一些佶屈聱牙的句子，別人看不懂，你也不管他，反而說：「他看不懂，活該，那是他沒有學問，應該向我學習。」

唐時白居易寫詩，他要先讀給老太婆聽，希望婦孺都能懂；現在時代不同，如果寫了詩或者散文，你看不懂，只有自認落伍，因為所謂「現代」一派的作品，是不希望人懂的。

寫作是隨着各人的自由意志去發揮的；但你如果想要廣大的讀者和你起共鳴作用，那麼，你非先讓別人了解你寫的東西不可！一篇文章，既然想發表，就要顧到後果，不比寫封信給朋友那麼隨便；其實和朋友通信，有時一句話寫錯了；或者一個形容詞用錯了，都會引起軒然大波，何況是作品呢？

社會有光明的一面，自然也有黑暗的一面，有人只歌頌光明，不描寫黑暗，是不對的；也有人盡量描寫黑暗，不指示光明，不寫人間的愛和溫暖，只寫仇恨與報復，這根本是錯誤的！朋友，拉雜地寫了這麼多，你看得出我內心的感想嗎？了解我寫作的態度嗎？

有人說：臺灣沒有眞正的文藝批評，我也有此感覺。爲什麼？有人不敢說實話，因爲怕「圍攻」；也有人懶得管誰是誰非；還有些人因爲礙於面子，不好意思批評。

這麼一來，文壇上沒有是非，只有悶在心裏的牢騷了。

手在痛，已經停了五次筆了，朋友，請原諒我就此打住吧。

謝冰瑩上　五十一年三月三十日

我怎樣利用時間寫作

秀妹：

你來信稱我為姊，而我的年齡確也比你癡長十來歲，那麼我就毫不客氣地以妹稱呼你吧。

你的來信沒有寫出新居的地址，這封信叫我如何投到你的手裏呢？一連好幾天，我都在着急，我以為倩君會知道你的新居；問她，她也說不曉得，我想你一定因為太忙，所以忘了告訴我你搬到什麼地方，後來忽然想起，你說在婦週上看到那封寫給白的信，那麼，這封也只好託「婦週」轉給你吧。

你奇怪我在忙於教課、改卷子、治理家務的生活裏，怎麼還能寫文章？這問題已經有好幾位朋友問過了，我每次都簡單地回答他們：「盡量利用幾分鐘的時間，或者犧牲睡眠去寫。」現在我且把怎樣利用時間從事寫作，詳細地告訴你，或許可以供給你做一個參考。

首先讓我把一天的生活告訴你：

早晨六點鐘就起床，給孩子們用剩飯煮成湯飯吃了之後，我和他們一同上學校；十點，我下了課，連手指上的粉筆灰，也來不及到休息室去洗掉，就夾着書包，搭公共汽車回家買菜，燒火做飯，一直要忙到下午一點，孩子們上課之後，我才有功夫休息半小時。這時我躺在床上翻看本日的報紙，我像一般青年一樣最愛看副刊，也像一般老年人一樣，最關心時事。有時看到汽車壓死人，養女自殺，或者大陸大屠殺的新聞，我會憤恨得把報紙丢下，眼裏含着淚，心裏像一團火在燃燒，我不能休息了，這時候我想寫文章；但擺在桌上那一大疊作文簿在引誘我，使我不能不靜下心來，仔細地爲他們修改，連一個標點符號也不放過。四點半又須開始做晚飯了，實際下午只有兩點至四點的時間是屬於我的，而在這短短的兩小時內還有縫衣服、補襪子、洗衣、燙衣、寫信、會朋友、抹榻榻米……這些項目包括在裏面。從吃完飯，到孩子睡覺，這段時間，是最忙碌的，孩子們聽着收音機的音樂，在下跳棋，玩彈子，或者靜靜地做着功課，我和他們的父親就在厨房裏洗碗，準備明天中午的菜，爲他們燒水洗脚；九點以後，孩子們都睡了，我開始改卷子，編講義，或者寫文章，這樣忙到十二點或一點，累得連眼皮都睜不開了，這才用微溫的水洗漱後，往榻榻米上面一躺，就結束了這一天的生活。

秀妹，在這麼又忙又亂的生活裏面，你想我還能寫出一篇像樣的文章來嗎？也許有天才的人是可能的；可是愚拙的我實在太無能了，我的頭幾乎每天都要痛幾次，有時鼻炎發作，整天都痛。我有一個古怪的性格，不到病倒躺在床上，我是從來不請假，不遲到早退的。我寫不好文章，本來可以放下筆桿；不過有時爲了興趣，有時爲了朋友敦促，使我很自然地拿起筆來在方格子裏寫着。每逢星期四是師院同學的作文鐘點，我每次利用這個時候，來完成一篇兩千多字的散文。一星期裏面，有三個上午沒有課，我也可以寫點東西；然而大部份時間，還是被看卷子佔去了。

至於我寫文章特別快的緣故，因爲我在腦子裏早就打好了腹稿，我很少有讓腦子休息的機會，我走路時思想，洗衣時思想，做飯、縫補時還在思想，只要一有五分、十分鐘的時間，我便抽空寫幾個字，有時一封信，也要停三四次才能寫完。

秀妹，看了這些瑣碎的生活報導，你和一些關心我的朋友，也許會同情我；但說不定有更多的人要責備我沒有出息，寫一些身邊瑣事，佔去了寶貴的篇幅。

末了，我有幾句話要勸你：你太消極，至少在最近這封信中，你發了些不應該發的牢騷，什麼「走下坡路」，我不承認！我們的生活愈艱苦，愈顯得我們的人格清高。秀妹，「疾風知勁草，歲寒知松柏，」我們不是溫室裏的花草，我們是暴風雨中的古松；是冰天雪地中的寒梅；是華山頂上的華參，氣候愈寒，她的生命力愈旺。我這一輩子，從來沒有享受過，也沒有夢想過享受，我是個只重精神不重物質生活的人，只要一日三餐粗米飯不成問題，一家人不生病，我個人的生活，便感到天大的滿足了！

也許你過去的環境太優裕，所以現在的生活感覺太苦，我也了解你的情況，一個人帶着兩個孩子，受了創傷的心，得不到安慰，你是太苦了！可是你爲什麼不多寫些文章呢？爲什麼不把內心的苦悶憂愁，痛痛快快地發洩呢？我希望你千萬不要灰心，眼睛要向前看，不要回顧！你難道忘了你過去在文學上的成就嗎？你把你過去出版過的幾部作品，仔細拿來多讀幾遍，那時你是多麼努力，多麼勇敢的女性，你替苦難的人叫喊，你歌頌人生，歌頌眞善美，如今，國家正在遭遇着空前絕後的大苦難，你爲什麼不替同胞們叫喊呢？爲什麼不替他們描寫出一幅美麗的遠景呢？

對於文學，我有一個偏見，我覺得生活愈艱苦，命運愈悲慘，便愈能寫出感人的文章，這在古今中外的作家，例子實在太多了，生活太優裕，太幸福的人，卽使寫出一篇很美的文章，也不會感動讀者的。我這種看法，不知你以爲如何？

謝冰瑩上

我怎樣利用圖書館

每年一到期中考試，或者學期學年考試的時候，師大圖書館門口，站滿了男女學生，他們有的排成長龍陣，有的排成分列式，我們的校車開到這裏，每次都要停，我總要欣賞一下，他們那種等待開門，表情焦急的姿態。

爲什麼有這麼多人喜歡圖書館呢？原因很多：

第一、清靜。看書、寫文章、預備功課、演習算題，最要緊的是要有一個清靜的環境；而圖書館是最清靜的地方。凡是有坐圖書館經驗的人，非但不能說話；而且連翻書頁也是輕輕的；如遇非說話不可時，也只能悄悄地耳語。

第二、有學術的氣氛。說也奇怪，一走進圖書館，自然地有一種與任何環境不同的學術氣氛，使你所有的俗慮全消，腦子裏充滿了想要用功研究的思想；這時你不想多說話，更不忍因自己說話，而破壞了大家寧靜的氣氛，妨礙別人的用功。

第三、參考材料多。不論你研究那一門學問，遇到有什麼難題不能解決時，隨便你需要那一種參考資料，都可向圖書館借閱。

第四、報紙雜誌多。圖書館是報紙書刊集中的地方，要想增廣見聞，閱覽全國的出版物，了解全世界的風土人情、國際大事，也只有圖書館能使你滿足。

「在寢室、教室裏用功一天，不如在圖書館用功一小時的收穫來得大。」這是我在中學時代對同學說的一句話，現在還是用這一句老話勉勵學生。

我喜歡圖書館，遠在讀小學的時候。起初只因爲貪圖書多，我可以靜靜地坐在那裏，一天看好幾本薄薄的兒童讀物；後來越來越感覺不滿足了，我愛看長篇的世界名著。在中學五年多，我閱讀過五百多種世界名著，現在我的腦子裏，還依稀地記着每一部的故事梗概。我曾在長沙省立第一女師（又名稻田師範）當過兩年圖書管理員，每次新買來一批文藝書籍，總是我先覩爲快。別的我不自私，只有在讀書這一方面，我有點自私，常常把好書先看過之後再借給同學；其實這是最要不得的，應該讓別人先借，自己既然有方便的環境，隨時可以看，不能自私，不可貪心；不可利用職權，閱讀新書，因爲新出的書很多很多，你的工作是爲大衆服務，如果所有新書，都想先看，時間上不可能，而且道理也講不通；更要消滅的，是最要不得的自私心理。

我曾經利用圖書館，做我培養寫作的溫床。有許多不能外借，只能在圖書館閱讀的參考書，我就利用筆記來抄寫，這些材料，我很少用在寫文章方面，只是自己拿來欣賞；同時養成一種寫筆記的有恒習慣。

我喜歡在圖書館裏寫文章。初來臺灣的兩三年，我經常利用師大的圖書館，完成我的短篇散文和中篇、長篇小說；後來學生一年一年增加，圖書館蓋了新的，地盤擴充了；但人還是那麼擁擠，於是我由圖書館轉移陣地，到了國文系的圖書室；不過因爲要爬三樓，不爭氣的一雙腿，常常會發抖，所以去那裏的次數，也一年比一年減少了。

我相信讀書的人，沒有不愛買書的，我自然也不例外。在大陸，我的藏書並不多；但那些世界名著、中國名著之類，我總是一套一套的買，有時窮得兩三天沒有錢吃飯，也不去理會；一有了錢，馬上送進書店。我是最愛書的，第一個影響我讀書的人是先父：他老人家藏書之豐富，在我們縣裏，是數一數二的。有三間樓房，完全堆滿了書，我想至少也有五六萬册吧？有些書，他每年都要搬出來晒一次，如果發現有被老鼠咬破，或者蟲子蛀爛的，他就非常傷心，彷彿人家丢了孩子一般。

第二個影響我讀書的是　國父。他有一句哲言：「我一天不讀書，便不能生活！」這是一句多麼嚴重的話，　國父把讀書看做和吃飯一樣重要。當他在倫敦蒙難以後要到美國去，缺少旅費，一位華僑同志，送他老人家英鎊若干，他並不用於旅費，却拿來全部買了書，由此可以證明，他的確是愛書如命的。

第三個影響我讀書的，是我的兩位哥哥。我一共有三兄，長兄喜歡搞政治，當主管；二哥和三哥，始終在教育界服務，他們喜歡研究文學和哲學；二哥尤其在英文和中國文學、西洋文學方面，有很深的造詣；可惜去世太早，他曾經告訴我做讀書筆記的方法，他說：「一般人看文藝書籍，只知道看故事，不懂得欣賞作者的寫作技巧和主題結構，以及人物、背景、修辭，是很可惜的；你即使讀過幾千部書，又有什麼用處呢？假使你懂得讀書的方法，那麼你只要讀少數的幾本，就可受益無窮。」

的確，我能夠知道一點讀書的方法，同時知道寫點東西，可以說，得力於二哥的教導很大；三哥也說：「光只讀書，自己不創作，會成為書呆子。讀書要讀活書，不要讀死書；不能吸收書中的精華，去掉它的糟粕，也是不對的。讀書不但要有欣賞的能力；而且要有批評的眼光，自己要有主見，不能人云亦云。」

他們都是在圖書館，下過苦功夫來的人，所以在學術上都有相當的成就；只有我太慚愧了，碌碌一生，誤人子弟，在寫作方面，摸索了四十多年，還沒有寫出一本較為滿意的作品出來；但我並沒有絕望，只要有安靜的圖書館可以利用，我還有十年的努力計劃呢！

我與日記

曾經不知有多少次，我被青年朋友問過：「你爲什麼要寫日記？」或者是：「你寫了幾十年日記從不間斷，是什麼力量在維持你的恒心？」

我總是笑笑地回答他們：

「爲了想寫才寫日記；爲了我把寫日記，看做跟吃飯睡覺一般重要，所以沒有間斷。」

有位朋友，曾經問我從什麼時候開始寫日記？他希望我把寫日記的經驗，寫一點出來，好做青年朋友們的參考，這就使我爲難了！因爲我自從開始寫日記，從來不計較爲什麼？我只知道每天晚上，一定要把當天的日記寫完，才能好好地睡覺；有時忘記了，睡了一覺醒來，突然想起今天還沒有寫日記，於是一骨碌爬起來趕快補寫；也有時，臨睡前，實在疲倦得連眼睛也睜不開了，我還在那裏亂畫。我的日記上，有許多莫名其妙的句子，那一定是閉着眼睛寫的；也有像蚯蚓、豆芽等一般的曲線符號；更有趣的是夢裏的句子，有時寫在日記上很有詩意。

「睏到這個樣子，還寫什麼日記呢？」

好幾次達明這樣責備我；但我不理他，仍然勉強睜開眼睛在寫。

究竟寫日記對於我有什麼好處呢？太多了！我不能一一說出來，最重要的有下面幾點：

1.養成有恒的習慣：我相信誰也不能否認，有恒是成功之本，不論研究什麼學問，做什麼事業，沒有恒心，見異思遷，或者半途而廢，一定什麼事也不會成功的。我天天寫日記，便是要養成「有恒」。從十五歲開始寫日記，到現在四十多年了，我沒有因懶而間斷過一天；只有兩次意外的變故，使我停了兩次：第一次是民國二十五年，在東京坐牢，日本警察廳沒收了我的日記，出獄之後，我因每天有偵探跟踪，所以直到逃回上海才恢復寫日記；第二次，是民國三十二年，我由成都回湖南爲先父母掃墓，在金城江被小偸把小箱子偸走了，裏面有我的文稿和日記、相片等要件，除此以外，我的日記是完整的。當抗戰的時候，我在戰壕中還是寫日記的，那是很小的本子，經常放在軍服口袋裏面，至今還被我好好地珍藏着。

2.貯積寫作材料：我有很多小說和小品文的材料，是從日記裏面找出來的。旅行的時候，固然要天天寫日記；卽使平時在家，有時腦子裏，想像出來一個故事或者人物，馬上寫在日記上；有時朋友來談天，有故事時，也立刻記上。日記等於我的全部資料室，寫起文章來時，隨便翻開一天，就可採用其中的幾句話寫成一篇文章。

3.反省錄：一個人總有說錯話、做錯事的時候，有時爲了自尊心作祟，不肯在家人或者朋友面前認錯；可是一到晚上，自己悄悄地檢討一天的生活，就會發現許多缺點，這時就可很坦白地寫在日記上；能夠深深地反省，以後就不致再犯同樣的錯誤了。

4.抒寫性靈：一個人在應付複雜的社會時，難免有時候要把假面具戴上，只有在日記裏，才能找到赤裸裸的心，你敢說、敢罵、敢哭、敢笑，拋棄了一切的虛僞，恢復了人性的本來面目。心裏所喜愛的，所憎惡的，所希望的，所懷念的，都可以在日記上傾訴；換句話說，日記像一面純淨無垢的鏡子，它照出了你的本來面目；日記又像是X光，它會照透你的心房，你的腦海，你有什麼念頭，你的喜、怒、哀、樂，都可在日記裏發現，絲毫也不能隱瞞。

此外，你還可以把國家大事、世界大事，以及你認爲有價值，值得記下的新聞，和你對於時事的感想，友朋的往來，讀書的心得……要記的太多太多，只要你會選擇就行。

我想：有了這許多好處，難道還不值得我們去天天記它嗎？至於能夠使我四十多年如一日的原因，是爲了我有興趣，一天不寫，便覺若有所失似的，我要繼續寫下去，直到生命終止的那一天。

謝冰瑩上　五十一年四月五日

靈感、投稿答客問

一、怎樣捉住靈感？

問：當我有時正在上課，（假如這堂是我所不喜歡的科目）我也會盡量尋找靈感。因爲老師很嚴，上課時，我不能不裝得好像很專心的樣子；突然間，我發現了一個很好的題材；但礙於上課，不能寫它，於是在我的腦海中，編織了一個綺麗的內容；等我回到家裏，在夜深人靜時，攤開一張稿紙，却什麼都寫不出來了，這是什麼原因？

我是個非常喜歡寫作的孩子，往往想好了題材，到時却無從下筆，依我看來，一定是缺乏經驗，老師，你認爲對嗎？我該如何學習呢？

答：在上課的時候，最好腦子裏不要想別的事情，儘管這是一堂你不喜歡的功課；但到考試起來，假若正是出的這天所講的題目，別人都能回答，而你不能，這就是你的損失。

不過，話又說回來了：過去我當學生時，也常常有這種經驗，我不喜歡理科的功課，每遇到上數學和理化課時，我常常偷看小說，或者在我的筆記本後面，寫些腦子裏想到的小說人物名字，在這一方面，我的掩護工作，做得很好，老師還以爲我在記錄他所講的，非常高興；假若他知道我在做寫小說的準備工作，一定氣壞了；其實這也是一件好事，不過在數學老師眼裏，是不應該的。

在上課時，你捕捉到的靈感，怎麼一回到家，它就飛得無影無蹤了呢？這個現象，只有兩個理由可以解答：第一，這靈感給你的印象，還不算太深刻，可能它在你的腦子裏停留的時間太短；說不定，老師的聲音，或者下課鐘聲一敲，它已經悄悄地嚇跑了，而你還不知道；第二，你的靈感既然是飄然而來，自然也可以飄然而去。在處理題材這方面，你也許還不大熟悉，以詞達意，也許還有點小問題，這麼一來，靈感這位客人，自然很難把它留住；那麼，我們該怎麼辦呢？

首先，你要把在課堂上一刹那間捕捉到的靈感，趕快寫在你的筆記裏。我告訴你一個最簡單的方法，每次上課，你帶兩個筆記本，一個記老師講的，一個記你自己想到的。在中學校裏，就應該開始練習寫筆記，到了大學，許多教授，不發講義，只寫大綱；甚至有的連大綱也不寫，就像舉行學術講演似的，他滔滔不絕，口若懸河地講，這時你得趕快用速記的方法記下來；否則，就抓不住要點了，前面的沒有聽到，自然後面的就連貫不起來。因此，你每堂課都得帶筆記本在身邊，不能忘記。我想你在上課時所發現的靈感，如果寫下，就不會跑得無踪影了。

還有，靈感這東西，眞是一個怪物，有時我想寫一篇小品文，或者一篇小說，材料有了，人物名稱也安排好了，就是寫不出來，等到這篇稿子繳卷的日期已到，下一個決心，坐下來攤開稿紙，咬緊牙根，發誓：「我不寫完這篇文章，決不離開桌子！」這麼一來，彷彿有什麼神差鬼使似的，注意力自然集中，一篇文章在幾小時之內，很順利地完成了。

你說往往題材想好了，無從下筆，這就是你不懂得處理題材的緣故。讀你的來信，和你所寫的「怡怡」，文字非常流利，你是個富有熱情的青年，又肯虛心學習，將來一定大有成就；不過在這裏，我要奉勸你一句，千萬不要急於成名；寫作是一條異常艱苦的路，很多人走了一半，就停留下來了；很多人剛一踏上這條路，就想走完它，這都是不對的；只有那些背上駝着「忍耐」、「謙虛」、「有恒」、「不灰心」、「希望」的包袱的人，才能一步一步地走上這條有快樂、有希望，前程無量的大路。

我再重覆地說一遍，寫作的路子是漫長的、廣濶的，我們只要下決心去走，你會越走越寬，越走越光明，越走越有精神，你會感到希望無窮，快樂無限。

朋友，勇敢地走上寫作之路吧，它會使你解除精神上的煩惱，得到別人得不到的安慰。

二、怎樣培養投稿的勇氣

問：這是一個也許使您看了發笑的愚問，老實說，我眞沒有勇氣投稿，記得在三年前，我曾經投過兩次稿，我記得很淸楚，裏面還附了八角退稿的郵票。照理，編輯先生不用，應該退回的，結果如石沉大海，我在傷心失望之餘，下決心從此不投稿，因爲我的自尊心受到傷害，我的精神上受到莫大的打擊！同學們恥笑我，說我想成爲作家，如今作家被投進字紙簍了！您想，我這種侮辱，如何受得住呢？

答：一點不錯，你猜想的完全對了，讀完你的信，我不覺獨自哈哈大笑起來。這一個比芝蔴還小的退稿問題，在你看來居然把它當作比國家、社會問題還嚴重了，怎不使我好笑呢？

我先問你：你佩不佩服我們的總理　孫中山先生？他從事國民革命四十多年，不知遭受過多少次失敗，從來不灰心、不氣餒，他只記着每次失敗的經驗，把這些經驗，用在他每次的革命實驗上，便幫助了他後來的成功。

連小學生都知道的世界偉大的科學家愛廸生，用不着我說，難道他每一種實驗，一試就成功嗎？沒有，絕對沒有這種奇蹟！他不知道經過若干次失敗，只因爲有再接再厲的精神，所以他最後成功了！

你隨便問那一位成名的作家：「先生，你在學習寫作的過程中，遭遇到退稿沒有？」他一定毫不在乎地回答你：「退過的！」其實，退稿有什麼關係呢？假使你自己是某報紙副刊或者某雜誌的編輯，你選擇文章的標準，一定是內容豐富，辭句優美；否則退而求其次，內容好，文字稍差，就花費一些時間替他潤色一下。

有些內容空洞；而詞句流利，在稿件缺乏的時候，也可以入選。來稿越多，編輯先生選稿的條件自然也越嚴格。那些落選的文章，並不是如何不好，只是競爭的太多，使它一時受點委屈。你收到退稿後，把它再投到別的地方去，說不定馬上就刊登出來了。

不過，有一個技術上的問題，你不可不注意。稿子遭到打回票之後，你要平心靜氣地仔細讀一遍，尋找出不妥的字句出來，重新加以修改，用稿紙抄一遍，再寄到另一家報紙，或雜誌，千萬不要原封不動地寄去，因爲說不定對方也會原封不動地退還你。

「要經得起失敗的打擊，才能成功！」這是我的自信，如今用來奉贈給你，我們好彼此勉勵。

你說退稿是一種侮辱，我認爲是一種鼓勵，一種磨練和經驗。假使沒有退稿，你怎麼知道自己文章的缺點？怎麼知道不夠水準？或者內容不適合？不知道自己的缺點，就不會求進步；不進步，我們還有什麼希望呢？我常常把寫作當做投籃，球投中了，固然能獲得一片掌聲，幾聲喝彩；投不中，也用不着垂頭洩氣，灰心喪志，你可以天天練習，失敗了再來！月月如此，年年如此，你還愁不成功嗎？

「沒有勇氣投稿的人，是絕對不能參加革命，也不能成功一件大事的！」

我常常拿這話來勉勵自己和同學。當你的文章變成鉛字的時候，你用不着得意忘形，以爲自己從此走上了作家之路，可以向家人和朋友誇耀了！其實這只是你參加作文比賽的起點，接着來的是漫長的艱辛的旅途。也許你會遭遇到許多困難和打擊；但是不要害怕，只要你有勇氣克服困難，忍受打擊，堅守自己的崗位，屹然不動，最後的勝利，一定是屬於你的！

謝冰瑩上　五十一年四月二十日

怎樣自修

朋友：

接到你九月五日的來信，使我又喜又懼：喜的，是你已經找到了職業，不致像一些失業的人一樣地南北飄泊，茫無所歸；懼的，是你來信中充滿了感傷的氣氛，也許你已陷入了苦悶的深淵中吧？朋友，太可怕了！

首先，我想和你來談談你的苦悶：

細讀你的來信，你苦悶的中心問題，就是職業與讀書的矛盾：你認爲有了職業，就不能夠讀書了；一方面，你的求知慾又如此地堅強，你感覺自己學力不足，非繼續讀書不可；但同時，你的環境太壞，沒有工作，就無法維持生活；因此，你感覺非常苦悶。其實這種苦悶，我相信是每一個青年都有的；尤其是一個努力向上的青年，他更不願意僅僅爲了生活而犧牲學業，他日夜嚮往着快樂的讀書生涯；而工作却剝奪盡了他的時間，試想，他怎能不感覺苦悶呢？

不過，我覺得問題沒有你說的那麼嚴重，也沒有像你所說的那麼沒有辦法，我想不論是青年人、中年人，應當什麼都不怕，什麼艱難困苦的環境，都能克服，只要你努力奮鬥，終有成功的一天。

首先我們應當明瞭，所謂讀書，並不一定限於書本，要知道社會就是一所大學校，你工作的地點，就等於敎室，社會上每天所發生的事情，就是我們讀書的實際敎材，那些材料，可以增加我們的知識；由此可以知道讀書並不限於書本，我們應當了解到處都是我們讀書的環境，隨時都有我們讀書的機會，我們應當時時刻刻留心觀察，多加思考，仔細研究，眞正的學問，都是這樣一點一滴地求得來的。

現在再來談談書本上的問題：

我們有了職業，一方面，固然要在我們的職業範圍以內，去仔細地觀察，以求得我們的學問；另一方面，當然也不能拋棄書本，我們學問的根基，仍然要從書本上去建立的，你的信上說：「一走進社會，就再沒有讀書的機會了；而且也沒有人來指導我、督促我了……」

我以為這觀念是錯誤的，為什麼離開了學校，就不能讀書呢？我們可以自修呵！難道你不知道歷史上有許多偉大的人物，他們都沒有進過什麼正式的學校嗎？遠的，別國的例子且不說，就拿我國的名學者王雲五先生，和青年作家馮馮先生來說吧，他們都是完全靠自修成名的例子。

你說在工廠裏擔任會計，每天工作八、九小時，整天聽到軋軋的機器聲，吵得要命，你煩死了！這是無法解決的問題，當初你要是不學商，可以不當會計，除非你有機會找到比現在位置更好的工作，你暫時只能隨遇而安，要知道古人說的「知足常樂」，眞是一句良好的格言，假如一個人天天不滿現實，他的精神上一定是很痛苦的。

我想，你每天除了上班、睡眠、吃飯、休息之外，一天抽出一、二小時來讀書，是不成問題的；不過一定要持之有恒，假如一曝十寒，有頭無尾，決不會有效果的。

朋友，你爲什麼要這樣消極呢？我覺得你的環境，比較是很好的，目前在臺灣，因爲人浮於事，粥少僧多，所以有少數大學畢業生，跑去那些觀光旅館去做電話接線生、服務生，有人慨嘆斯文掃地，其實我覺得沒有關係，職業本來沒有貴賤之分，只要你隨時隨地不忘讀書，那怕你做個天天掃地的清道夫，將來還是可以成爲學者的。

其次，我要和你談談自修的方法：

我覺得自修最要緊的條件，第一須具有堅強不移的意志；第二，具有永久不變的恒心！因爲自修和在學校不同，自修，完全是自動的，沒有人來督促，也沒有人給你批分數、列等級，一切由你自己做主；假如你的意志不堅強，或者半途而廢，那麼，無疑義地，一定會失敗的。

自修的第三個條件，是要有計劃：

自修不像在學校時一樣各科並重，它好比進的專科，可以選擇你自己所喜歡的；或切合於實用的去學，所以非有計劃不可！例如每天早晨六點半到七點半，一定讀國文或英文；每天晚上八點到十點，一定研究文學、寫日記，這就是有計劃的自修，不是像一般人無聊消遣，隨便抓一本武俠小說來翻閱一下就算了事的。

還有，無論你研究一種什麼學科，也應當有計劃，比如說，研究文學吧，你先要想一想：我是先研究中國文學，還是先研究外國文學呢？當然，假如是我，一定先讀我國的名著，然後再欣賞外國的。這裏，我還要問你：你喜歡中國那幾位作家的作品呢？爲什麼喜歡？他們作品的特點在那裏？你讀過之後，對你有什麼影響？外國作家的作品，你喜歡那一國那幾位作家的？他們作品的特點是什麼？只要你肯有計劃地去研究，對於文學就能得到一種專門的知識了。

自修的第四個條件是做筆記：

我們在讀書時，一定要預備一個小本子放在旁邊，讀完一篇文章，或者一部書，千萬要把書中重要的地方摘錄下來，一方面可免日久遺忘；一方面可做將來寫讀書心得，或研究的參考。我們讀完一本書，可以用客觀的眼光分析一下：書中的情節是否合情合理？作者的思想是否正確？（請參閱拙作「我怎樣寫作」中的「怎樣欣賞世界名著？」）

你說，出了學校，就沒有人來指導，自己好比盲人騎瞎馬，我覺得你未免太自謙。離開了老師和同學，我們還經常可以通信討論的。學生對師長，只要你有禮貌，提出有關學問上的問題，他一定願意詳細解答的；至於同學，假如他的學問比我好，我就應該尊之爲師，遇到有什麼問題，可以多向他請教，只要我們肯虛心、不驕傲、不自滿，總有成功的一天。

這封信，已經寫了兩天了，因為右手還沒有復元，它痛的時候，我就改用左手寫；可是左手寫得太慢，只好又換過來，對不起，上面說了許多直率坦白的話，請你原諒，我想你一定了解我的出發點是誠懇的，善意的。

祝你

自修成功！

前途無量！

謝冰瑩上　五十四年三月四日

常用字、詞的錯誤

——兼答小梅同學

小梅同學：

你的來信，收到一星期了，爲了忙，到今天才覆，請你原諒。你要我把你信中的錯誤和不妥的文句改正，可見你的認眞和虛心。你這麼用功學習，前途未可限量！既然你不恥下問，我也就不客氣地吹毛求疵了。

首先我便要指出你那句「你和你的小女的來信收到了。」當中「小女」兩字，用得不妥；因爲這是做父母者謙稱自己的兒女爲「小兒」、「小女」，古時還有什麼「小犬」、「犬兒」、「犬子」，現在都不用了。我們稱呼別人的兒子，應稱「令郎」，別人的女兒，應稱「令嫒」；稱自己的父母爲「家父」、「家母」，自己的兄弟姊妹爲「家兄」、「家姊」、「舍弟」、「舍妹」；稱別人的父母爲「令尊」、「令堂」，稱他們的兄弟姊妹也都要加上一個「令」字。

有一位朋友，曾親耳聽到有人介紹朋友的太太說：「這是王先生的內人。」當時王先生夫婦怪難爲情，他們想笑，又不好意思笑出來；因爲「內人」（或內子）只有丈夫才這樣謙稱自己的妻子，正如女人稱她的丈夫爲「外子」一般。當你介紹別人的太太時應該說：「這是某夫人。」（或某太太），介紹別人的丈夫時，也不能說：這是某女士的外子，而應說：「這是某女士的先生。」因爲在中國，這句話裏的先生，就是丈夫的意思。

你說，同學們爲了莫名其妙的「名」字，和你爭吵了半天，她們都一致認爲你錯了，她們常用的「明」字是對的，你的理由是：有些作家都用這個「名」字，你認爲這是對的。一點不錯，你是對的。本來「莫名其妙」一語，來源出自老子，是妙到無以名之的意思。在我們的作文和書信裏面，常有「莫可名狀」、「感激莫名」等句子；而今常寫做「莫明其妙」，是「不明白其妙處」的意思，雖然可以講得通；但比起「莫名其妙」來，就稍失雋永了。

現在趁着這個機會，我再告訴你幾個常用字詞的錯誤用法，這是最常見的，幾乎積非成是，無法一一改正了。

我們常在報紙雜誌上，看見「按步就班」的句子，這個「步」字也是錯的，應該寫成「部」字才對。這句成語，出自陸機文賦，「按部」與「就班」，是字當句對的修辭組織，如今常誤作「按步就班」，甚至有時我寫成「部」字，校對先生又把它改成「步」字，大概他所看見的都是這個「步」字，一遇上「部」字，就認爲別人寫錯了，這眞是無法糾正的事。

還有「名符其實」，或者「名實相符」，都是錯用了這個「符」字，應該寫成「名副其實」或「名實相副」。這句成語的來源，出自後漢書：「盛名之下，其實難副。」副字，是相稱的意思，後來變成「符」字，大概是由於讀音相似的緣故。

為了形容社會的不景氣，或者生活一年比一年艱苦，常有人用「每況愈下」。這也是錯誤的，應該寫成「每下愈況」。這句成語，出自莊子，況字解釋為「甚」，它的意思，是說越來越壞，愈來愈厲害了。

「日以繼夜」這句成語不知被多少人誤用。你想，晚上照例是大家休息的時候，如果白天也繼續睡覺，豈不成為懶蟲嗎？「夜以繼日」，原出於孟子，意思是說用功的人，白天努力不夠，夜裏還要繼續日間的工作；如今成為日以繼夜，除非是那些麻將專家，一連三天三夜也不睡覺，沉醉在「吃」「碰」「滿貫」……裏面，我們是不應該日以繼夜的。

下面我再告訴你兩個最常錯的字，「寒喧」二字，你一定常常看到，與初相識或老朋友見面，最初的幾句問候語，稱為寒暄；「暄」者，暖也，這就是說朋友相見，彼此問寒問暖，也就是：「很久不見，你好嗎？」「久仰……」一類的話，若是你用喧字，便變成喧嘩、吵鬧了，根本就不通。

交「代」錯成交「待」，也是大錯而特錯的。

以上拉拉雜雜寫了許多，不知你看了感覺與趣否？假若你還有問題，請告訴我，在時間許可之下，我一定盡力解答的。

謝冰瑩上　五十四年三月十六日

成語不可亂用

——兼答子明同學

子明同學：

你的來信收到很久了，因爲身體不舒服，直到今天才作覆，眞對不起！

你寄來的大作，我花了將近一小時，才把它改完。小說的主題很正確，描寫一個青年人在現代這非常複雜、瞬息萬變的社會裏，須要認淸眞僞，分別善惡，不可隨聲附和，更不要盲從，以免誤入歧途，痛苦一生；但在詞句方面，有些過於雕琢，反而失去了自然之美，例如：「支碎破離」這句話，在習慣上，都是寫做「支離破碎」，你大可不必改動它；同樣，「披星戴月」是一句成語，你把它改成「戴月披星」，唸起來，就不順口了；又如：「冠冕堂皇」，你把它倒過來，成爲「堂皇冠冕」，我不知道你的用意何在？

還有：「樹林」、「森木」，在你這篇文章裏，應該是「森林」、「樹木」；森木兩字，很少有人連用的。又如「繞縷」，明明是「縷繞」，你却把詞彙搬了家。也許你覺得老是寫前人用過的詞句，未免太單調，不如自出心裁地獨創一格。不錯，創造新詞是需要的，而且，也是應該的；如果創造出來的新詞比舊詞美，自然很好；假若不如舊詞，甚至完全不通，那就未免弄巧成拙，所謂「畫虎不成反類犬」了。

現在請先聽我講兩個故事：

從前有位中學生，在「寒假雜記」一文裏面，寫了這麼幾句：「火車慢慢地進站了，遠遠地看見我那半老的徐娘，跑來迎接我，我高興的了不得……」

這幾句話，別的沒有什麼毛病，錯就錯在「半老徐娘」這句成語上面。原來徐娘的典故，出自南朝梁元帝的妃子徐昭佩身上，她因爲紅杏出牆，偷偷地愛上了一位侍候元帝的暨季江，季江嘆道：「徐娘雖老，猶尚多情。」（事見史后妃傳）後人把「雖」字，改爲「半」字，還把下句改爲「風韻猶存」四字，以形容那些中年以上，愛好打扮，或搔首弄姿的婦女。這是一句挖苦女人的話，絕對不能隨便亂用；何況用來形容自己最尊貴的母親，未免太罪過了！

自然，這位同學，並不是有意這麼寫；而是他根本不懂得這句成語的用法和它的來源。

還有一位女生，在她的週記上寫道：

「昨天我在公共汽車上，遇人不淑……」

老師看到這裏，又好笑，又好氣。原來她也把成語用錯了！這句話，也有來歷的：詩王風中谷有蓷：「遇人之不淑矣。」你查一下辭源，或者辭海，就可知道，下面還有幾句說明：淑，善也，君子於己不善也，今所嫁非人，曰：「遇人不淑。」在習慣上，只能用之於女人，說她嫁了一個不如意的丈夫，而不是指遇着一個流氓欺負你，或者一個阿飛故意碰你一下的意思。

又如「雨過天青」這句成語，誰也知道用；可惜往往把「青」字錯成「晴」字便不美了；而且根本失去了它的原意。

這句成語的來源是這樣的：

相傳五代時，周顯德年間，柴窰所出產的陶瓷，是最有名的，因爲它的「瓷釉明如鏡，質薄如紙，聲清如磬，紋細如絲。」那顏色，那花紋，爲自古以來最美麗的陶器；因此，後世的人不住地贊美它，把它看得特別珍貴。

說了這許多，還沒有講出「雨過天青」的來歷：原來周世宗姓柴，名榮，爲太祖柴氏的姪子。那時候在河南鄭州，有一處燒陶瓷的窰，因爲出品特別精良，所以都用來進貢，就取名柴窰，又叫御窰。據說當時負責燒窰的人向周世宗請示：「皇上最喜歡什麼顏色？」世宗非常幽默地批道：「雨過天青雲破處，這般顏色做將來。」

這是指雨後初霽時的天色，天空呈現着一片蔚藍，顯得異常開朗，燒窰的只好照着這顏色去燒，後來索性就把這顏色的名字，叫做「雨過天青」。在江西景德鎮的陶瓷顏色裏面，有所謂「霽青」、「霽紅」的，都是比較單純而美麗的顏色：在紅樓夢裏，你可以發現賈母在談話中，曾經好幾次提到「雨過天青」顏色的料子。

記得我在馬來亞教書的時候，一位教高二國文的任先生，他出了個「雨過天晴」的成語給學生造句，學生中有改爲「青」的，他爲了要維持老師的尊嚴，特地寫了篇文章，強辯「青」、「晴」、「清」三字可以通用，他說三個字都是形容下雨後的天色，而對於成語的來源一字不提，他連辭源也懶得查，眞是誤人子弟。

關於成語的用法，齊鐵恨、何容兩位先生，曾經寫過許多，在此我不贅述。

成語在中國特別盛行，大半都是富有含蓄和幽默感，也有些像「歇後語」，像徐娘半老這句成語，誰也知道下面接着四個字是「風韻猶存」；可是很少有人說完全的。固然，在這個科學日新月異的時代，我們需要知道的學問和知識，實在太多了，沒有時間來研究每句成語的來源；然而負責教國文的老師就不同了，遇着同學們用錯了成語，就應該把成語的出典和意義，詳細地告訴他們，以免將錯就錯，以訛傳訛；等到用的人越來越多，反而把錯的看成對的，所謂積非成是，那就等於把中國文化的精華，變成了糟粕，豈不可嘆！

子明同學：從你的來信中，可以看出你努力求學的精神；不過在辭句方面，我不贊成你標新立異，文章的好壞，主要還是在內容。你一定讀過鮑照的「蕪城賦」和歐陽修的「秋聲賦」，前者盡量咬文嚼字，故意用些冷僻不常用的字眼，以顯示自己的才華與衆不同；其實內容空洞，一點也沒有歐陽修那篇「秋聲賦」的感人。

一篇好文章，不在詞彙的新奇，而在作者的感情是否眞摯？內容是否充實？文字是否優美而流利？過去，我們讀古文，很少有詳細的註解，對於作者也不介紹；現在不同了，不但有詳細的注釋，和作者生平的介紹，還說明大意，主題；而且大部份附有譯文，使學者可以對照參考，有時也許因爲譯者各人的見解不同，有些句子稍有出入；只要你肯多用功夫，仔細推敲，便可獲得正確的解釋了。

已經寫了不少，我還有一大堆信待覆，下次再談。即祝

進步

謝冰瑩上　五十一年十二月二夜

關於文字的洗鍊問題

——一封給純的信

首先請原諒我，把寫給你的信在這兒公開，這是有原因的：前星期，你的同學雲來看我，她提到你最近發表的那封信，她認爲你寫得太囉嗦，拖泥帶水，使人看不下去，最後她又說：「我也不知是什麼緣故，近來寫文章，老喜歡堆積許多形容詞，自己還洋洋得意；但一唸出聲來，又覺得怪難聽，太嚕嗦了，我明明知道這種寫法，不但不美，而且叫別人一看就討厭，我很想改變這種作風，却又不知從那裏下手。」

我還沒有回答她的問題，她又加上了兩句：「這並不是我一個人如此，許多同學都犯了這個毛病，謝先生，你說怎麼辦？」

現在我不寫回答她的問題，且把你那封信，隨便挑幾個小毛病出來談一談，好在你的信上要我嚴格批評，你該不會怪我吹毛求疵吧？

首先我要說你這封「給亡友」的信寫得太長。你的主旨在描寫死者荊姐的聰明、能幹、熱情，以及你對她的哀悼，本來寫兩千多字也就夠了；你却用了將近六千字的篇幅，來敍述你接到死者妹妹的來信後，所引起的對於荊的一段回憶；若是你能把那些不相干的形容詞，不必要的句子删去，經過一番嚴格的洗鍊後，剩下兩千字最精彩的文章，那麼讀者就會感到很舒服了。

我以爲文章的第一段可以省略。又如：「從黑板上回過頭來，我看見教室外工友的鬼臉，手上拿着幾封信，這並沒有什麼奇突……」。在這幾句話裏，「鬼臉」二字，毫無意思；我不知你是駡他的面孔長得難看，還是說他的表情太壞呢？他送幾封信來，自然沒有什麼奇突，這句話多餘，你只要寫上：「……我看見工友拿着幾封信……」寫到這裏，我還要問你：這位工友是將信送到教室呢？還是放在你的辦公桌上？或者你的寢室裏？你是等到下了課才看信？還是在教室就把信拆開來看？因爲看信的心情和環境都有連帶關係的。譬如說，你正在上課，打開這封報告好友自殺的信一看，你一定無心講書，你只好提前下課；萬一你在教員預備室拆開這信，你也只能默默地流淚；假使你在寢室裏看這封信，就不同了：你可以倒在床上痛痛快快地哭一場，甚至不吃飯，只是呆呆地躺在床上，回憶着和她生前的一切友誼。你說：「一整天，我怔坐在桌前，視線一直不曾離開小荊寫來的信。」你自己想想，是不是寫得太過火？任何人都不會坐一整天不動，何況又是「怔坐」，又是「視線一直不曾離開小荊寫來的信」呢？你的眼睛，望了一整天，難道不累嗎？看完了小荊的信，知道她的姊姊自殺了，你還老望着信幹什麼？你如果說一整天，心裏老是想着那位自殺的朋友，當然是合理的；還有，你引用小荆的信，也大有問題，語氣完全是你自己的。照常理，一封報喪的信，只有潦草的簡單的幾句話，絕不會寫出像「……我全身被昏迷罩住了……」「父親遞給我一隻冰冷的來沙而瓶……」「如果我們能不斷地爲她挑開回憶的窗扉，讓她素有的驕傲，踢開屈辱自卑的汚泥，如果我們曾多給她些慰勉和激勵，從人情的溫暖裏，她也許可以感到一份振奮的力量……」。

看完了你的文章，我始終不明白究竟荆的姊姊爲什麼要自殺？你說：「兩代間的不協調，更使你有無可告訴的隱憂……」這裏的「兩代間」實在太含糊，究竟死者是和她的父親不協調，還是和母親不協調呢？

「我喜歡你流利感人的筆調，尤其是那份抑鬱輕柔的感情。」抑鬱和輕柔是不能在一起的，抑鬱只有沉重，「輕柔」改爲「溫柔」較佳。「必然戰勝的信心，更鼓舞和敦促着你在荆棘叢生的路途上……」「對經過時間的清掃和過濾、保留、沉澱下來的友情，我總是以全心靈來撫養，和珍惜它的。」

像這類的句子，你也許以爲很美；然而你沒想到讀你文章的人是覺得多麼累贅！一般讀者的心理，都喜歡看那輕鬆流利的文字，不要多費腦筋，一口氣能讀完；有如一個口渴的旅客，在烈日下飲冰汽水一般感到涼爽、舒服；更何況最好的文章，都是簡單而深刻的句子，並不是堆砌的蕪詞？

純：在形容詞方面，你還得多多思索，多多創造。恬靜二字，你一連用了三個：「恬靜的友誼」，「恬靜的微笑和溫情」，「恬靜優美的夜晚。」如果把第一個「恬靜」改爲「深厚」或者「誠摯」，第二個「恬靜」改爲「愉快」或「甜蜜」，那麼就不覺得重複了。

「有時我的嘴唇抖顫着，以至咽泣着走路……每次，我都埋進痙攣苦痛的啜泣……」

在這幾句話裏，你的意思在描寫你內心的悲哀，你用了「抖顫」，（應該寫顫抖）「咽泣」，「痙攣」，「痛苦」，「啜泣」這些形容詞來說明你的難過；可是你沒想到你愈說你內心如何震顫，如何流淚，愈覺得你是言過其實。在描寫你們的友誼這段文章裏，你說：「我知道你除了擁有着豐富的內在生活」，究竟她內在的生活是指什麼？豐富到什麼程度？這且不去管她，接着你說：

「懷着憐憫和戰慄，我走向你。」這裏的「戰慄」也是多餘的，假如把它改成「同情」就對了；我走向你，完全是歐化句子；「甚至彼此都能感到對方脈搏的跳動，說穿對方的思想。」那怕是最好的知己，甚至愛人，也無法知道對方脈搏怎樣在跳動，除非你握緊了她的手，按住了她的脈搏。

純，本來還想再寫下去，又怕你看了難過，說我有意在吹毛求疵；不過，你要知道我之所以如此嚴格地挑出這些句子來和你討論，實在是爲了太愛護你，同時也愛護和你犯同一毛病的青年朋友。你要了解我批評你的文章，出發點純粹由於愛；我希望你能寫出一手好文章，像行雲流水那麼自然，優美。

你這封信，只有無數的形容詞在堆積着，你沒有把你的好朋友生前給與老師和同學的好印象，充分地寫出來；你更沒有寫出她究竟爲什麼自殺？是爲了失學？失戀？還是爲了被病魔糾纏得太痛苦所以自殺？一個人假使不受到絕大的刺激，他絕不會輕易自殺的。

還有，在全篇文字的結構上，也嫌太雜亂了！一會兒寫你的心境，你自己的戀愛故事；一會兒又回憶她和你相交的經過；一會兒又敍述你苦悶的生活；一會兒又說到二月前她來看你，使讀你這篇文章的人，好像捉迷藏似的，腦子跟着你的筆跳個不住，究竟你的主旨着重在那一點？是敍述她的一生，描寫她的不平凡呢？還是借她的死，在表揚你自己的偉大呢？

最後，我希望你能用理智，很冷靜地看完這封信，並且歡迎你寫出自己的意見來和我討論，這才是我們從事學問研究的人，應有的態度和精神。

前些日子有人告訴我，你近來很苦悶，我希望這只是你暫時的現象，一個青年人是應該樂觀的，上進的！環境越困苦，你應該越振作！我認爲人生只有努力奮鬥，活着才有意義，才有價值，朋友，你說對不對？

祝你

健康

謝冰瑩上　四十三年四月十一日

從艱苦中奮鬥

小秀同學：

讀了你二月十五日的來信，難過了好幾天，我不知要怎樣安慰你才好。你是個很勤勉，很可愛的孩子，至今我的腦海裏，還時常浮出你的笑容。

你告訴我，因爲爸爸失業，媽媽洗衣服所得的工資，實在難以維持一家生活，自然無法供給你讀書，於是你失學了！你感到無限的傷心，你問我怎麼辦？

老實說，失學的確是一件不幸的事，記得我小時候，爲了要求進學校讀書，母親不許可，我就絕食三天，連茶也不喝，後來終於感動了母親，她送我進了一所專讀四書五經的私塾。

如今想來，我還有很多感想：假若那次我沒有經過三天三夜的掙扎，也許到今天我還是個文盲，也說不定；但是小秀，你的環境與我不同，你不是家裏不許你讀書，而是不能供給你學雜費，這是孟子所說的「實不能也，非不爲也。」你的痛苦，我深深了解，一個沒有生過病的人，永遠不知道健康的可貴；沒有失去過自由的人，也絕對不會了解自由比生命還重要；只有被關在校門外的學生，才了解坐在敎室裏聽老師講書，是人間最快樂的生活！小秀，你不要難過，人生像海水，有漲潮的一天，也有退潮的時候；有時波濤洶湧；有時風平浪靜；有時狂風暴雨，海上掀起了數丈浪濤；有時微風細雨，海面上泛起粼粼的微波。人生的意義也就在此；如果一生下來，就這樣平平淡淡過一輩子，那麼人生還有什麼意義？

小秀，我現在要告訴你的，是你如何在家自修的方法，以及應該怎樣幫助你的父母，教導你的弟妹。

首先我希望你，養成鋼鐵一般堅強的意志！

俗語說：「人在世上煉，刀在石上磨。」又說：「吃得苦中苦，方爲人上人。」富蘭克林也說過：「懶惰像生銹一樣，比勞作更能消耗身體；經常用的鑰匙，總是發亮的。」這與中國的「戶樞不蠹，流水不腐」，是同樣的道理。陳獻章也說過：「少不勤苦，老必艱辛」，和「少壯不努力，老大徒傷悲」，是同一個意思。我們天天在唱高調，說什麼青年人要練習吃苦呀，要勞動呀，青年是社會的棟樑、國家的主人翁呀……等到一旦眞的要做苦工的時候，又說：「這是粗活，我幹不了，我們是讀書人！」

在南洋，我常常看見一種最矛盾，最不合理的現象：有許多學生，家境非常貧寒，子女非但不體貼父母，不分擔父母的工作，反而在外和朋友聊天看電影；女孩子穿得花花綠綠，燙頭髮，講究打扮。他們爲什麼不能吃苦耐勞，到外面去尋找些零碎工作來做？例如割草、洗衣、做小販……。

在外國，大學生完全靠自己作工來維持自己的一切費用，還記得我在日本留學時，放學回家，在路上被一位陌生的日本青年攔住路說：「謝樣，請坐下，我替你擦皮鞋。」我很驚訝，他怎麼知道我姓謝呢？一問，原來他和我在早稻田大學同班，下了課，他馬上背起他的擦皮鞋工具，跑到街上去兜攬生意。

又有一次，一個替我洗衣服的工人，要和我談談中國唐朝的詩人李白、杜甫，我奇怪他怎麼知道唐詩，原來他也是早大的同學，對於中文很有研究。

以上兩位日本同學，給我的印象特別深，我從此了解日本民族眞能吃苦耐勞；在世界上，他們永遠是努力奮鬥，發憤圖強的。

小秀，你雖是個女孩子；但我相信你不會自己輕視自己的，如今二十世紀，是男女平等，男女平權的時代，只要你立定志向，不灰心，不消極，不斷地努力學習，總有一天你會成功的！

前人早已說過，事之不如人意者常十之八九，可見能如人意者，不過一二罷了；然而人類是向上的，奮鬥的，環境愈艱困，愈能鍛鍊有用的人才，所以孟子說：「故天將降大任於斯人也，必先苦其心志，勞其筋骨，餓其體膚，空乏其身……。」

小秀，現在要告訴你怎樣自修了：

首先要定一個自修時間表，除了每天幫你媽媽煮飯洗衣外，其餘的時間，就分配在閱讀新書，溫習舊課，習大小字和寫日記上面。小秀，日記千萬要天天不間斷，只要你有恒心寫上十年，你的文字會自然而然地通順了。書，儘可向同學借，她們都會幫忙你的，我自然也會經常送些雜誌給你看，你寫了文章寄來，我當然可以替你改；但我很忙，也許要經過一段相當長的時間才能寄給你，這點是我首先要聲明的。

你是大姊，（可憐你自己也還只是個十三歲的孩子！）自然要照顧三個小弟弟小妹妹，你要先愛護他們，才能使他們敬愛你，感激你！

好了，這時我在學生上作文課時給你寫信，現在下課了，爲了急於投郵，未完的話，等下次再談吧。祝你

努力！

謝冰瑩上　五十年九月五日

友誼與愛情

——寄月秋

月秋同學：

首先讓我向你道歉，你一連來找我三次，不巧都遇着我有事外出，勞你空跑，眞對不住！前晚，我由文協開完會囘來，在信箱裏看到你留的條子，我心裏難過萬分，我後悔前次沒有要你把住址留下，我眞想去府上拜訪你，好好地和你談談，我了解你的痛苦，要不是「那個」問題在使你煩惱，不知道如何處理，你不會一連三次來找我的，是嗎？

所謂「那個」問題，就是你在半月前，和我談到的友誼與愛情的問題。你曾經爲它而深深地感受痛苦；你說，許多女同學，也爲這個問題感到苦惱。你的話，我還清清楚楚地記在腦海裏，你說：「老師，我們生在這二十世紀時代，男女接觸的機會很多，一遇到男孩子，他們只要知道我們的名字和學校，便要寫信來，有的還請看電影，邀去參加舞會；假如置之不理，未免太不近人情，拒絕他們的邀請，似乎也不禮貌；和他們往來吧，實在太麻煩，不知要躭誤多少功課；何況我們的家長有些比較守舊的，根本不贊成他們的女兒交男朋友，他們認爲交朋友，就會戀愛；而戀愛就會出亂子，甚至發生危險。他們把戀愛，看成比洪水猛獸還要可怕；其實他們本身，不是也經過戀愛來的嗎？老師，請你告訴我，究竟我們應該怎樣結交異性朋友才是正當道路？才不會陷於痛苦之中？」

這是一個最有價值，值得大家注意、重視；而且值得提出來公開討論的問題。儘管在幾十年前，就有不少的人提出來研究過，討論過了；可是問題永遠得不到解答，也永遠不會有結論；即使有，一般青年人，還是我行我素，失去了理智，一任感情奔放，結果很少有不演悲劇的。

今天我和你簡單地談談「友誼與愛情」的問題。

記得一個月以前，一位韓國的青年朋友許世旭君問我：「謝老師，你們貴國還存在着濃厚的封建觀念，只要看見一位男生，和一位女生，在一塊兒散步，或者看一次電影，就說他們在談戀愛。我來到貴國，連一個女朋友也不敢交，因爲家母不許我和異國的女性通婚，我不能和異國的小姐戀愛；但我很願意有貴國的女朋友和我共同研究學問；同時藉此也可解除精神上的寂寞。」

這的確是一個大問題！從中學、大學到一般社會，每個人的腦海裏，都有這樣一個錯誤觀念：凡是男女在一塊兒，一定會談戀愛，這是多麼荒謬、淺薄的見解！誰也不敢否認，人與人之間，是有一種自然的感情存在的，不論同性、異性都是一樣。友誼與愛情，根本是兩回事。友誼是廣泛的，普遍的，一個人可以交好幾個朋友，只要性情興趣相近，思想相同，人格清高，就可和他交爲朋友：有的是學問上的朋友；有的是事業上的朋友；還有些因爲同學、同事、同鄉的關係，而成爲朋友，有益的朋友儘可多交；但切不可濫交，必須經過一番嚴格的選擇，那些光會奉承你，捧你，花言巧語的酒肉朋友，最好一個也不要交；孔夫子說的益者三友，損者三友，（凡是讀過高中國文的都知道，在此我不重複。）的確值得我們遵守的。

愛情是狹義的，也是自私的，他絕不容許第三者加入。假如一個男人，同時愛兩位小姐；或者一位小姐，同時愛兩個男人，必定會發生悲劇，三個人都會感到莫大的痛苦；這時候，學問、事業、家人、朋友、金錢……一切都不放在心裏，唯一的目的，是在如何得到對方的愛——靈肉一致的愛。

這種戀愛是最自私的，有時也是盲目的，純情感的；任何人的勸告，他不會接受，卽使歷盡千辛萬苦創造出來的前途，他可以爲一個女人在頃刻之間毀滅。

月秋同學：我是不贊成中學生談戀愛的，因爲你們的年紀太輕，學業的基礎還沒有打好，感情又容易衝動，缺乏理智，更不懂得擇交；必須進了大學之後，才可以參加各種社交活動，選擇好的對象交爲朋友。

記得那年我剛從馬來亞囘來，有人告訴我，臺北跳舞之風很盛行，有許多高中女生參加，起初我不相信；後來又有人告訴我，連初中的女生，也有少數學會了跳舞的；有極少數高三的男女學生，不加緊準備應試，還整夜沉醉在「蓬拆拆，蓬拆拆」聲中的，我聽了只有搖頭，只有嘆息，社會的風氣，壞到這種程度，試問教育還有什麼用處呢？

然而，話又要說回來了，這只是一小部份不良份子不求上進，甘願墮落的人，在那裏醉生夢死，過着糜爛的生活；最大多數的青年，都在孜孜不倦地埋頭苦幹，夜以繼日地努力研究，使社會蒸蒸日上，欣欣向榮；因此，從好的角度來看，我們的心充滿了樂觀，充滿了希望！

月秋同學：說了這許多，你該明白我的意思了吧，我希望你千萬不要談戀愛，異性朋友是可以交的；但要保持距離，態度要大方、誠懇、坦白，不可讓對方懷疑你在愛他；自己更不要自作多情，陷於苦海之中而不能拔救。

最後，我還要聲明，我並不是個思想頑固的人，我自信我的思想還能趕上時代；我因不忍眼看青年朋友受愛情的害，所以才苦口婆心地寫了這封信，請你看過之後，將感想告訴我好嗎？

祝你

前途光明！

謝冰瑩上　五十年八月九日

青年模範林覺民

朋友：

又到了一年一度的青年節，每到這天，我便有無限的感慨：這是一個用先烈們的熱血和頭顱換來的日子，想想辛亥革命的前夕，集中在廣州的愛國志士們，是多麼激昂慷慨，悲壯英勇！他們早就許身國家民族，情願爲消滅腐化貪汚的滿淸政府而犧牲；他們不計成敗，團結一致地在國父孫中山先生領導之下，爲建立中華民國而奮鬥犧牲。

在黃花崗八十六位死難烈士當中，最使我感動，給我印象最深的，是林覺民烈士。朋友，你也許要質問我：「同樣的都是爲國犧牲的愛國烈士，怎會有厚薄之分呢？」

其實，我不回答，你只要仔細一想就知道了，原因很簡單：別的烈士，有的沒有寫遺書，有的只簡單地寫幾句；而獨有林覺民烈士，給他的父親寫了簡短的遺書之後，還能從容不迫地給他的妻子意映，寫那麼長的一封訣別書，眞是情意纏綿，一字一淚，令人不忍卒讀。記得我在中學的時候，我們的國文老師，曾經選了這封絕筆書給我們讀，講到一半，我就流下眼淚了，有位同學還笑我太多情，後來我也駡她是鐵石心腸。朋友，你們讀過這篇文章沒有？如果讀過，最好熟讀它，希望你一字不漏地背誦出來；假如還沒有讀，那麼趕快去找來細細地欣賞，我想中學國文課本上，一定選了的。

前面我說過，在這些烈士當中，我最佩服林覺民，實在因爲他是個文武雙全的人，他的文筆是那麼簡潔流利，深刻動人。他對父親至孝，對妻子的愛情，又是那麼眞摯，熱烈，纏綿。普通一般人，在將要死之前，不是消極，頹廢，傷心，便是憤慨，躁急；而林覺民烈士，眞有視死如歸的胸懷，他一點也不恐懼，絲毫不激動，他把全副感情貫注在這封千古傳誦的遺書裏，他勸意映不要因他的死而傷心，要知道人是隨時隨地都可以死的，勸她爲了兒子依新和腹中的胎兒，還有一家老小，要好好地生活着。「吾家後日當甚貧，貧無所苦，清靜過日而已。」

好一個「貧無所苦，清靜過日」的人生觀，這是多麼清高而又達觀的佳句！

「……吾居九泉之下，遙聞汝哭聲，當哭相和也！吾平日不信有鬼，今則又望其眞有……」

「吾今不能見汝，汝不能捨吾，其時時於夢中尋吾乎？一慟！」

最後這一段，不知引出了多少人的熱淚，朋友，希望你們多讀幾遍，仔細揣摩文中每一個字，每一句話的意思。我要特別介紹這封遺書，實在寫得太好，太令人感動了！古語說：「慷慨赴死易，從容就義難。」林覺民烈士不但是從容就義；而且在就義之前，能夠有條有理，寫成這麼一封情文並茂的遺書，可以看出他平日的修養。在學校，他一定是個很聰明、很用功的學生；要不然，他的文筆怎會這麼優美呢？

朋友，我們紀念青年節，就應該以先烈們做我們的模範，學習他們的愛國思想，學習他們的人格修養，學習他們的奮鬥犧牲精神！

朋友，這是一個艱苦的時代，也是一個偉大的時代，我們的責任是這麼沉重，用不着我多說，你們一定早已在準備怎樣做國家的棟樑了。敬祝

努力

謝 冰 瑩 上

祝　福

朋友：

當你們聽到驪歌高奏的時候，心裏一定充滿了複雜的情緒：一方面是高興；另一方面是難過。高興的是：你們的學業，已經告了一個段落，你們比初進學校前，獲得了許多做人與做事的知識，你們的學問增加了，自然感到莫大的高興；難過的是：每天和你們相處，循循善誘的師長，切磋琢磨的同學，一旦要分離了，怎不使你留戀，傷心？

人類的感情，是微妙的，當彼此都是陌生，互相不知對方姓甚名誰的時候，是沒有感情的，也談不上禮貌，例如：我常常擠公共汽車，十回有九回是站着的，那些年輕的壯丁，和健康的中年人，沒有人讓位給老弱婦孺的，因爲他們是陌生人，彼此不認識；假若遇到一個熟人，那怕只有一面之緣，他也會站起來和你謙讓一番，由此推想，我們相處得愈久，愈有感情，「黃鸝住久渾相識，臨別猶啼四五聲」，唐代詩人，早已寫出了我們的心聲。

可是，朋友，天下沒有不散的筵席，今天在你們既興奮又難過的畢業典禮上，我有三點希望：

第一、尊師重道：

這是無可諱言的事實，目前的風氣，實在壞到了極點，有不孝子勒斃父親的；有不良學生砍死老師的；有終日無所事事，在街頭巷尾，惹是生非的太保太妹；也有躲在防空洞裏，幾十天不洗臉，不換衣服，一身奇臭的嬉皮……。朋友，我知道你們是最講禮貌，最富感情的，你們懂得「生我者父母，教我者師長」，知道怎樣尊敬老師，用作好人，讀好書，創造好事業來報答師長們教育的恩惠。

第二、繼續努力：

學無止境，學海無涯，這是誰也知道的，我們的光陰有限；而要探求的知識，實在太多，太多了！畢業以後，你們還要本着過去夜以繼日的苦學精神，更加多求高深的學問，將來好造福社會，服務人羣。

第三、克服困難：

人生如航行大海的船隻，總有遇到暗礁，或者狂風暴雨的時候，千萬不要害怕！只要你把穩方向盤，不走錯路，一定不會觸礁的；至於風暴，只要我們懂得「天有不測風雲」的道理，暫時把船停住，等到雨過天青，又可揚帆遠征了！

朋友，人生的道路漫漫，有時是崎嶇的羊腸小路，有時是平坦光滑的柏油大道，你要處逆境不灰心，不氣餒；處順境不驕傲，不靡爛。「常將有日思無日」，那麼你一定能應付環境，克服困難的！

畢業是你們的大喜日子，我謹以至誠為你們祝福。這時候，溫暖的陽光，照在常春藤的綠葉上，發出閃閃銀亮的光輝，這是象徵你們前程的遠大，光明，象徵東海中學的未來無量！

朋友，人生何處不相逢，不要難過，拋棄離愁，讓我們互祝一聲：

珍重再見，

前程萬里。

謝冰瑩上

〔附錄〕

林語堂先生談語文問題

林語堂先生回國定居了。聽了這個消息，凡是愛讀他作品的人，沒有不高興的！特別是我，四十多年來，我沒有忘記過林先生和孫伏園先生，對我的鼓勵和教導。他們是我寫作上的啓蒙老師；可以說，沒有他們的鼓勵，我的「從軍日記」和「女兵自傳」，絕對不會譯成英、法、日、韓、德……等幾國文字，更不會使我走上寫作之路；我是他們一手提拔起來的，我永遠忘不了他們，也永遠感激他們。

我知道林先生的新居，還沒有整理就緒，所以通了幾次電話之後，始終不敢去打攪，直到今天早晨，才下決心做一次短時的訪問，爲的是答應語文月刊的稿子，已到了繳卷期限；何況從明天起，我又要開始做三個星期的苦工，再不寫完這篇訪問記，又不知道要拖到什麼時候了。

晨風吹着我的亂髮，遮住了眼睛。坐在車裏，我時時不安，深怕開過了，又怕「雲深不知處」。幸虧這地方太容易找了，這象徵着永遠幸福的地名，一下就映進了我的眼瞼，我高興極了，隨着侍者走進了雅潔、涼爽的客廳。

「冰瑩，你來了，歡迎！歡迎！」

是林夫人爽朗的笑聲。

「林先生起來了吧？我是不是來得太早？」

我帶着幾分歉意說。

「不早，不早，他正在寫文章；昨晚你打來的電話，他知道了，一會兒他就會來的。」

「他剛回來就這麼忙，您應該勸他多休息休息才好。」

「沒有辦法，朋友們逼他寫，還有許多信要回，經常有客人來訪，加之應酬又多……他整天都忙的；不過比起在國外來，我們現在舒服多了！舒服多了！」

林夫人提起了在異國的生活，她就不覺感慨地說：「你看我們這麼大年紀的人，還要自己做飯、洗衣、收拾房子，實在太累了！」

「眞的，您早就應該回來的。」

剛說到這裏，林先生出來了。

「冰瑩，你早！你今天來是和我聊天，還是訪問呢？」

「訪問。」

我簡單地回答他。

「談什麼呢？對不起，因爲我正在趕一篇文章，只能和你談半小時，可以嗎？」

「可以！可以！眞對不起，打斷了您的文思。」

「沒有關係，沒有關係。」

「林先生，你看過中國語文月刊沒有？」我引入正題。

「以前看過幾期，現在沒有。」

「我想，最近他們就會送一全份給您的。」

「我先謝謝，你是要我談談關於語文方面的意見嗎？」

「對了！對了！我請問林先生，您回國定居以後，第一項最重要的工作是什麼？」

「我的總目標，是關於語文方面的，我覺得國語方面，路向要正確，不要走錯方向，說話要簡潔流利，作文章要自然清順，不要矯揉造作，拖泥帶水，嚕哩嚕囌。有時候，青年朋友問我，文章寫得好，有什麼秘訣嗎？我告訴他們，一點沒有秘訣，只要把嘴裏所說的話，移到紙上筆談，就是一篇好文章。舉一個例子來說，于斌主敎的國語很流利，說國語最要緊的是自然；寫文章更是如此！我最反對語體文歐化，句子很長，有的幾十個字，實在不好唸；中國人有中國人自己優美的語言，爲什麼要學外國人呢？

「我們的漢字旣然不可廢，就應該替我們目前的兒童，以及將來的子孫着想，我們要廢除那些不必要的漢字。譬如在李白、杜甫他們的詩文中，用過的字不過兩三千，陸游更要少。就拿我們 總理孫中山先生的著作來說，他所用過的字，也只有兩千多，可見我們每人只要學習三千多常用的字，就可以應付裕如了。」

語堂先生談到這裏，精神特別興奮起來。吸了一口煙，他繼續說道：

「日本自從明治維新以後，對於語言文字的簡化、淨化問題，可以說進步得特別快；回顧我們中國，有少數食古不化的老先生們，他們是文化進步的阻力，彷彿像那些障礙物橫在馬路上，使我們無法順利地通過那些像荊棘，像頑石，像泥沼似的，阻礙了後人的出路。

「替可憐的兒童着想，漢字的確有改良的必要。這幾天初中試題中的『蓬』字和『篷』字，正在鬧得滿城風雨，其實這是指帆船的意思。中學教員往往爲了這種例子，不知道究竟要怎樣替學生改文章。」

「林先生，我還有一個最大的問題想請教您，不知道您肯不肯下決心做一件好事？」

「什麼好事？」

他有點好奇地問。

「有許多外國留學生，來到我們臺灣學中文；可是我們沒有一套合乎他們程度，和興趣的課本；也沒有一本適合他們用的辭典。我建議您下決心做這兩件工作，眞是功德無量；您有這個打算嗎？」

「我恐怕心有餘力不足，這兩件事，在好幾年前，我就計劃要做；但事情實在太多太忙了，我想編譯館、教育部，或中央研究院，應該做這工作的。

「目前在美國，研究中文的學校，越來越普遍了，不但大學研究中文的人數，一天比一天增加，就是中學也要學中文。關於課本的事情，耶魯大學和哥倫比亞大學，都有人編過，西東大學的 De Francis 教授也編過兩册；在字典方面，趙元任先生編了一本英漢對照的。一九三七年 Matthews 編的中英對照字典雖然不錯，但到現在，有許多字都不夠用了；所以目前實在有重新編一套完整的教科書，和一本好字典的必要。」

「還有一個嚴重的問題，」我接着林先生的話說：「聽說美國和韓國，有些學校用的是大陸的課本，是眞的嗎？」

「有這回事，他們採用大陸羅馬字拼音，錯誤百出。例如 Gi，他們讀成欺；xa 讀成哈。（本刊編者謹按：大陸赤化以後，提倡所謂「拉丁化新文字」，把 x 代替注音符號ㄏ。後來，直到現在，改成把 ha 念「哈」，xi 念「吸」，xia 念「瞎」等等。）Henry Miller 就採用大陸的羅馬拼音編教材，眞是太糟糕了！」

林先生和我約定的時間是半小時；但我們已談了將近一個鐘頭。爲了守信用，也爲了下次好再來向他領教，我站起身來告辭。

「對不起，打攪您了！」

「歡迎你下個月來玩，今天實在太匆忙了。」

走到門口，林先生忽然問我：「你的三個孩子聽說都在國外做事，回想民國十五年，我們初次見面的時候，你還是一個小兵呢！」

「如今我成了老太婆了！」

我緊接着他的話說，三個人都笑了。

「您在美國知道伏老的情形嗎？」我問。

「沒有，一點也不知道。小鹿呢？小鹿有沒有消息？」

「同樣不知道。」

我告別了這一對慈祥和藹的主人出來，在候車站，遙望着他們白色的屋頂，我忽然想起他們住在祖國的「白宮」裏，比起眞正白宮的主人來，不知要快樂多少倍呢！

【編者附註：經問過謝教授，本篇第二段所說的「做三個星期的苦工」，是指大學聯招「閱卷」而言。本篇末尾對話裏的「小鹿」，是指北伐以後的女詩人陸晶清。林先生住在陽明山永福里，所以文裏面說是「象徵着永遠幸福的地名」。】

我國初期的白話詩

「五四」運動，誰也知道是中國一次劃時代的革命運動，青年們的愛國熱情，和他們那種反封建，反軍閥，反帝國主義的革命精神，以及建設白話的新文學主張，無一不使後來的人景仰欽佩。

今天大家都在紀念五四，我想把民國六年，幾位作家的新詩介紹出來，以供愛好新文藝的朋友欣賞。

三絃

沈尹默

中午時候，火一樣的太陽，沒法去遮攔，讓他直晒着長街上。靜悄悄少人行路，祇有悠悠風來，吹動路南楊樹。

誰家破大門裏，半院子綠茸茸細草，都浮着閃閃的金光。旁邊有一段短短土牆，擋住了一個彈三弦的人；却不能隔斷那三弦鼓盪的聲浪。

門外坐着個白頭髮，破衣裳，可憐的老年人，雙手抱着頭，他不聲不響。

由這首詩看來，已經算是口語化了；它仍然是有韻的，用不着說明，我們一讀就明白。在初期白話詩稿裏，劉半農先生選了沈尹默先生九首新詩，可見他當時眞是個多產詩人。在作者八人，新詩二十六首中，他一個人佔的篇幅最多，我們可以想像他是多麼喜歡這種新的形式。他不顧反對派的唾罵，攻擊，一直在那裏努力奮鬥，十足做到了黃遵憲詩人所提倡的「我手寫我口」，心裏想到什麼，筆下就寫什麼，一點也不雕琢，充分地表現出一種自然之美。

眞　　沈兼士

我來香山已三月，領略風景不曾厭倦。

人言「山惟草樹與泉石，未加雕飾何新奇？」

我言「草香、樹色、冷泉、醜石自有眞趣，妙處恰如白話詩。」

在沈兼士先生的六首詩中，我抄下這字數最少的一首，因爲在短短的幾句詩中，說明了他們當時提倡白話，純爲自由自在地抒寫性靈，半點不加修飾，正像一個面容姣美的村姑，她絲毫不施脂粉，仍然一樣美麗，令人喜愛；反之，那些本來長得不美的女人，儘管靠了化妝術在粉飾面子，若洗去了脂粉，便不好見人了。人如此，文章又何嘗不然？只要有眞情實感，內容充實，信手拈來，便成佳作，天下再沒有比自然更美的東西了。

下面，我要介紹一位對新文學最有貢獻的胡適之先生的新詩。爲了他在詩中，寫了兩隻黃蝴蝶，於是那位拚命反對白話文的黃侃先生，從此呼胡先生爲黃蝴蝶；黃侃曾經在他所編的文心雕龍札記中，大罵白話文是「驢鳴狗吠」，可見當時這些提倡白話文的文化戰士，眞是忍辱負重，不顧一切地和惡劣的封建勢力奮鬥；在林紓、黃侃他們一般人的腦海中，認爲提倡白話文，是一種無法無天，罪不容誅的事，何況是提倡白話詩呢？

『唯心論』　　胡　適

我笑你繞太陽的地球，一日夜只打得一個回旋；
我笑你繞地球的月亮兒，總不會永遠團圓；
我笑你千千萬萬大大小小的星球，終跳不出自己的軌道線；
我笑你一秒鐘行五十萬里的無線電，總比不上我這心頭一念；
纔從竹竿巷（今所居巷名），
忽到竹竿尖（吾村後最高峯名），
忽在赫貞江上，
忽到凱約湖邊；
我若真個害刻骨的相思，便一分鐘繞遍地球三千萬轉！

這首詩，一共有兩種稿，登在前面的是適之先生的原作。我喜歡這首詩，因爲他的想像太豐富了！句尾韻押得也很自然；他還有一首小詩，附在寫給劉半農先生的信後，也抄在這裏：

雲淡天高，好一片晚秋天氣！
有一羣白鴿兒，飛向空中遊戲。
你看他乘風上下，夷猶如意——
忽地裏，翻身映日，白羽襯青天，
鮮明無比！

這首小詩裏面的情景和樂趣，我了解最深；因爲我曾經養過一羣白鴿子，親眼看到牠們「乘風上下夷猶如意」；也曾多少次欣賞「白羽襯青天，鮮明無比」的鏡頭，如今我的鴿籠空空，鴿影無踪，令我感到萬分惆悵和懷念。

在這裏，我還要特別感謝適之先生，在本年二月三日那天，承蒙他在我的紀念册上，題了一首民國二十年十月九日夜，在西山寫的一首小詩，現在也抄在這裏，以供大家欣賞：

許久沒有看見星兒這麼大，
也沒覺得他們離我這麼近，
秋風吹過山坡上七八棵白楊，
在滿天星光裏做出雨聲一陣。

這是多麼優美清新的意境，多麼簡潔而音韻悠然的詩句！

最後，我還要介紹一位不可多得的，胸懷開朗的偉大詩人——劉半農先生！

不論任何人編什麼詩選，文選的時候，大多數總喜歡把自己的作品，多選幾篇進去；甚至於發佈新聞時，也喜歡把自己的名字放在前面，以表示他的地位；其實不但名次前後沒有關係，即使沒有名字，又有什麼要緊呢？

現在我們來看看劉半農先生，爲什麼不把自己的詩選進去的原因：

「……有幾位朋友，勸我把自己的詩稿，也放一兩首進去，我都未能從命：第一，因爲那時的稿子，早已沒有，現在既然找不出，自然也不便倒填了年月假造；第二，聽說有位先生編印世界名畫集，內分三部：第一部，是外國名畫；第二部本國名畫；第三部就是他自己的名畫。這眞是一個妙絕古今的編輯法；可惜我竟不能造起一個「初期白話名詩」之類的名目來，要是能造成，我也就很有膽量和勇氣，把自己的名詩編進去了。」

感謝劉先生在民國二十一年十二月廿八日，給我們寫下了這篇珍貴的文章，雖然他自己的詩沒有選在這裏，未免令我們失望；可是他的詩保存下來的很多；尤其以「教我如何不想他」，這一首千古絕唱，已深深地印進每個愛好音樂者的腦海中；可惜他爲了宣揚中國文化，爲了搜集邊疆語言資料，竟病死在北平，這是我們中國文化界一大損失；然而他這種偉大的犧牲精神，和對新文學最大的努力和貢獻，是永遠不朽的！

一本最珍貴的書

一

從我做中學生的時候開始，就喜歡買書、藏書，可能這是受了先父的影響，他老人家寧可不吃飯，書是非買不可的。

記得在故鄉老家的樓上，到處都是書，有些給老鼠子咬破了，父親每年整理一次，就要切齒痛心一回。

「這麼多書，讀十輩子也讀不完，保存它幹什麼？」

有次母親說了一句這樣「殺風景」的話，把父親氣得說不出話來，很久很久，他對我說：

「你去告訴你媽媽，這是我最貴重的財產，她不用管我，我有權處理它，叫她不要操心。」

我眞的照父親吩咐的說了，結果又引起了母親一場舌戰。

二

在我的藏書裏面，有一本最珍貴的書，就是劉半農先生所珍藏的「初期白話詩稿」，北平星雲堂影印，裏面收集有李大釗新詩一首、沈兼士六首、沈尹默九首、周作人一首、胡適五首、陳衡哲一首、陳獨秀一首、魯迅二首。

以上作者八人，新詩二十六首。

三

記得四十二年一月某日，我們在蔣夢麟先生家裏，和適之先生見面，他一開口便問我：「你的胃病好了嗎？家裏還養了多少鴿子？」我問他怎麼知道這些，他說：「從你的文章裏面看到的。」後來我告訴他：

「胡先生，今天我帶來一件珍貴的東西給你看；但不是送給你的。」

「是什麼？」

「你打開看吧。」

他一看那個紅色標簽上，印着「初期白話詩稿」六個字，不覺大大驚訝起來：

「冰瑩，你是從那裏得來的？太寶貴！太寶貴！我要借去影印一份，這恐怕全國就只有你一份呢！」

「是呀，就因爲只有一份，所以我不能送給你。」

「當然由你保存，我只要影印一份就可以了。」

「不過有條件的！」

「什麼條件？」

「請你在空白頁上，寫幾句話留做紀念。」

「沒有問題。」

果然，十天之後，胡先生把這本書還給我了，他在第二頁潔白的宣紙上寫着：

「半農在二十年前，給初期白話詩，留下這一本很美又很有意義的紀念品，不久他就短命死了，二十年中，此集所收八人，已死去了一半（秉士、守常、魯迅、獨秀）我感謝冰瑩珍惜這小册子，帶出鐵幕來，使我得借影一本，我今天題此册，眞不勝故舊凋零之感。」

胡適　四十二年一月十六日

今天我抄這幾行字時，心裏有無限的傷感和悲痛，誰知道胡先生去得這麼快，這麼突然！在紀念五四的今天，不知有多少人爲胡先生哀悼，爲胡先生傷心！爲了紀念他提倡新詩的功勞，我現在抄兩首胡先生的詩在這裏：

十二月五日夜月(和一年前詩)

去年月照我,十二月初五,
窗上青藤影,婀娜隨風舞。
今夜睡醒時,缺月天上好,
江上的青藤,枯死半年了。
江上種藤人,今移湖上住,
相望三萬里,但有書來去。

四月二十五日夜作

吹了燈兒,捲開窗幕,放進月光滿地,
對着這般月色,教我要睡也如何睡?
我待要起來,遮着窗兒,推出月光,又覺得有點對他月亮兒不起。
我整日裏講王充、仲長統、阿里士多德、愛比苦拉斯……幾乎全忘了我自己。
多謝你殷勤好月,提起我當年哀怨,過去情思。
我就千思萬想,直到月落天明,也甘心願意,
怕明夜雲密遮天,風狂打屋,何處能尋你?

從「驢鳴狗吠」談起

年齡在五十歲以下的人，絕對想像不出，當初在五四時代，提倡白話文的先進，是如何地遭遇到打擊的。他們被視爲大逆不道，洪水猛獸！以爲提倡白話，便是毀滅了孔孟聖人，消滅了國粹，這些人都是罪該萬死，甚至是死有餘辜的。他們罵用白話寫文章的人，是「驢鳴狗吠」，反對白話最厲害的人，要算林琴南和黃侃了。

不錯，就介紹西洋文學到中國來這一點說，林琴南先生是有莫大功勞的。他雖不認識英文，却翻譯了三百多種世界名著，僅僅憑着別人的口述，他能夠用古文寫出來，光只這一股勇氣，我們便不能不佩服他。

不過，話又說回來了，他旣然愛好西洋小說，崇拜西洋文學，爲什麼又要拚命反對白話文，眞是太矛盾了！那時黃先生還算很客氣，他不過空口罵一罵而已；林琴南先生却不同了：他居然跑去找他的荆生將軍——徐樹錚，要他把這些文化反動份子抓起來，治以大罪；幸虧北洋軍閥還算客氣，他比假聖人寬宏大量，並沒有把提倡白話文的文化鬥士關起來；要不然胡先生早已嘗過鐵窗風味了！

記得民國十年，我在長沙第一女子師範，開始用白話作文的時候，我的國文老師陳先生便用不屑的語氣對我說：「你讀的文言，爲什麼不用文言作文？」我回答他：「我看的都是白話，所以不知不覺地寫起白話來了。」

「白話文是不能存在的，它太不文雅了！什麼『你的』『我的』，『呢呀嗎啦』，這那裏配稱文學呢？」

「文言有文言的優點，白話有白話的妙處。」

「你這是從那裏來的話，眞是豈有此理！」

「老師，請你原諒我胡說八道。」

可憐我只好自己昧着良心承認錯，其實這正是受了胡先生的「國語的文學，文學的國語」的影響。

從此陳老師特別注意我，如果用白話寫文章，他非但根本不看，還要痛罵一頓，我只好拚命由腦子裏擠幾句文言出來；有時，實在擠不出了，便隨便把「的」字換成「之」字，然後加上幾個「兮」字，不管通不通，他也會幫我加上圈圈點點，打上七八十分；天曉得那時我已用好幾個筆名，在報紙副刊上投稿了。

因爲我只會寫白話文，一直到今天還在挨罵。在我們師大，還有人公開在教室裏對同學們說：「寫白話文的人是不通的，因爲他們不懂文言，所以才寫白話！」

還好，他只罵寫白話文的人不通，並沒有罵「驢鳴狗吠」，眞是太客氣了！

提起「驢鳴狗吠」，我又憶起一件事來：那年我在馬來亞，接到王壽康先生一封信，告訴我胡適之先生回國時，臺大徐子明教授出版了一本小册子：「胡適與國運」，大罵胡先生；「然而他的文章，也是用驢鳴狗吠的白話寫的。」王壽康先生這樣說，眞是夠幽默了。

時代是進步的，儘管有不少人，還在那裏開倒車，仇視白話，痛恨白話，毀謗白話；但白話究竟得到了它的勝利，如今連政府的文告也改爲白話了；至於報紙的社論、新聞更不用說。

雖然如此，我們並不反對文言；相反地，我們重視文言，珍惜文言，因爲它是我們祖先留下的遺產，我們要研究它，使它發揚光大。我永遠相信：世界上一切的藝術作品，只有好壞之分，沒有古今之別，我們絕對不願昧着良心說：「古文是落伍的，新文學是進步的！」試問沒有古，那有今？正如劉半農先生在初期白話詩稿裏說的：『從鞋子裏塞棉絮的假天足，和今日『裙翻駝鳥腿』的眞天足相比，那算得什麼東西呢？然而假天足，在足的解放史上，可以佔到一個相當的位置，總還算是事實。』

眞的，改組派的脚，儘管給人看不起；但她究竟是革命的先鋒，我們應該重視它的。

編輯「新文藝集刊」的感想

說起來，眞是一種非常矛盾的現象，儘管我們處在二十世紀的太空時代，一切科學、藝術都在日新月異，蒸蒸日上；而獨對於文學，有不少老先生是反對維新的。他們批評白話文無用，白話文「狗屁不通」；甚至說：白話文是禍國殃民的工具，大陸被共黨竊據，完全失敗於白話文手裏，於是就有「胡適與國運」、「胡禍叢談」等小册子產生；然而不論有多少人反對白話，白話却一帆風順地完成了它的任務。關於這一點，我用不着舉出其他的例證來說，只要讀一遍前面所提的兩本小書，徐敎授也用淺近的白話文來寫，來痛罵，就可知道白話文功用之大了！

在臺灣，二十幾所大專院校裏面，究竟有那幾所開有新文藝課程，我沒有經過詳細調查，無從知道；我却可以武斷地說，師範學院（卽師大的前身）的「新文藝習作」，是最早開的課程。起初我也有一點兒躭心，因爲臺灣光復不久，對於用祖國的文字來從事寫作，恐怕有辭不達意的地方。不錯，最初幾年，在作文裏面，會發現許多文法上倒裝的句子；也有許多詞彙，是由日文移植過來的；但同學們進步很快，短短的幾年之後，他們的程度，已達到和從大陸來的同學一般高；而且有過之無不及了。

我教這門功課，不注重空談理論；而注重在「習作」兩字。我儘量鼓勵同學多讀、多寫、多投稿；鼓勵他們不計成敗，但顧耕耘，不問收穫。有少數同學，將稿子投寄某報或某雜誌，幾個月過去了，不見刊登，也不見退回，於是就灰心洩氣，再也提不起寫作的興趣了。無疑義地，他這種急於想成名，發表慾特別強，經不起打擊的人，是很難成功的；相反地，有些同學不管能不能發表，他始終默默地在埋頭苦讀，夜以繼日地寫作；從來不消極、頹廢；不驕傲，也不自卑。他像一條耕牛，只是低着頭，用力默默地在耕種；於是奇蹟發現了，他的作品在各大報的副刊上，各雜誌上刊載着，他參加的各種比賽，也一次又一次地名列前茅，或者選爲佳作了。

「這篇文章寫得眞好，不發表出來，讓大家欣賞，實在太可惜了！」

我常常在改完一篇好的小品文或小說時，會這樣自言自語。有時，也會遇着文字欠通順，偶有錯別字的文章，我就會擲筆三嘆：

「唉！這種程度，將來何以爲人師？」

不過，俗語說：「船到橋頭自然直」，我想當他們去做老師的時候，一定會特別用心的，他們會查字典，仔細替學生修改文章，一字一句地看，連一個標點符號也不放過。

老實說，去年程發軔主任，希望我們幾位教新文藝習作的老師，選出若干篇來出版專集的時候，我眞是又喜又憂，喜的是：同學們的心血沒有白費，他們辛辛苦苦地寫出的文章，也有公之於世的機會了；憂的是：我認爲好的文章，在他們題目上寫了兩個圓圈，還加上「可投稿」、「可發表」，或「修改可投稿」等字樣的習作，不知他們投到那裏去了？我一再要他們送來給我選擇；他們還有很多沒有交來的。

這次的新文藝習作選集，因爲是初次出版，自然有許多地方不能令我們滿意；可是我要聲明，這裏所收集的六十四篇習作，都經過日、夜間部教授新文藝的老師潤色過的，謹在此向他們致謝；同時也謝謝同學們的合作。

我相信，師大國文系的師生，沒有一個會反對我國的傳統文學；可是我們是吸取其精華，而棄去其糟粕，並不是抱殘守缺，也不是無條件地，把所有舊的東西，統統奉爲圭臬；而把新的文化一腳踢開。我以爲研究學問的人，要遵守眞理，不應該有成見；更不應該有什麼新舊之分，說什麼文言是有用的，白話文是無用的，我經常說：「文學沒有新舊之分，只有好壞之別。」無可諱言，有些文言佶屈聱牙，晦澀難懂；但一經過用流利、簡潔的白話文翻譯出來，使連只有小學程度的人，也能看得懂了；這就是現在的論語、孟子、大學、中庸以及古今文選、古文觀止，要詳細註解，加以翻譯的原因。

新文藝是使人喜愛的，在師大，十八年來都是選修，到今年才改爲必修。有好幾位體育系、工教系、英語系、生物系、教育系、化學系的同學，都曾經選過這門課，他們的作品，也曾參加過比賽，得過獎，可見文藝並不是國文系的專利，而人人都可以成爲作家，正如人人都可以成爲堯舜一般，只要他有志氣的話。

五十五年五月二十日

二十個寫作問題

後面這二十個問題，是我參加臺中的文藝座談會、臺大的海風社文藝座談會，聽衆提出的問題；其中也有寫信，或者親自來舍下面詢的；還有師大同學問的，我把許多相同的合併，在這裏做一個總的答覆。

一、問：「你從什麼時候開始寫小說？裏面的故事，都是眞的嗎？」（宜蘭蘭陽女中讀者）

答：「從十六歲開始。小說裏面的人物和故事，大半都是眞實的；有時完全是虛構的，像『疑雲』；有時在報上看到一則新聞，也會引起我寫小說的動機，例如『聖潔的靈魂』。」

二、問：「你一共出版過多少書？你認爲最滿意的是那幾本？」（臺北二女中讀者）

答：「如果連寫給小朋友看的四本也算在內，一共出版過四十六本；說來慚愧，沒有一本是我滿意的，讀者們都偏愛『女兵自傳』，也許這是他們的鼓勵之辭，我希望以後眞的能寫幾本像樣的東西出來。」

三、問：「你寫文章多半在什麼時候？你認爲什麼時候最好？白天還是晚上？」（靜修女中讀者）

答：「我多半在深夜和清晨寫稿，忙起來的時候，不能由我選擇，有時日夜不停地寫。這是大家公認的，早晨和晚上，是最適宜用思想的時間；但假如晚上寫稿，中午最好睡個午覺。」

問：「你喜歡睡午覺嗎？」

答：「以前最討厭睡午覺；可是近兩三年來，午飯後，也喜歡躺在床上休息半小時，看看報，精神比較好多了，所以我勸你養成睡午覺的習慣。」

四、問：「我記得從前在一本什麼書上面，看到一篇文章，說你寫文章時，喜歡把洋娃娃和小玩藝兒擺在桌上，是眞的嗎？」（高雄女師讀者）

答：「眞的，一直到現在，我還喜歡洋娃娃，什麼時候你來臺北，請你來參觀我的書房就知道了。」

五、問：「當您正在寫作的時候，有人來打擾，您還能繼續寫下去嗎？」（臺北師範讀者）

答：「當然能夠，記得我曾經統計過一篇兩千字的散文，放下筆四十二次之多。」

問：「對不起，今天我們來打擾您了，您不討厭嗎？」

答：「豈敢豈敢，我是最歡迎朋友來聊天的；特別是青年朋友。」（三人都笑）

六、問：「我們讀您『兩塊不平凡的刺繡』，非常感動，有一位同學還哭了，請問，您是在什麼情形之下寫出來的？那兩塊刺繡可不可以借給我們看看？」（靜修女中讀者）

答：「你這個問題，問得太妙了！這是一種很奇妙的靈感，我把先母親手繡的那兩塊刺繡帶在身邊二十多年，都沒有想到要寫文章紀念它；突然有一天，我心裏煩悶極了，書既看不下，文章也寫不出，我呆呆地坐在桌子旁邊，兩眼注視着那兩塊刺繡，彷彿母親的慈容出現了，她安慰我不要煩惱，勉勵我不要灰心，要繼續努力寫作；於是一氣呵成，寫完了這篇短文。後來高明先生把它編在教科書裏，我一點兒也不知道。哪，就是這兩塊刺繡，請你們過這邊來看看。」（她們走近我的書桌，仔細看了好一會兒說：）

「繡得眞好，整齊極了，眞像您說的用刀切過的一樣。」

（接着她們問我那是如意，那是鯉魚和龍，我一一告訴她們；並說師大畢業的同學出去試教，假如遇着教這一課，他們就來拿這兩塊刺繡去當教材。）

七、問：「你覺得寫文章是起頭難？還是結尾難？」（二女中讀者）

答：「這個問題，是我常常拿來測驗學生的，如今我要做你的學生了。（大家笑）我覺得寫文章是起頭難，只要開了頭，文思就會源源而來；不過有時我想要寫篇萬把字的短篇小說，它却欲罷不能，一寫就是兩三萬，這時便覺得結尾難了。」

八、問：「在老師的小說裏面是先有故事，後有人物，還是先有人物後有故事呢？」（師大同學）

答：「不一定。有時先聽到一個故事，然後腦子裏去想像一個人物；有時看到一個人物，替他編一個故事；也有時人物和故事，都是現成的，那就很好寫了。」

九、問：「有人說，要想把小說寫好，非先把古文的基礎打好不可，您以為怎樣？」（臺中女中讀者）

答：「不見得。讀古文，是使我們了解，一個時代有一個時代的特殊文風，一個作家有一個作家的特殊風格；讀古文，使我們認識中國古代的文化，接受優良的文化遺產；假若要使小說寫得好，那你非多看近代的小說不可；同時還要多搜集材料，多觀察，多練習寫作才有進步。」

問：「我們想學習寫新詩，需要多讀一些舊詩嗎？」（臺南女中讀者）

答：「舊詩、舊詞裏面，有很好的意境，很美的辭藻，多讀一些，對於新詩有很大的幫助。」

十、問：「您認為文章，不論小說或者散文，是內容重要，還是形式重要呢？」（臺大海風社座談會）

答：「本來批評一篇文章的好壞，內容與形式都要顧到的，最好是兩者都完善，都優美；但是假若要我下最後斷語，還是內容重於形式。」

十一、問：「『在日本獄中』和『女兵自傳』都是眞的事實嗎？」（許多讀者）

答：「百分之百的眞實。」

十二、問：「作文一定要打草稿嗎？有什麼好處？」（臺中市立二中同學）

答：「過去我寫文章，從來不打草稿；後來我覺得修改太多，還是起草的好。有人反對這種方法，理由是花費雙倍時間不合算；可是我相信，任何大作家都沒有把握，寫一篇文章不更改一個字，那麼，最好是打草稿。它的好處是，你可以多看幾遍，再次修改，使文章的內容更加充實，詞句更加優美。」

問：「遇到考試的時候，根本來不及打草稿，那怎麼辦呢？」

答：「那又當別論；假如你平時在課堂上作文或者投稿，自己把刪改得亂七八糟的文章交給老師，寄給編輯，你一定不會受歡迎的。」

十三、問：「散文裏面的描寫，和小說裏面的描寫有什麼不同？」(臺中市中同學)

答：「有一點不同：散文裏面描寫人物，只是輕描淡寫，或者畫出一個輪廓；而小說裏面描寫人物越詳細、越突出越好；散文裏面描寫景物，它一定與故事有關，有時未免要渲染，要誇張一番。」

十四、問：「寫作是否一定要靈感？沒有靈感怎麼辦？」(哄堂大笑)(臺中宜寧中學同學)

答：「靈感是一種寫作的衝動，有它固然能寫出好文章，沒有它，我們也可以隨時創造靈感；譬如你們考學校，怎麼一看見題目，就會寫文章，並不要等半天靈感來了，才能動筆。(大笑)有人藉口沒有靈感，寫不出文章，那是懶人的說法；其實只要你平時儲蓄了許多寫作材料，隨時隨地都可以寫文章。」

十五、問：「請問您寫『紅豆』的動機是什麼？」（同前）

答：「簡單說來，是爲了溝通本省同胞與外省同胞的情感，詳細主旨，請參閱『故鄉』上面那篇『我是怎樣寫紅豆』的。」

十六、問：「在『故鄉』上面，看到老師一篇『焚稿記』，很替您可惜，爲什麼一定要燒掉它呢？讓我們拜讀一下您初期的作品不好嗎？」（師大夜間部同學）

答：「也許是受了戈果里的影響，我覺得自己不滿意的作品，還是燒了的好，一來免得佔地方，二來免得看了難爲情。」

問：「燒了不好的，寫出好的，老師是不是這個意思？」

答：「你太聰明了，當然是這個意思。」（大家笑）

十七、問：「『從軍日記』是您的成名之作，我在臺灣，跑遍了所有的書店，也找不到這本書，爲什麼您不再版？」（軍中讀者來函詢問）

答：「我接到許多信，都是和您一樣質問我：爲什麼使『從軍日記』絕版？這本書，在大陸曾發行到十九版，打破了我所有作品的最高記錄；可是現在假如再版，您看了一定會失望的，因爲只有薄薄的一本，文字也很幼稚，所以我只好讓它藏起來了。」

問：「讀了您的信，不能使我滿意，您說文字幼稚，每個人在開始寫作的時候，都有這種現象；我聽到看過這本書的人說，在『從軍日記』裏，充滿了熱情，還有許多可歌可泣的故事，那

是一部代表北伐時代的文獻，無論如何，您不應該讓它消滅的。」（前人）

答：「萬分感謝您的盛意，讓我考慮一下再說；萬一有一天它再版的話，我第一本就奉贈給先生。」

十八、問：「我看過好幾本作家的傳記，他們的生活，都是那麼貧苦的，我們中國的作家，也沒有幾個生活過得很好的，研究文學既然這麼艱苦，爲什麼有這麼多人，想做作家呢？」（馬來亞僑生）

答：「這個問題，首先要請你自己回答，你不是正在從事寫作，想走上作家之路嗎？你是爲了什麼？」（大家哈哈笑）

僑生：「我也說不出一個所以然來。」

答：「不錯，很多人都和你一樣，說不出一個所以然來，只知道狂熱地愛上了文藝，不知不覺地走上寫作之路，不管再窮再苦，他們不改行，至死不變！這就是文學的力量，文學的偉大，文學感人之深，文學不可思議的地方！」

十八、問：「我看見我們班上有好幾位同學的稿子，在報紙副刊和雜誌上面登出來了，心裏有一種說不出來的羨慕；老師，請問您，要怎樣才能有勇氣投稿？要是人家不登，怎麼辦？」（菲律賓僑生）

答：（她們和我都笑了一陣）「他們不登，有什麼關係！他退他的稿，我還是照樣投……。」

我還沒說完，僑生甲便打斷了我的話：

僑生甲：「老師，有次我寄一篇短文到××報去，還附了八毛郵票，聲明不登請退還，至今快半年了，既不登出，也不退還，眞是豈有此理！難道編輯先生揩『郵』了嗎？」（又是一陣大笑）

答：「不要冤枉編輯先生，他不會在你的八毛錢上打主意的，可能他想要發表，又覺得還要改動幾個字，於是就把你的大作放在一邊；後來又收到許多好稿，日子一久，說不定他忘記了這件事；於是，你這位未來的大作家，就被埋沒了！」（大家笑）

僑生乙：「老師，我也投過稿，××日報的編者眞好，不管你附不附郵票，不用的稿，一律退還。我自從退稿之後，就沒有勇氣再投了；老師，您說要用什麼方法克服這種心理？」

答：「這個太簡單了！首先你不要把投稿這件芝蔴大的小事，看做和競選大總統一樣重要！（大家哄笑）你自己寫了一篇文章，悄悄地丟進郵筒裏，你並沒有招待新聞記者，告訴社會人士，你於某月某日曾向某某日報投過一篇稿。他們退回來，或者丟進字紙簍，對於你的名譽毫無損失；你不要以爲不登你的文章，就有損你的尊嚴，有失你的面子；其實對於你應該只有好影響：它刺激你上進，告訴你這篇文章還不夠水準，你應該虛心，仔細檢討一番，究竟缺點在那裏？是文字不流利？還是內容欠豐富？也許和你同樣性質的文章過去刊登過，所以他不用，並不一定是你的文章不好。有許多人有這種經驗，甲報退還的稿，投寄乙報就登出來了。在某人未成

名時，稿子常遭打回票，一到成名，過去的退稿，就可以出頭了，不說別人，你只要向巴爾扎克學學就好了！」（他們輕鬆地笑了）

十九、問：「老師，今天我有一個冒昧的問題向您請教，請您原諒我。」（師大同學）

答：「什麼問題，儘管說吧，不要客氣。」

問：「老師，您自從投稿以來，遭受過退稿沒有？假如有，您當時的感覺怎樣？灰不灰心？」

答：「退過稿的；不過我要很坦白地說，我算是個僥倖的人，寫了四十年文章，遭受到退稿只有五次，原因不是內容不適合，便是篇幅太長。我收到退稿，從不灰心，我仍然繼續投稿，絲毫不生氣，也不覺得難爲情。我常常告訴同學們，稿子寄出去之後，腦子裏就要忘了這回事，等到突然收到一筆稿費，那時才高興呢！」

二十、問：「一個愛好文藝的青年，他窮得買不起書，也買不起稿紙，怎樣去努力呢？」（師大夜間部同學）

答：「這種情形，正和我讀大學時一樣困苦。書的問題，只有向圖書館，朋友處借；或者到書店裏去站着看；稿紙並不太貴，先利用筆記本後面的空白打草稿，修改好了之後，再謄到稿紙上。我相信，如果眞是在這種窮困的環境裏，奮鬥出來的青年，將來一定會成功的！」

怎樣教學生作文

一、我對於作文的看法

自從我在小學第一次作文開始，我便從我的母親口裏，得到一個怎樣作文的秘訣，也可以說是眞理。她說：「沒有材料，是寫不出文章來的。」

從此，我牢牢地記着這句話；可是並不了解怎樣搜集材料，以及處理題材的方法。

在中學校讀書的時候，曾經換過三個國文老師，有兩位都是每次作文只出一個題目，不管你們有沒有話寫，感不感興趣，一概不問；在限定的一百分鐘內繳了卷，老師抱着一大叠作文簿子回去，過了一星期，又把改好了的發給我們。好的句子，老師加上圈圈點點，不通的，就用紅筆劃掉，他們從來不把我們作文共同的毛病，和個別的缺點告訴我們，使我們糊裏糊塗，究竟不知道要怎樣才能把文章寫好？要看些什麼書？才能對作文有幫助。後來換了一位新老師，他的名字叫做周東園，他竭力提倡白話文，鼓勵我們看文學作品，每次出題目，總有三四個；有時先一天寫在黑板上，使我們在腦子裏有構思的機會，沒有人不感激他的。這一年，我們看的書很多，作文也大有進步，他常常說：

「你們讀的古文，是研究過去作家的思想、風格和他們的修辭、技巧，對你們的作文固然有幫助；但你們千萬不要去模仿他們，要靠多讀課外書，多觀察社會，認識社會，你們要使自己的生活經驗豐富，才能寫出內容充實的文章來。」

其實一個中學生的生活，多半是平凡的，環繞在他周圍的人物，是家庭的親屬，和學校的老師同學；除了少數家庭環境特別貧苦的，也許有許多材料供給他寫作，其餘都是每逢作文，便要感覺頭痛的。

從我自己當中學生的時代起，對於作文，便有下面幾種感想：

1. 不喜歡寫議論文；尤其那些千篇一律的什麼「國慶感言」、「節約說」、「新年的展望」、「知恥近乎勇說」……而喜歡寫抒情文、描寫文和記敍文。
2. 老師最好在作文之前兩三天，把作文題出好，同時不妨多出幾個，使學生有所選擇。
3. 有機會帶他們出外旅行、參觀，告訴他們搜集材料的方法。
4. 老師個別指出各人文章裏面的缺點，指導他們寫作的途徑。

5. 同學之間的作文彼此傳閱，以資借鏡。

6. 特別好的作品，老師可以朗誦，同時介紹在壁報上發表；特別壞的作品，老師可以舉例在黑板上當衆修改；可是不要宣佈這是誰寫的。

7. 老師多介紹對於寫作有益的作品給學生看。

8. 多鼓勵學生寫作，不要害怕學生寫得太長，自己沒有功夫改；也不要說某人有天才，某人太愚蠢，這樣會養成少數學生的驕傲心理，而使大多數學生厭惡作文。

二、我怎樣教中學生作文

以我自己當學生時的心理，來忖度現代學生的心理，知道要使他們的作文進步，首先在引起他們對於作文的興趣；也就是說，使他們不要對作文有絲毫懼怕之心。我的方法是多方面的，在上第一堂課的時候，就告訴他們閱讀課外書籍與作文關係的重要；同時油印一種表格發給他們塡寫，以測驗他們的程度，表的格式如下：

1. 姓名　學號　籍貫　性別

2. 你最喜歡讀文言文？白話文？

3. 請把你讀過的課文（印象給你最深的）寫在下面。

4. 請將你看過的文藝書籍（你認爲最好的作品）列舉十種。

5.你了解標點符號的用法嗎?

6.你喜歡讀那一類文章?

①議論文 ②抒情文 ③描寫文 ④記敍文

7.作文的時候,你感覺起頭難?結尾難?還是中間難?

8.你曾經發表過文章沒有?什麼題目?(包括發表在校刊、兒童刊物、及壁報上的。)

9.你對於國文教材和作文有什麼意見?

10對於閱讀與寫作,你感覺有什麼困難?

11在何校畢業?(這一項,可以統計什麼小學或什麼中學畢業的學生考取了多少。)

12附註。

把他們填好的表作一統計後,就可以知道有多少人喜歡讀文言文,多少人喜歡讀白話文;更可以知道那些課文給他們的印象深,以及他們看過了些什麼文學作品。

我從教高中到大學的國文,最初十年都是用的這個方法。每次教新生,第一二次的作文題都是臨時出,當堂繳卷,看過他們兩篇文章之後,就可以知道他們的程度;萬一先出題目,發現有抄襲嫌疑的,馬上可發覺出來。

關於指導作文,我用了以下這幾種方法:

1.假定每兩週作文一篇,一學期除了考試及放假外,至少可作八篇。一二兩次由我出題,每次三至五個不等，包括議論、抒情、描寫、敍述各種體裁；以他們本身爲寫作對象，例如：「故鄉的春天」、「離家」、「父親」、「母親」、「我最欽佩的老師」、「一個影響我最深的人」等。因爲是寫他們熟悉的題材，他們就不愁沒有話寫；第三次可以由他們自由寫；第四次翻譯一篇讀過的文言文；第五次由我講一個故事，他們去改寫；第六次出十五或二十個形容詞由他們去造句；或者寫成一篇文章，把這些辭彙都用進去；第七次寫讀書心得（包括作品主題、結構、修辭、技巧等）；第八次寫他們在這半年中對於各科的檢討，以及下期的計劃；或者暑假、寒假生活的安排。（用書信體裁，向家長或朋友報告半年來的生活狀況亦可。）

修改他們的作文，我至少要經過三道手續：第一次，從頭到尾看一遍，腦子裏有了初步的印象，知道那些字寫錯了，那些地方不通順；第二次，再逐字逐句地仔細潤色；第三次，檢查我改的，有不妥的地方沒有；查過之後打分數，（記在自己的册子上）加評語。好的文章，我在題目上，打一個或兩個圈，並註上「可投稿」，「可發表」。前者鼓勵他們投稿，能否發表，尚在不可知之數；後者我覺得可以刊登，他們寄了出去，多半沒有打回票的。像這樣的情形，只有高三和大學才有。文章寫得不好的，我絕對不在堂上宣佈；以免傷了他們的自尊心，我總是叫他們到我家裏，或者教員休息室來，細聲地告訴他文章欠通順，有錯別字；同時指定他要看那些書，才能對他的寫作有幫助；遇到有抄襲的，我也不罵他，只告訴他做弊的壞處，自欺欺人，是最愚蠢的行爲。

總之：教學生讀國文，要經常講些有趣的故事給他們聽，不要死板板地照着書念，務必使他們對國文發生濃厚的興趣而不討厭；至於作文，一定要使他們文字流利，沒有錯別字。要做到這兩點，自然只有把全副精神，放在這上面，要有耐心，不可生氣。（有時偶然看到一篇非常不通的文章，要氣得火星直冒。）一篇長文章，需要改上三四個鐘頭，實在犧牲太大；然而不仔細看，又怎麼能發現他的錯誤，為他改正呢？

學校對於國文教員是刻薄的，不把改作文的時間，作為增加鐘點費計酬，實在是不合理的，要想提高國文程度水準，這也是個不可忽視的問題！

為什麼要用標點符號？

談到爲什麼要用標點符號，首先我們要明瞭不用標點符號有什麼不方便。在中學國文教科書裏，差不多都選了袁枚的祭妹文，袁枚寫這篇文章的時候，當然還沒有發明標點符號，其中有一節文字是這樣的：

「所憐者吾自戊寅年讀汝哭侄詩後至今無男兩女牙牙生汝死後纔周晬耳。」

現在教科書中，關於這段文字，都有了標點，這是後人加上去的；但因爲編者的見解各有不同，標點的也不一致。在商務印書館出版的課本裏面，這一段文字是這樣的：

「所憐者，吾自戊寅年讀汝哭侄詩後，至今無男，兩女牙牙生，汝死後纔周晬耳。」

開明書局的課本中便寫成這樣：

「所憐者，吾自戊寅年讀汝哭侄詩後，至今無男，兩女牙牙，生汝死後，纔周晬耳。」

正中書局的課本中又改變了：

「所憐者，吾自戊寅年讀汝哭侄詩後，至今無男，兩女牙牙，生，汝死後纔周晬耳。」

以上三種標點方法，都有些費解，只怪袁子才當時不懂加上標點符號，到了現在，却叫編者，教師，和學生傷腦筋。這段文字，最正確的標點方法，應該是：

「所憐者：吾自戊寅年，讀汝哭侄詩後，至今無男；兩女牙牙，生汝死後，纔周晬耳。」

由上面的例子看來，文章如果不用標點符號，很容易被讀者誤解了原作者的意思；甚至把原作者的意思，完全反轉過來，也是常有的事。在論語上有句話說：「民可使由之不可使知之」；如果加上點的符號，便成了：「民可使由之，不可使知之。」另外還可以點斷成：「民可，使由之；不可，使知之。」這兩種點斷的方法，造成了兩種完全不同的意思。

標的符號，也有同樣的功用，例如我們寫：「項鍊好極了！」和「項鍊好極了！」兩者的意思完全不同：前者是說這根項鍊好極了，後者是說莫泊桑的那篇小說項鍊寫得好極了。又如「劉老老進大觀園」，本來是紅樓夢裏面幾回最精彩的描寫，後來成了大衆的口頭禪，用來形容鄉下人進城，看見什麼都感覺新奇的意思；假使我們在這句話的旁邊，加上一個書名號，成爲劉老老進大觀園，就成了一篇文章的名字了。

不用標點符號，不止是貽害後世，就是眼前的利益，也會受到影響，這裏有一個故事：據說從前有一個人臨死之前，立了一張遺囑，因爲沒有加上標點，以致引起他的兒子和女婿打了一場官司；法官看見遺囑上寫着：

「我死後財產悉與我子我婿外人不得強佔。」

兒子對法官說，他應當獨得遺產。他加上了點的符號，說明他父親的原意是：

「我死後，財產悉與我子；我婿外人，不得強佔。」

但是這位聰明的女婿，認爲他應分一半產業，他說岳父的遺囑上明明寫着：

「我死後，財產悉與我子我婿；外人不得強佔。」

這時，儘管法官如何高明，却無法判斷作者的原意，只好依據女子也有承繼遺產權的條例，將遺產平分。一「點」之差，內弟丟了一半財產，多麼嚴重的問題呵！

還有一個最普通的故事，這是誰也知道的：

一個客嗇的主人，看到他的朋友在家住了好幾天，躭心吃多了他的飯，遇着下雨，於是就寫了一張字，留在桌上：

「下雨天留客，天留我不留。」

朋友知道主人在下逐客令了，於是他也照主人的寫了十個字，標點如下：

「下雨天，留客天，留我不？留！」

主人看了，啼笑皆非，只好讓他住下去。

由此可見標點的用處無窮。

在外國，也有過這樣的例子：從前美國關稅條文中的免稅進口貨單裏，有一項是「All Foreign Fruit-plants」，立法的原意，是指移植的、推廣或實驗中的菓樹，可以免稅；只因爲不小心把原文寫成了：「各種外國水菓，樹木」(All Foreign Fruit, plants)，把短劃（——）寫成了逗點（，）於是大量的外國香蕉、橘子、檸檬、葡萄等，都免稅運進美國。一年以後，國會發現了這種錯誤，才加以改正；可是一年來的稅收，已經損失了二百多萬美元。

有關標點符號的幾個問題

記得我初抵馬來亞不久，便有機會看到那兒的會考試卷，在標點課文這題目下，很少有不錯的。這有兩個原因：一是因爲對這段文言，還不十分了解（其實課文是讀過的，照理應該了解。）；第二，對於標點的用法模糊。例如逗點（，）只能放在句子中間，決不能放在一句之末的；因爲句尾只有這三種符號：一、句點（。）二、問號（?）三、驚嘆號（!）有些人常喜歡把二三兩種符號寫在一起，成爲（?!）這是不應該的。要知道一個標點，等於一個字，只能代表一種意思。一個方格內，只能寫一個字，同樣，也只能容納一個標點；又有些人以爲在加重語氣的時候，可以用兩個，甚至三個驚嘆號，這也是不合法的。記得從前，我在拙作「從軍日記」裏面，也曾經這樣寫過；後來經老師指正，我才知道改過來。

（一）甚麼是「符號」？

甚麼是「標點符號」？

人類在發明文字之前，是用結繩來記事的。易繫辭下傳記：「上古結繩而治。」周易正義鄭玄註：「事大，大結其繩；事小，小結其繩。」

不僅中國曾用結繩記事，古代秘魯的印卡斯族人（Incas）也曾有一套結繩的方法。他們用這種方法來記事，記數目，甚至於傳達命令。此外，北美和澳洲的土人，也曾用這種方法，足見結繩，是人類最初用來記事的符號。

後來，進一步發展到象形文的階段。像我國古代的甲骨文和鐘鼎文，都是用圖畫做爲記事的符號。

但是，人類生活中，不只是那些有實體的事物，還有許多抽象的思想。要想表達這些思想，却不能用那些象形的符號；於是這些單體的文，更進一步演變成合體的字，來應付人類的需要。說文序裏說：「依類象形，謂之文；以聲相益，謂之字。」於是，完備的文字，便成了代替語言的工具，也就是記述思想的符號；這正與唐朝孔穎達所說的一樣，他說：「言者，意之聲；書者，言之記。」

時代是天天進步的，人類的思想，也隨着一天一天地發展。舊有的文字，已經無法完全代表當前許多事物，和複雜的思想；所以無論那一國的文字，都是每年要增加許多新的。這種現象，在日本文字中尤其顯著；不管那一國的新字或新詞，日本人多半會原封不動地搬來，用假名標出，便成了日文中的新字：像「Coffee」，日文便叫它「コーヒ」；「Ink」，日文便叫它インク；Bus，日文便叫バス。有很多新的東西，中國本來就沒有，所以不能不造新字；像化學上常用的「氧」、「氫」、「酚」、「醚」等，都是代表新事物的符號。

在英文裏面，新字增加的速度更大，例如二次大戰中，英國（尤其在美國英文裏）增加了一個最通俗的 Ding-how，本來這是對人最客氣的敬語；其實，還不是中國「頂好」兩個字的譯音嗎？此外，還有一個 Banzai，意思是「進攻」，後轉爲形容詞，意思是「拚命的」，「自殺的」，其實，這是日語中的「萬歲」。因爲要表現一種思想，一種感情，在沒有恰當的文字時，便不能不造新的符號來代替。

在今日的科學界，爲了要求簡便明瞭，也常常造出些特殊的符號：像數學上的π，代表3.1416；化學的↓，意思是沉澱；生物學上的♂是代表雄，♀代表雌。這些符號本身，雖然不是字；但它的涵義，卻比文字更深刻，更重要；只要是社會上公認這些符號，它們便定了型，它們的價值和重要性，便保持下去，除非有更好，更便利，更準確的方法來代替它們。

提到一種符號，被公認以後，便有它的價值，順便在此說一個笑話，作爲證明：從前有一個人出外做事，很久沒有回家，他的太太非常想念他；但自己又不會寫字，情書也不便請人代筆，於是她寫下了這麼一封信：

丈夫收到信以後，便想趕快回家，因爲他知道上面兩個整圈是代表「團聚」，兩個整圈套在一起是說：「我倆團聚」，兩個破圈代表「別離」，「別離」下面許多小圈，是表示「還有說不盡的相思，一路圈兒圈到底。」

上面雖然是一個笑話，却說明了一種符號，被公認以後的價值。

現在我們再來研究一下標點用的符號，究竟有什麼價值？例如，你的朋友見到你，問一聲：「你好？」你一定回答他：「好。」假如你聽戲聽到精彩的地方，你不由地大聲叫「好。」又假如小孩子打破了心愛的玩具，或者一隻價值很高的花瓶，你也會說「好」。這三個「好」字，所表現的意義和情緒，很顯然地大不相同；那麼，應該怎樣來表示你當時的情緒，和你說「好」字的眞正涵義呢？如果加上了標點符號，這個平淡的「好」字，便大不相同了：

第一個：「好。」（肯定的）

第二個：「好！」（驚嘆的）

第三個：「好？」（疑問的）

看了上面的例子，我們可以知道符號的價值，是和文字一樣地重要的。

然則，「標點」兩個字下面，再加上「符號」，又是什麼意思呢？所謂標點符號，是包含兩種應用於語句，和文章裏的符號：一種是「標的符號」，一種是「點的符號」；標字本來的意思是標記，凡是工業產品，多半有一種商標，漸漸地，這種商標，便成了代表某種特殊產品性質的標誌。此外，在公路上的彎路，橋樑，山坡，學校等處的附近，也都用一種特殊標誌，使駕駛人員見了，提高警覺。這些標誌，也就是表示附近公路的特性；所以「標的符號」之主要功用，是表示性質，例如標點符號中的問號（?），驚嘆號（!），私名號（——），書名號（﹏﹏）等，都是用來表示語句的特性，都是屬於「標的符號」；至於標點符號中的逗號（，）、分號（；）、句號（。）等，都是屬於「點的符號」。「點」卽是點斷，凡用來點斷文句，使讀者容易明白句子中，各部分在文法上的位置，和相互之關係的，便是「點的符號」；又可叫做「句讀符號」，因爲寫文章和說話的道理是一樣的。寫文章，就是把要說的話寫在紙上，同樣，說話的方式，也應當就是文章的方式。任何人說話的時候，決不能把一連串的字，像放機關槍似的，硬生生地從口裏擠出來，必須有停頓和休止；那麼，文章裏的語句，也必須有停頓和休止，使讀者念起來有換一口氣，和歇一歇的機會；因此，文章必須點斷——按照說話的方式點斷。這些符號，同時也可以表示出語句的組織，使談話的眞義，清清楚楚地表示於紙上。

分號的用法

分號是最難用的一種符號，不但一般青年學生弄不大清楚，就是在許多出版物裏面，我們也常常發現有人誤用了分號。要切實明瞭分號的用法，必須先看一看分號的構造：分號（；）的上半部是個句號，下半部是個逗號。當我們把它用在完整的句子裏的時候，便是說明句子的上半部，在文法上已經構造完全，可以自成一句；但是在文氣中，還要借句子的意思來完成；這個逗號，便是表示「未完」的意思。明瞭分號組織的原理，就可以運用自如了。

現在我們把分號的用法，分類舉例如下：

（甲）一個句子，是用幾個對等的分句組成的；而且分句中已經用了逗號，那麼，分句和分句，便應該用分號來隔開。

（例）

①所惡於上，毋以使下；所惡於下，毋以事上；所惡於前，毋以先後；所惡於後，毋以從前；所惡於右，毋以交於左；所惡於左，毋以交於右：此之謂絜矩之道。」——大學（二十頁）

②用音樂表現一個故事，這種方法叫做交響詩；用許多管紘樂器，合奏出有許多種旋律的和聲，叫做交響樂。

③創造的想像，是把經驗中的要素加以整理，創出新的事物；聯想的想像，是一種觀念，在情緒上，和它的相似者的聯絡；解釋的想像，是瞭解精神的價值，藉以說明事物：這便是

想像的三要素。

（註）從上面三種例句中，我們看出每一個例句，是用若干分句所組成的，分句和分句之間，都用分號隔開；雖然每一個分句，都可以成爲一個完整獨立的句子；但是爲了使文氣貫徹到底，所以我們用分號來隔開，使分句和分句的關係更加密切，成爲一個更完整的句子。①例是文言的，很容易看到分句的對等性。

（乙）在複句中，有一個分句含有轉折的意思，便用分號來隔開這個分句。

（例）

①羅密歐和朱麗葉深深地熱戀着；但是因爲兩家是世仇，至死不能成爲眷屬。

②彭貝是在紀元前一世紀，被火山燬滅了；然而李頓的名著——彭貝的末日，却給我們留下彭貝時期永久的紀錄。

③盧騷的名著愛彌兒，在文藝價值上並不大；但近代的教育思潮，却受了極大的影響。

（註）上面每個例句中，都含有轉折意味；而且都用「但是」、「然而」、「但」一類的接續詞，來表示轉折。每一個例句中的第一分句，都可以自成一句；可是如果沒有第二分句，便不會有完整的文氣。在這裏，分號的用途，是極爲顯明的。

（丙）在複句中，有一個分句含有推衍的意思，便用分號來隔開這個分句。

（例）

①我也不是要做雅人；也只爲性情相近，故此時常學學。——儒林外史

②五娘忽獲一夢，促其上京尋夫；於是五娘自畫舅姑肖像負之，彈琵琶乞求於途人以入都。——琵琶記

（註）在各句中的第一個分句，都可以獨自成立一個完全的句子；然而爲了更進一步地發揮作者的意見，便推衍下去，補充說明；這樣，第一個分句，便用分號來隔開。

（丁）在複句中，有一分句的涵義是表示「意外」的，那麼，便用分號把它和其他分句隔開。

（例）

①寶玉和黛玉本來可以成爲美滿的眷屬；偏偏來了一個寶釵，結果死的死，逃的逃。

②歌德有多方面的天才；不料晚年從政以後，作品就少了。

③盧騷在九歲的時候，到牧師家裏受正當教育；可是不久，他不耐牧師之斥責，便又回到叔父那邊，過着遊蕩的生活。

（戊）在複句中，有一分句的涵義是表示「歸結性」的，也用分號來隔開這一個分句。

（例）

①狄福的魯濱遜漂流記，是描寫青年人美麗的幻夢，藉着空想，翱翔於遼濶的海島；所以它不僅是青年人喜歡讀的作品，也是成年人應讀的名著。

②陶淵明的作品，辭藻精萃，他的懷抱，廣濶純眞；所以被認爲六朝時代的第一流文學家。

③娜拉感到在近代社會中，男子只知道自私自利，不惜犧牲女性；因此她決定撕破丈夫的假面具，離開那個傀儡家庭。

(註)在上面的三個例句中，都表示出一種因果關係，每一句的第二分句，都是有歸結性的；因此我們都要用分號來將兩個分句隔開。

(己)兩個可以獨立的句子，在文法上沒有連絡；但在意思上是一貫的，應該用分號隔開，合成一個完整的句子。

(例)

①我們算把他開釋了；他是一個無罪的人。

②馬克吐溫天性詼諧而有銳利的觀察力，他諷刺社會的虛僞黑暗；但心地是坦白的。

(註)從上面兩個例句中，我們可以發現兩個獨立的句子；如果意思是有連貫性的，便應該合成一個複句，中間用分號隔開。這樣，在詞意方面更顯得充實；我們若是先把例句讀幾遍，然後再將分號換成句號，便可以體會到語句的情趣。

「從軍日記」和「女兵自傳」

前言

每次遇到有人提起「從軍日記」，我便感到怪難爲情，眞的，這本書是我的處女作；論文字，寫得太幼稚了，一點也談不到結構、修辭和技巧，它只能算是北伐時代的報告文學。當初，寫這些日記和書信，寄給中央日報的副刊編者孫伏園先生的時候，我絕沒有夢想到他會拿來發表的。我因爲有了遺失包袱的經驗，害怕寫的日記再丟了，所以就陸續地寄給孫先生，請他代我保存；不料他居然把每一篇都發表出來，不但使我有受寵若驚的感覺；而且我戰戰兢兢地，後來竟不敢多和他通信了。

當我在前線看到一位男同學在讀英文版副刊時，我羨慕他有這麼高的程度，他竟囘答我說：

「正在拜讀大作，寫得好極了！」

我以為他在諷刺我，侮辱我，無端地將他大罵了一頓，直到他把那篇「寄自嘉魚」的譯文給我看，才知道已經被林語堂先生每篇都翻譯成英文登出來了。

一直到現在，我還不了解當時的謎，為什麼沒有戰地記者，對於前線的生活和當時的民衆，那種如火如荼的革命熱情，很少有報導的，除了我那十幾篇短短的文字而外，很難找到當時的材料，這究竟是怎麼一回事呢？

在這兒，首先讓我向孫伏園、林語堂兩位先生，致最誠懇的謝忱和敬意，要是當初沒有他們兩位的愛護和栽培，我想也許不會走上寫作這條艱辛的道路，雖然我絞盡了腦汁，窮了一輩子，苦了一輩子；但同時也得到了不少的快樂和安慰，獲得海內海外無數男女讀者的同情，他們給我溫暖，給我鼓勵，使我到今天還在扶病寫作，這是一股偉大的力量！有時我偶然厭倦了，很想永遠地丟了這支筆；然而當我接到他們一封封充滿了熱情的信之後，我的思想立刻改變了，我不能放下筆桿，除非我的血壓又恢復了一百八十度以上。

寫「從軍日記」的動機

說起來，我真是幸運的，自從以一個小丫頭為題材，寫了一篇「剎那的印象」，投給長沙的大公報副刊被發表之後，就一帆風順地走上了寫作之路。我高興極了；但我並沒有得意忘形，我知道自己讀的書太少，文字還沒有寫通，我需要努力，需要虛心地多向文藝界的先進們學習；所以當冰川介紹我和孫伏園、林語堂兩位先生認識時，我就暗中拜他們爲老師了。

民國十五年（一九二六）正是國民革命軍由廣東出發，克復了湖南、湖北，在武漢招考中央軍校第六期（在這以前，叫做黃埔軍校，創辦人爲　國父，校長是現任　總統蔣中正先生），同時招收女生兩百多名，我是其中之一。我們要經過三個月的入伍訓練，和男兵一樣，穿着灰布軍裝，打綁腿，着草鞋，還要背誦步兵操典。因爲是中國自從有歷史以來，第一次有女兵，所以我們的生活，特別感覺新鮮、有趣。每個人都希望能到前線去直接參加作戰；當我被選爲第一批出發鄂西的救護隊時，我高興得跳起來！那次只有二十個女同學參加，我寫了一篇出發前給女同學的信，是一封充滿了革命熱情的信，勸大家把感情武裝起來，要爲國家而犧牲自己的生命，發表於革命日報上；還寫了一篇給三哥的信，他看了，馬上從長沙趕來武昌和我話別；同時把那封信發表在他主編的通俗日報。

出發之後，我還是照常每天寫日記，把當天的所見、所聞和所想的，統統寫在日記裏，我聽連長說：「我們革命軍人的生命，是隨時準備拿來犧牲的；尤其我們出發之後，誰也不敢擔保我們的生命，究竟能活到那一天。」

眞的，一個人的生命，是多麼脆弱啊，一顆子彈，穿過腦袋或者穿過胸膛，只要射中了要害，立刻就完結了。

有了這種感覺之後，我便想多多利用我這支筆，寫一些當時轟轟烈烈，悲壯偉大的革命故事出來，以反映當時青年們是怎樣地愛國，民衆們是如何地擁護我們的革命軍，和革命政府；婦女們是如何地從小脚時代，進步到天足時代，她們從被封建鎖鍊綑得緊緊的家庭裏逃出來，不知經過了多少侮辱和痛苦，經過了多少掙扎和奮鬥，才投入革命的洪爐，和男子站在一條戰線上，共同獻身革命。

基於這許多因素，我開始用我這支鈍筆，寫辭不達意的「從軍日記」，我沒有絲毫野心想要發表；更沒有夢想到會出書，會被譯成好幾種外國文字，英國和日本的幾間中學，還採用它爲課本。我只有一個希望，那就是把我所見所聞的事實，忠實地寫出來，寄給伏園先生，讓他知道：前方的士氣，和民衆的革命熱情，是怎樣地如火如荼。那時候，我要寫的材料實在太多了，卽使我整天筆不停揮，也寫不完，使我這個初次走上寫作之路的黃毛丫頭，懂得一個原則：那就是沒有偉大的時代和社會背景，是不能寫出好作品出來的。

不過，在這裏，我要特別聲明，當時我寫從軍日記，腦子裏根本沒有任何希望，並不想拿來發表，只覺得眼前所看見的這些可歌可泣的現實題材，假如不寫出來，未免太可惜了；寫出來，只有寄給孫伏園先生才能保存；至於後來怎麼會出單行本呢？這裏且抄下林語堂先生的一段說明：

「冰瑩以爲她的文章，無出單行本的價值，因爲她『那些東西不成文學』（這是冰瑩的信中語），自然，這些從軍日記裏頭，找不出『起承轉合』的文章體例，也沒有吮筆濡墨，慘澹經營的痕跡；我們讀這些文章時，只看見一位年輕女子，身穿軍裝，足着草鞋，在晨光熹微的沙場上，拿一支自來水筆，靠着膝上振筆直書，不暇改竄，戎馬倥傯，束裝待發的情景；或是聽見在洞庭湖上，笑聲與河流相和應，在遠地軍歌及近旁鼾睡聲中，一位蓬頭垢面的女兵，手不停筆，鋒發韻流地寫敍她的感觸。這種少不更事，氣慨軒昂，抱着一手改造宇宙決心的女子所寫的，自然也值得一讀……」

眞的，所有在北伐時代寫的文章，幾乎篇篇都是靠着膝蓋寫成的，有時在行軍的時候，休息的哨子吹了，別人都在閉目養神，我却趕快搶時間寫幾百字。晚上，在豆大的油燈下面，聽着同學們的鼾聲，我不住地寫，那時我的腦子，根本沒有推敲字句的念頭，只管想到什麼就寫什麼，看見什麼就寫什麼，現在我如果重讀一遍，一定會發現許多幼稚、重複的句子，我沒有勇氣再出二十版（已出至十九版）；可是許多朋友看過那本書的都說：「那是一部沒有經過雕琢最自然的作品，是青年人眞情的流露，能夠代表那個時代，不管經過多少年，它還是有價值的。」那只是朋友的誇獎，我始終不敢承認它有文學價值。

現在再引一段林語堂先生的話，說明出書的理由：

「這些文章，雖然寥寥幾篇，也有個歷史，這可以解明我想把它們集成一書的理由，大概在漢口做事，而看那時中央日報副刊的讀者，都曾賞識過冰瑩這幾封通訊，都曾討論過『冰瑩是誰』的問題。說也奇怪，連某主席（指譚延闓）也要向副刊編者詢問到冰瑩的眞性別，這大概是在革命戰爭時期，『硬衝前去』的同志，對於這種戰地的寫實文字，特別注意而歡迎；更奇異的，我曾譯其中一篇爲英文，登英文中央日報，過了兩月，居然也有美國某報主筆，函請英文日報多登這種文字，這眞有點像『少女日記』的不翼而飛了。我因此想，這也許是冰瑩文章的『氣骨』作怪。總而言之，這幾篇文章，的確有過這種影響……。」

林語堂先生不但在從軍日記的前面，寫了這篇序；並且還把所有的從軍日記，都譯成英文在商務印書館出版，大部份是他自己的散文，書名叫做「A Girl Soilder's Dairly and War Time Essays」；跟着汪德耀先生，馬上把從軍日記譯成法文，在法國出版。我眞要感謝汪先生，使我有機會得到羅曼羅蘭先生的鼓勵信，他是一位偉大的世界作家，居然寫信給一個默默無聞的異國陌生女孩，這件事太使我感動了，也深深地影響我的一生，使我養成不論收到什麼人來信，一定要親自回信的習慣。

「從軍日記」出版了，封面是豐子愷先生的女兒軟軟畫的，剛出來不到一個月，一萬本早已賣光，於是再版、三版一直到十九版，銷路還是那麼好；從此，不知不覺地我走上了這條有快樂也有痛苦的寫作之路，我彷彿做了一個夢，我絕不承認我有什麼寫作天才，我是個世界上最愚蠢的人，也是個腦筋最簡單的人，生來潔身自好，不慕名利，與世無爭，如果問我有什麼特點，那就是能吃苦，不怕窮，不論做什麼事，但顧耕耘，不問收穫；不肯向現實低頭，有跌倒了爬起來，失敗了再幹的勇氣。我想這是先父母給我的好遺傳，也是軍校受訓給我的好影響；假如不是參加北伐，我不會了解社會如此複雜，民間如此疾苦，革命如此重要；誠實的民衆，和熱情的男女青年是這麼可愛的。

這眞是一個漫長的夢，從發表「從軍日記」開始，到現在四十年了，我還在寫作的夢裏，沒有醒過來，我很想從此丟下筆桿，再也不幹塡方格子的工作；但是朋友們不饒我，他們要逼着我寫，有時候，讀者也不讓我休息，那麼，我只好繼續地寫吧。

關於女兵自傳

說句良心話，寫「女兵自傳」，絕對不是自動的，完全是被動的。

大概因爲有幾位正在辦刊物的朋友，他們看過「從軍日記」之後，就希望我繼續寫第二部作品，性質和「從軍日記」差不多，主要是表現在那個時代的女性，如何地從封建的家庭裏衝出來，走進這五光十色的社會，吃過多少苦，受過多少刺激，始終不灰心，不墮落，仍然在努力奮鬥，再接再厲……。

「我不會寫這類的小說，我也毫無經驗，我讀的書太少，沒有表達的能力，希望你們去另請高明。」

我這樣帶着歉意回答他們。

「不！你本身的故事，就是最眞實的好材料，你用不着雕琢，只要用寫『從軍日記』那支筆來描寫女兵的遭遇便好了。」

我始終不敢答應，後來林語堂先生，在上海出版「宇宙風」、「人間世」，都是提倡小品文的權威刊物，陶亢德先生屢次來信催稿，我寫了幾篇寄去，想不到正在良友圖書公司，主編中國文學叢書的趙家璧先生，大爲欣賞我那幾篇歪文，他來信要我趕快寫完一部書交給他出版，書名也由他定好了，叫做「一個女兵的自傳」。我當時眞是誠惶誠恐，忐忑不安。在從軍日記之後，雖然我已出版過一部短篇小說集「前路」，一部長篇小說「青年王國材」，一部散文集「麓山集」，和一部「青年書信」。照理，我不應該這麼害怕，反正材料是現成的，只要把它組織一下，剪裁一下，刪去不重要的部份，保留精華就可動筆了；可是我仍然沒有勇氣答應下來，我覺得這責任太大了！因爲這不是一部普通虛構的小說，這是傳記體裁；傳記，百分之百要眞實才有價値；否則就成爲傳奇小說了。

記得是民國二十一年多天，我無緣無故地遭受到一個打擊，使我匆忙中離開了厦門中學，回到長沙，正是心灰意冷，感到一切幻滅的時候，趙家璧先生不斷地來信鼓勵我寫自傳，並且限定我在三個月之內完成。我那時，一來爲了想籌備旅費重度東瀛，完成我的學業；二來藉寫作可以減少一點精神上的苦悶，於是就勉強答應下來了。

我首先擬定了幾十個小題目，準備每一個題目，最少寫一千字以上，最多不要超過三千。那時候，我還沒有養成寫作的習慣，完全隨着興之所至，有時一連寫上三天三夜也不想睡覺；有時一連十來天也不動筆，所謂一曝十寒，正是我那時的寫照。

斷斷續續地發表了幾篇，接到許多讀者來信，他們等不及一篇篇地讀下去，希望我趕快出版，結果，我終於使他們失望了，一直到我從日本回來，才把上卷寫完，於二十五年三月在良友出版。

「這究竟是一部小說，還是寫你自己的眞實故事呢？」

不知有多少讀者來信詢問。

當然，我要忠實地回答他們，這是一個女兵的眞實故事，絲毫沒有虛僞，半點也不誇張，看起來，書中的主角眞像個傳奇人物，她的遭遇的確太複雜，太悲慘，甚至太可怕了！要不是她有堅強的生命力，有奮鬥的勇氣，恐怕早就不在人間了。

當我動筆寫這本書的時候，我就下了一個決心，我要百分之百地忠實，一句假話也不寫，完全根據事實，不渲染，不誇張，只有絕對忠實，才有價值，才不騙取讀者的熱情。

因爲材料是現成的，所以寫起來時非常容易；但有時我很痛苦，凡是使我當時傷心落淚的事情，如今描寫起來，同樣使我傷心落淚。有時我連飯也吃不下；甚至整夜失眠。寫到快樂的有趣的童年生活時，我也會像一個瘋子似的自言自語，哈哈大笑起來。當我寫這些生活回憶的時候，完全把自己帶回到當時的環境，使我重過一次那種生活，嘗一嘗那些酸甜苦辣的滋味，好幾次我丟下筆不想再繼續寫下去；但爲了和良友簽了合同，不得不履行。

「女兵自傳」上卷，從「祖母告訴我的故事」開始，寫到「第四次逃奔」爲止，出版以後，良友贈我二十本書，除了幾個最知己的朋友外，我一本也不敢拿來送人；更不敢使父母和哥哥他們看到；我想：看過這本書的人，一定有不少的人罵我是叛徒，是怪物，是一個不安守本分的女孩子；更有那些道學先生，說不定會給我加上許多罪名。我心裏又高興，又難過，眞是矛盾極了！可是我一點也不害怕，我覺得以一個天眞純潔的鄉下姑娘，來和有五千多年歷史的封建思想作戰，她怎能不遭人嫉妬，不遭人批評呢？我之所以經過千辛萬苦要離開家，跑到外面的主要目的是求學，尋找自由，求自我獨立，不倚賴別人。我沒有絲毫虛榮心，更不敢往墮落的方向着想，在十里洋場的上海，以一個單身女子，能夠自始至終，不向金錢物質投降，寧願忍受三天三夜的饑餓，喝自來水當飯吃，這一段生活，如今回憶起來，有無限的辛酸，也有無限的快樂，這是值得我驕傲的，我沒有像那幾位主張「識時務者爲俊傑」的小姐一樣，走上交際花、明星之路，過着燈紅酒綠靡爛浪漫的生活；在自傳裏，上海亭子間和北平女師大幾段生活，是最能賺人眼淚的文章。

自從書出版之後，我日夜都在惶惶不安，我怕惹來許多無謂的麻煩，和嚴厲的批評。

「反正書已經出版了，你也無法收回，由讀者去批評吧；罵你也好，捧你也好，你只管抱着有則改之，無則加勉的態度就行。」一位好友這樣安慰我，使我緊張的心情，暫時放鬆了不少。

書出版還不到半年，又要再版了！在當時的青年男女們，眞是人手一册，由良友轉來許多讀者的來信，他們安慰我飽受創傷的心，鼓勵我繼續奮鬥；他們不以我的文字率直、拙劣見責，反說我的熱情和勇氣，使他們感動，使他們鼓舞；更有些小姑娘，也要模仿我的方法脫離家庭。我讀了這些信，旣感到無限的快樂，又深深地藏着隱憂；快樂的是：我有了許多精神上的朋友，從此不再感到寂寞，也不再是孤軍奮鬥了；躭憂的是：我惟恐害了她們的前程，我是受過無限辛酸艱苦來的，不知她們的小小心靈，也經得起社會無情的打擊否？一直到今天，我這種杞人憂天的心，還沒有完全放下。

爲了讀者們不斷來信催我出版下卷，我回答她們：下卷要等我老到什麼事也不能做了才開始動筆，於是在勝利後的第二年，我抱病寫完了中卷。

我對於寫作態度，一向都是很認眞的，我喜歡把故事裏面的情節和人物，翻來覆去地在腦子裏再三思索，一直到腹稿已經打好，許多對話，我能朗誦出來，這才開始動筆。

記得我在初從事寫作的時候，眞像初生之犢不畏虎，只要把要寫的題材，隨便想了一下，便動起筆來；同時也不仔細推敲，想到那裏，便寫到那裏；寫完之後，也不重看一遍，更沒有想到過需要修改，「青年王國材」、「青年書信」、「前路」等，便是在這種情形之下寫完的。現在我連重看一遍的勇氣都沒有。

後來年齡一天天增長，讀的書也一天比一天多起來，所謂「學然後知不足」，眞是一點不錯，我開始感到恐慌了！我常常在兩種極端矛盾的心情下從事寫作：一方面想拚命地多讀別人的作品，自己最好不寫文章；另一方面，我又想每天規定一個時間來練習寫作，我相信只要不斷地努力，總有把文章寫好的一天；最後，兩種方法同時採用，四十年來，我已寫了一千多萬字的東西；但我沒有一部作品是感到滿意的；而且有一種奇怪的心理，愈多讀別人的作品，愈感到自己的寫作能力不夠，於是便不敢隨便下筆，甚至有時大半年也不寫一個字；不過人的腦子好比一部機器，用得越多，它便越靈活；如果很久不用，它就生銹，轉動不靈；腦子也是如此，很久不運用，那怕連一封最簡單的普通信，寫起來也會感到辭不達意。為了這個原因，我又只好天天拿着筆桿，在忙碌中，在生活的高壓下寫，寫，不停地寫。

在我寫過的作品裏面，再沒有比寫「女兵自傳」更傷心更痛苦的了！我要把每一段過去的生活，閉上眼睛來仔細地回憶一下，讓那些由苦痛裏擠出來的眼淚，重新由我的眼裏流出來。記得寫上卷的時候，裏面有好幾處非常有趣的地方，我一面寫，一面笑，自己彷彿成了瘋子；可是輪到寫中卷時，裏面沒有歡笑，只有痛苦，只有悲哀。寫的時候，我不知流了多少眼淚，好幾次淚水把字冲洗淨了，一連改寫三四次都不成功，於是索性把筆放下，等到大哭一場之後再來重寫。

當前面的四章，送進了武漢日報的印刷所，一、二兩章已送來校對，而後面四章還沒有開始動筆，正在這個緊要關頭的時候，我突然病倒了！請了一位很有名的中醫曾禹山先生來治我的病，他說我貧血太厲害，神經衰弱到了極點，勸我靜靜地服藥休息，至少在兩個月之內，不要用腦筋；但我完全沒有聽從醫生的話，我雖然躺在床上，仍然把稿紙藏在枕頭底下，有人在房子裏的時候，我假裝養病的，不說話，也不打開眼睛，等他們一走，我便偷偷地把稿紙拿出來躺着寫大綱，修改第五、六兩章。（後來把章字都取消了，一律只有小題目。）

提到修改，我永遠忘不了托爾斯泰一連修改「戰爭與和平」七次的故事，我要學他；不過我只改了五遍，有時爲了一句話，或者一個字用得不妥當，我情願改了又改。

由於在病中工作（那時我還兼任和平日報和華中日報的副刊主編，每天要看稿、發稿，還要籌辦一個托兒所。）我的病更加重了！有一天，曾禹山先生似乎生氣了，他說：

「既然不聽醫生的話，還治什麼病呢？前天你的脈剛好一點，今天突然又變了，想必又在用腦筋。」

「沒有，沒有！我只希望快點好，工作不能容許我老是躺着。」

我苦笑着回答他；同時把「女兵自傳」預告四月一日出版，而現在尙差四章沒有動筆的苦衷告訴他，他責備我說身體要緊，而我的看法是信用第一，工作要緊。我終於不聽醫生和朋友的勸告，一面吃藥，一面寫稿，在一星期之內，完成了十三至十六四章，平均每天要寫四五千字，那時托兒所還沒有開辦，兩個孩子在家鬧得一塌糊塗，他們的父親，叫我把房門鎖了，任何朋友來訪也不見；但孩子們鬧得更起勁了，他們在打門，在叫喊，在啼哭，弄得我的心更亂了，寫不下去，只得又開了門放他們進來。

過去，我喜歡在晚上十一點以後和早晨六點以前寫文章，因爲那時的環境異常清靜，我可以把腦子裏一切的雜念拋棄，耳朵裏也聽不到一點煩雜的聲音，我把思想回復到十多年前的環境裏，我站在純客觀的地位，來描寫「女兵自傳」的主人翁，所遭遇到的一切不幸的命運。在這裏，沒有故意的雕琢、粉飾，更沒有絲毫的虛僞誇張，只是像盧梭的「懺悔錄」一般，忠實地把自己的遭遇，和反映在各種不同時代，不同環境裏的人物和事件敍述出來，任憑讀者去欣賞，去批評。

寫完「母親的死」這一節，我的眼睛哭腫了，淚也乾了；第二天送給三哥看，他的熱淚也像雨點一般滴在我的原稿紙上，旁邊坐着皮靜英女士，她本來是來和我談論武漢婦女運動的事情，看到三哥流淚和我的沉默傷感的態度，再也談不下去了；她告訴我曾經在一家書店，看了那本「在日本獄中」受刑的那一段，她竟流下淚來，我聽了萬分高興，我生來就是一個傻子，我不要名，更不要利，我只希望做一個平凡的渺小的人，只願用整個的心力貢獻給文學，讀者的眼淚，便是我最大的收穫！讀者的同情，就是我的財產——我的無價之寶！我希望自己的精神永遠年輕，永遠和青年朋友們在一塊兒生活，一塊兒工作。

把中卷全部稿子寫完修改之後，我已瘦得不像人樣了，在太和醫院量了一下體重，居然減輕了五磅，照理我應該趁着這個時候吃點營養的東西；但那來的錢呢？

中卷出版以後，曾用「女兵十年」的名字，在上海北新書局、北平紅藍出版社兩地出版；後來林語堂先生的兩位女公子，把它全部譯成英文，由語堂先生親自校正並作序文，在美國的John Day 公司出版，譯名為「Girl Rebel」，那是一九四〇年。

當時我還有一個夢想，以為拿了版稅之後，可以到美國遊歷一次，沒想到只在西安收到一百元美金後，便再也沒有收入了。後來日文譯本，韓文譯本相繼出來之後，我只看到譯文，版稅根本沒有人提及。這還不要緊，最使我氣憤的是：香港沒有道德的書商，他們把「女兵自傳」中的幾段選出來，出版英漢對譯本，改名為「一個女性的奮鬥」，和「饑餓與戀愛」兩本書；又把「女兵自傳」改為「一個女性的自述」，作者改為「羅莎」，由羣樂圖書公司印行，我託朋友去調查，香港根本沒有這家書店，可見是不道德的商人盜印的。

寫「碧瑤之戀」的動機

遠在三年前，當我從報紙上看到我們自由中國的海軍第一次訪非報聘，受到旅非僑胞熱烈歡迎的許多報導；以及藝宣隊、軍中服務團回國爲三軍服務；飛燕女子籃球隊，回國參加介壽杯比賽之後，我忽然想到要以非律賓爲背景，寫一部僑胞愛國的小說。因爲我認識旅非的僑生比較多，對於馬尼拉的社會情形也比較清楚；同時想到臺灣距非不遠，相信總有那麼一天，我有機會親自去搜集材料。果然，皇天不負苦心人，我這志願，終於實現了！民國四十五年四月十七日，我隨着迎接僑生的軍艦，遊歷了一次馬尼拉。本來規定只能在他們的海軍碼頭停留四十八小時，沒想到船開出後的第二天，在巴士海峽遇到颱風，只得又開回馬尼拉，補充水和各種給養，第二次又停了兩天，由四十八小時，一變而爲九十六小時，的確出乎我們意料之外；尤其使我特別感到高興的，因爲我又搜集到了不少寶貴的材料。

搜集材料的第一步

當我把以僑胞爲主角寫小說的動機和計劃，告訴鄭彥棻先生之後，他特別高興，答應爲我召集一個僑生座談會，希望他們能供給我一些僑胞在海外努力奮鬥，可歌可泣的故事。我很感激他，於是就草擬了十二個題目，用油印發給他們，請他們塡好寄給我；同時在座談會上，徵求他們對於我這部小說的意見。

那十二個題目是這樣的：

一、地勢概述——如大山、大河流、海洋名稱等。

二、全國及首都附近的名勝古蹟。

三、四季的氣候變化。

四、熱鬧的街道名稱——最好註明何者爲商業中心，何者爲書市，何者爲電影街。

五、交通工具，有那幾種？

六、請寫出比較大的電影院、跳舞場、咖啡館、飯館、旅館、酒吧間、游泳場、運動場等名稱。

七、敎育與文化

①著名的大學、中學、小學名稱

②僑胞所辦學校名稱
③僑胞受教育的百分比
④有些什麼報紙和雜誌

八、僑胞何時遷來？
①人口總數
②散居何地
③職業種類
④宗教信仰
⑤婚嫁對象

九、僑胞名字最普通的是什麼？
①男：
②女：
③乳名（以上三種名字請各舉一二例）

十、所有青年、中年、老年的僑胞，感到最苦悶的是什麼？最大的希望是什麼？

十一、希望本書的主人翁是怎樣的典型？

十二、其他寶貴的意見。

那天到會的有十七人，代表香港、印度、越南、印尼、菲律賓等十二個地區。也許那時適遇着他們考試忙，所以在預定的日期內，只收到緬甸宋沭功、高棉李永名、香港黃麟鏢、印度李汝璣、香港許承宗五位先生來信；李、宋兩先生，並爲我寄來他們珍藏着的照片，許先生希望我用女性或者商人做主角；黃麟鏢先生寫得最詳細，他說：

「我希望書中主人翁的典型，是一個飽經戰亂，環境很多變化，而能從苦難中倔強地站起來，繼續奮鬥，跌倒時不喊痛，會流淚，也會大笑的青年；這個典型，將代表在今天這個大苦悶時代中的青年。總之：這個典型，應該是一把火，象徵着熱、力與光！」

自從收到了他們來信後，我寫作的勇氣更提高了，他們希望我能寫出像「約翰・克利斯托夫」一般的典型；自然，這是不可能的！因爲我沒有羅曼羅蘭萬分之一的天才，我只是一個學習寫小說的笨人而已；但我有勇氣嘗試，失敗了也不灰心。每次出一本書，我都要經過一番嚴格的自我檢討，尤其特別注意朋友和讀者給我的批評。我下決心要把這部小說寫得像個樣；可是問題來了，我沒有到過馬尼拉，怎麼可以拿這做社會背景呢？當然不可能！

於是首先我把黃植品同學找來，請他把馬尼拉的情形告訴我，他做了一次被訪問的對象，我假裝新聞記者，於是我們一問一答，談了兩個多鐘頭，我需要知道的材料，大致都有了。

「最好老師能親自去看一看，所謂百聞不如一見。」黃君說。

「我相信總有一天會去的，不過是遲早的問題而已。」我回答他。

其實我那時一點把握都沒有，連作夢也沒有到過馬尼拉，究竟什麼時候去？有沒有這個機會？我都不去考慮它，腦海裏時時刻刻掛念着的一件事，是「碧瑤之戀」。

困難發生了

四十四年七月，我就在靜修院把小說大綱、人物表統統寫好了，一直挨到四十五年三月二十九日才動筆，我上午修改「女兵自傳」，晚上寫「碧瑤之戀」，一動筆就是三千，總算很順利。第二天還是如此，到了第三天，居然寫了九千多字，我高興極了，以為一個月之內可以完成；不料寫到三萬多字的時候，問題發生了：對於男女主角家裏住在什麼地方？距離多少遠？他們經常在什麼地方約會？走路去學校，還是坐公共汽車？男主角的父親開個小雜貨店，賣些什麼東西？他們的寢室客廳如何佈置？學校有沒有會客室？中學生穿不穿制服？星期日到那些地方去玩……儘管我知道許多玩的地方的名稱；但腦海裏什麼印象也沒有，完全像一張白紙，我開始感到苦惱。——我絕對不能閉門造車，沒有到過的地方，怎麼可以把它寫在小說裏面呢？

我在責備自己太荒唐，我下決心要想法達到去菲律賓的目的。

有志者事竟成

所謂無巧不成書，眞是一點不錯。有一天，郭衣洞先生來邀我去大圓山參觀農場，我問他為什麼不組織一個訪問團到菲律賓去。他告訴我，正有幾位先生，要去迎接僑生回國服務，我可以參加；於是我馬上打電話給鄭彥棻先生和鍾義均先生，他們都歡迎我參加，而且給了我許多幫忙。鄭先生非常關心我，在電話中，再三問我身體是否吃得消；我告訴他即使暈船也要去，因爲小說裏面的主角，是坐海船來臺灣的，我必須有這一段海上生活的經驗才行。

「在馬尼拉只有兩天停留，走馬看花，你能搜集多少材料呢？」

鍾義均先生替我着急；我把參觀學校、風景區、上、中、下三種華僑之家、街市、醫院、殯儀館、義山……這些地方的日程告訴他，希望他替我帶三封信先送給我的朋友，以便踏上碼頭，立刻開始參觀；因爲他是坐飛機去的，正好先替我把那邊的事安排好，我的原則是爭取主動，少赴宴，多參觀。

到了馬尼拉，很順利地完成了我的計劃，好幾個朋友要請我吃飯，都被我婉辭謝絕了。不管坐在汽車裏，或者正在參觀的時候，我總是手裏拿着一支筆，一個小活頁筆記本，我像一個採訪社會新聞的記者，不但有聞必錄；而且要自動提出很多問題來向朋友請教。在搜集材料的時候，自然是越多越好，有時亂七八糟都寫在一張紙上，等到上了船，再剪開分類貼在本子上。凡是我遊過的名勝，參觀過的學校，經過的街道名稱，電影院、旅館、菜仔店……我都把名稱記下來。有時朋友正在津津有味地向我說話，而我的眼睛却正望着外面，心裏在想其他的問題，好在她們都知道我整個的腦子都充滿了材料，所以也並不怪我。

我把寫好的大綱和小說給朋友看，請她們參加意見，給我不客氣的批評。她們改正了幾處地方，也正是我因爲沒有實地觀察，只憑想像寫出來的背景，怪不得一點也不像；由此我更相信，作者如果不多出外遊歷許多地方，那麼他的寫作圈子，會愈來愈窄狹的。

當我一連兩晚，都拉着朋友，陪我參觀倫禮沓和杜威大道情人幽會處的時候，我曾留心這兒的一木一石，因爲在我的小說裏面，男女主角曾在這裏談情說愛的。爲了使讀者不感覺單調，我必須多寫幾處風景幽美的地方，好讓沒有到過馬尼拉的人，間接地欣賞一點那邊的風光；於是又到馬里務海濱公園，和巴拉拉水源地公園打了一轉，好在這些地方，黃植品同學早已將大概情形告訴了我，所以去玩的時候，並不感到陌生，彷彿是舊地重遊似的。

能夠用眼睛看到的背景，自然很容易搜集，還有許多故事，需要朋友或書籍、報紙告訴我，這一部份材料的搜集，是比較困難的；然而我也終於得到了。

寫到這裏，我眞要感謝朱一雄、蔡梅生兩位先生，朱先生幫助我搜集關於共黨在非島南部做地下工作的資料，他從大中華日報，剪下許多消息和照片，在我上船的時候，遞到我的手裏；蔡先生在工作繁忙，日夜勞累的時候，還抽暇爲我講述共黨活動的情形。他說得有聲有色，我一字不漏地把它記下來；可惜一小時以後，我的精神漸漸地支持不住了，眼睛開始閉攏來，筆也在紙上亂畫了，蔡先生的聲音彷彿越來越小，後來竟至完全聽不見了。

「你睡着了嗎？那麼，明天再講吧。」

這明明是蔡先生的聲音，我驚醒了！連忙用手揉一揉眼睛，打起精神來說：「對不起，方才的確是我在打瞌睡，請繼續說吧，我再也不敢睡了。」

我偷偷地用手在自己的腿子上，用力捻了一把，使它感覺痛楚，把睡魔趕跑，不久，精神又不能支持了，只好又使勁地捻一把。第二天，我發現右腿青了兩塊，這是我的傷痕，也是值得的紀念。

此外幫助我搜集材料的朋友還有好幾位，莊淑玉、洪秀針兩女士，陪我參觀僑領的公館，告訴我許多有關他們愛國的故事；只可惜在馬尼拉逗留的時間太短，還有許多地方沒有去，未免美中不足。

「好危險！船開了之後，我才發現你的小說大綱和小說沒有帶走，我正想明天掛號爲你寄臺灣，想不到你今天又回來了！」

海蘭這樣帶着驚喜的語氣說，我這顆忐忑不安的心這才放下了。

「爲了這兩樣東西沒有帶走，所以颱風才把我吹回馬尼拉。」

我說着，大家都哈哈地笑了。

四十五年六月二十九日揮汗寫於滑齋

關於「紅豆」

一、動機

記得是四十一年的冬天，某日下午細雨紛紛，我正開了燈在趕寫一篇文章，忽然有一位師院的同學來訪，他滿臉愁容，坐下來，就是一聲沉重的嘆息。

「你有什麼困難的事，需要我幫忙嗎？不要難過，坐下來慢慢地談。」

我倒了一杯茶給他，他並不謝我，只呆呆地望着茶杯出神。

「我知道了，青年人除了戀愛，還有什麼比這更苦惱的事呢？」

我見他不做聲，又這樣補了一句。

「謝老師，你說得不錯，我正為戀愛的事，痛苦的不得了，我左思右想，只有請教您；因為您是了解青年、同情青年的，我相信您一定能指示我一條出路。」

接着，他告訴我在某次監厨，去菜市採買的時候，邂逅了一位本省小姐，兩人一見如故，很談得來；因爲彼此都愛好文藝，她常向他借書閱讀，經過一年多的時間，兩人的感情越來越濃，最近她的父母突然要給她訂婚，並且禁止和他來往，其中原因：第一、他是外省人；第二、他是個窮學生；可是那位小姐，不顧父母的反對，一定要和他往來。

「最近，情形愈來愈壞了！她的父母已把她禁閉起來，根本不許她出門了。我寫給她的信，一封也不能達到她的手裏。老師，您說我應該怎麼辦呢？今天我收到她一封絕筆的信，說是萬一她父母逼她，和那個絲毫沒有感情的本省人結婚，她就要自殺；要是她眞的自殺了，『我雖不殺伯仁，伯仁實由我而死』，除了追隨她而外，我如何能活下去呢？」

說到最後幾句，他的聲音哽咽得幾乎要哭了，我連忙安慰他：

「天下沒有不能解決的問題，你要拿出理智和勇氣來；尤其在這個千鈞一髮的時候，眼淚是絕對不能解除痛苦的。」

他眞的聽我的話，很冷靜地把這件事應當如何處置，仔細地研討了一番；並且把那位小姐的相片給我看，一直談了兩小時，他才回校。

二、主　題

就在這年快要過陽曆年的時候，小說家傅紅蓼先生來找我，要我替「讀書半月刊」寫個三四萬字的中篇小說，我以沒有時間來推辭；但他無論如何也不放鬆，沒法，我只好說：「讓我想一想，假如有材料我就寫；否則，請你原諒！」

「不行！這期刊物上面就要登預告，請你先說出題目吧。」

「紅豆。」

我隨口說出了這兩個字，對方很滿意地走了。

從這天開始，我正式在腦子裏開始構思「紅豆」，我決定在這篇小說裏，要闡明以下幾個主題：

①溝通外省人與本省人之間的感情。

②眞正的愛情，決不屈服在任何壓力之下。

③發揚人類的同情心和正義感。

④介紹軍訓生活的益處。

⑤反映教育文化界清苦的生活，以及他們反共抗俄的堅決意志，與少數腐化份子的奢侈豪華，做一強烈的對比。

主題決定以後，就開始擬人物表。

三、決定典型人物

有一次，某同學告訴我，在他們去澎湖勞軍的時候，有某一對男女學生，一見傾心；第二天晚上，就開始在月下談心，這種情形，在銀幕上我們已經看過不少了，也許這兩位是影迷，無形之中受了影響；也許因爲寶島氣候的關係，所以能促使青年人的感情特別容易昇華，我把這個簡單的故事，記在腦子裏，好作爲我寫「紅豆」的開端。

林子欽是一個現代最標準的模範青年：他熱愛國家；品學兼優；待人誠懇和藹；作事熱心負責；對於愛情，他有異於尋常人的看法，那就是：眞正的愛，不是佔有，而是一種自我的犧牲：「卽使玉梅嫁了別人，我還是那麼愛她」；至於李玉梅，這位理想中的女性，她不但功課好，性情溫柔；善彈琴，會寫文章；而且她一點也不驕傲。她雖是一個養女，可並不自卑，她有一顆善良向上的心；有忍苦耐勞的美德；和堅忍不屈的精神。她不像一般愛慕虛榮的女子，子欽越窮，她越愛他。實際上，這種少女的典型，到處可以發現；只是有些意志不堅強，容易受環境的包圍，不能堅持到底而已。

男女主角典型決定之後，就把雙方有關的人物，列出一個很詳細的表，包括他們的姓名、年齡、職業、學歷以及特殊的性格。給小說裏面的人物取名字，也是應該多費點腦筋的，好人要給他取個好名字，壞人要給他取個壞名字，例如子欽，是使人欽佩的人；玉梅，像玉一樣美麗，像梅花一樣高潔；祥熙、崇洋，一看就知道他們代表那一種思想；火旺、七妹、阿土、發財，一見就知道是帶有地方色彩的本省名字。

四、用什麼方法寫？

雖說現代的科學，已經進化到了原子能、核子能時代，一部份電影都改拍立體了；然而寫小說，還是脫離不了平敘、倒敘、突起、合攏四種方法的範疇。在腦子裏略一思索之後，我決定用平敘法寫，這有兩種好處：一來便利寫作；二來可以吸引讀者。他們一定願意知道這故事如何一步一步地發展下去，起初我想仿照「少年維特的煩惱」的形式寫，用日記、書信、自由的體裁；後來覺得以第三人稱寫比較可以自由發揮，內容較廣濶，字數多寡的伸縮力也比較大，於是就毫不猶疑地，以第三者的口吻，作平敘法的描寫。

五、怎樣開始？

無論寫什麼文章，開頭最難。這好比我們和一個陌生人見面，第一次印象，固然要看對方的態度是否誠懇，風度是否大方，而語言是否誇大、謙虛、狂妄，實在最為要緊。我首先決定這篇小說，不打算在辭藻上面多費功夫，實際上，在忙中抽出二、三十分鐘來寫小說，等於讓我的腦子在受刑，的確是一件很困難的事；我只想樸實無華地，把林子欽和李玉梅兩人純潔眞摯的愛，忠實地寫出來，不誇張、不雕琢；但是從什麼地方開始呢？從大陳或者金門寫起嗎？這些地方那時我還沒有去過，對於當地的環境，我一點也不知道。自從寫文章以來，我有一個牢不可破的信念，那就是絕不寫我不知道的東西。恰好有一天我看完「春殘夢斷」電影回來，在中華路江南春喝了一碗豆漿，於是就從這裏寫起；至於把主角寫成喜歡吃豆腐乾、牛肉乾、奶油花生，也是根據我調查得來的結果，大多數的女孩子，喜歡吃這些東西，爲什麼不寫他們吃巧克力糖呢？因爲太貴了，不但子欽的經濟力量負擔不起，就是玉梅也沒有這許多錢；何況巧克力究竟是外國糖，少爺小姐的奢侈食品。我既要把他們寫得恰如其身份，所以林子欽只能請玉梅喝豆漿，而不喝咖啡。

六、怎樣搜集補充材料？

前面說過，原來我只想把「紅豆」寫成三四萬字的中篇，沒想到發表之後，接到許多讀者，特別是女學生來信，她們問我：「子欽和玉梅後來結婚沒有？你打算把紅豆寫成喜劇還是悲劇呢？」於是我回信徵求她們的意見，有的要我寫成悲劇，有的要我寫成喜劇。我想這故事和人物，既然這樣引起她們的注意，我就不能草草地結束了。那時恰好虹橋書店的孫經理和我接洽出版一部長篇小說，我就以「紅豆」答應他，假定十四萬字；不幸正在這個時候，我的右手患風濕病，一天厲害一天，上課不能寫黑板，只得請同學代勞，日記也不能寫，我心裏又急又煩，只好暫時停止刊載。

篇幅由四萬一變而爲十四萬，自然材料也要增加三倍多才成。我便好幾次跑去植物園，就地寫下池塘附近的風景，想像子欽和玉梅在相思樹下談情拾紅豆的情景；也曾跑去男生宿舍的樓上，看看他們兩層床鋪，以及房間佈置的情形。有次在一位有錢人的公館裏，看到一個富麗堂皇的客廳；在公共汽車上，看見一個風騷浪漫的女人，故意把左腿擱在右膝蓋上，露出一點粉紅色的玻璃褲來。男人們都相視做出會心的微笑；而女人却氣得恨不能一拳打死她，諸如此類一點一滴的小材料，都搜集到我的小說裏來了。

爲了要證實玉梅會彈鋼琴，我自然要找一個機會給她表演。老實說，對於音樂，我完全是外行，幸虧我的芳鄰中有一位是鋼琴名手，也是敎我女兒莉莉鋼琴的周崇淑老師。我請她把我要寫的幾支曲子，每曲彈一遍或兩遍給我聽；彈完，我把得到的印象講給她聽，她認爲可以了，我才寫下來。

七、我所遭遇到的困難問題

問題發生了：當我寫到子欽在鳳山受軍訓病了時，我簡直不知如何下筆。「鳳山有大醫院沒有？能夠照X光、開刀、輸血嗎？」我自己問自己。正在寫這一段時，沒有人能供給我這方面的材料，眞把我急壞了！以我的推測，鳳山既有這麼多大專學生在受訓，應該有大醫院的，後來遇到從那裏受訓歸來的同學說，鳳山只是一個小鎮，有重病的，都要轉到高雄醫院去治；那麼我在小說裏面寫的照X光，恐怕與事實不符了；至於他們的生活情形，是有根據的，應該不會錯。

究竟子欽得的是肺病好還是胃病好呢？問題又來了。

爲了要發揚人類的同情心，爲了要讓主角受盡千辛萬苦而不改變初衷，實在有使子欽病倒的必要。起初我想寫成肺癆，他住在一位同學家裏養病，玉梅去侍候他，一點也不害怕傳染；後來覺得不妥，因爲子欽的身體很結實，不會突然得肺病，萬一有了初期肺病的象徵，需要比較長的時間療養，不像胃病一樣，一兩個月之後就可復原；同時胃出血的病狀，是我親自看見過的，我的大孩子和兩位同事都得過這種病，突然來勢洶洶，黑血傾吐，只要躺着一點不動，連開水也不給他喝，慢慢地打針吃藥治療，很快就可以恢復，假如能有人輸血，自然再好沒有了，於是我決定把他寫成得了胃潰瘍。

八、怎樣結束？

本來和虹橋訂的合同是四十二年十一月十五日交稿，而我拖到次年二月十八日了，還差六萬多字，沒有寫完。

「快到最高潮了，我非找個清靜地方去寫完不可！」

我和達明商量，決定到汐止靜修院去。下午，我去找呂太太陪我去；誰知她去基隆了，她的客廳裏，供着觀世音菩薩，我跪下來祈禱之後，就從小箱子裏取出稿紙來，在她家裏寫了兩千多字，她才回來。吃過晚飯，暮色沉沉，細雨濛濛，她留我住在她家，我堅決要去汐止；可憐她只得冒雨陪我前往。該院的住持達心法師，是呂太太的老朋友，她非常歡迎我們去住，當晚我寫了五千多字才睡。總計這天，一共寫了七千多字，是我來臺灣以後，寫得最多的一次。

次日，正當我埋頭寫作的時候，突然有三位女青年來訪，兩位是比丘尼，她們問我：「紅豆的結局怎樣？」

「我還沒有寫到，恕我現在不能告訴你們。」

達心法師生怕她們擾亂我的心境，忙叫她們出去；可是不久她們又來了。

她們念念不忘玉梅的結局，我也時刻想到她和子欽的將來，我不能把一對這麼善良的人寫成悲劇，徒然騙取一些純潔孩子的眼淚，我未免太殘忍了！我要寫成一個有希望的喜劇；但並不是大團圓，連我的孩子也知道：「讓他們打回大陸再結婚。」

感謝靜修院給我一個這麼幽靜的環境，使我拖了一年多的紅豆，終於在二月二十日的上午十一點半全部脫稿了。

四十三年四月二十一日

「在日本獄中」

說出來，有誰相信呢？我在東京住過兩年，在臺灣也過了六個春天；可是我從來沒有看過櫻花，不知道當櫻花怒放時，究竟是如何地美麗，如何地燦爛。自從民國二十五年到現在，我不但沒有勇氣去看櫻花，有時聽到朋友談起櫻花兩個字，內心裏也會像忽然注射了一針似的要刺痛一下；爲什麼櫻花如此使我傷心呢？這是有原因的：

民國二十五年四月十四夜，我像做了一場惡夢似的，被日本警察捕去，關在監獄裏，過了三個星期的囚犯生活；本來在好幾天以前，就和朋友約好了十五號的早晨去飛鳥山，和稻田登戶兩處地方看櫻花，誰知禍從天外降，不但無緣欣賞日本的國花，而且差一點我的生命也葬送在異域了！

有了這一段慘痛的遭遇，因此對於櫻花，我特別沒有好感；我並不是恨它，它是無罪的，我恨的是囚禁我的敵人！侮辱我的敵人！為了看櫻花的目的沒有達到，反而被關進了監牢，從此我認為櫻花是不祥之兆，所以我對它沒有好感，只有傷心的回憶。

今天我以沉痛的心情，來敍述「在日本獄中」寫作的經過：我好像又回到了東京，而且住在目黑區的「大鳥公寓」裏，我的心不安地跳動着，彷彿剛才郵差送信來的敲門聲，就是那晚警察來抓我的打門聲一樣。現在，讓我再回到三十一年的夏天，在華山三元洞寫這本書的情景吧。

在西安住了三年，我寫了將近八十萬字的文章，出版了五個小册子，「在日本獄中」，也是其中之一。當友人再三勸我把在日本所受的壓迫與侮辱，寫成一本書時，我的心裏發生了三個難題：

第一、平時寫文章，我總是先把要寫的材料，記在筆記本上，等到有機會寫時，再來整理；這次坐牢的經驗，不但環境不許可我當時寫下來，而且連我原有的日記、相片、書信……都被沒收了；當我從東京潛逃回國時，除了幾件換洗的衣服外，什麼也不能帶，自然更不能寫日記，假使完全要憑着腦子來記憶，實在太困難；何況我的腦袋受過刑，思想過度就要劇痛，能否把那時的生活全部寫出來，實在大成問題。

第二、許多人名不敢寫眞的，恐怕連累他們；其實這倒不難，隨便換上幾個假名字就可以，只有事實是不能假的；因為這不是一部小說，而是以報告文學的體裁來寫的，我必須處處顧到眞實，不能故意誇張，更不能把自己寫成一個英雄；旣然事實要眞實，人物當然更要眞實，卽使人名改了假的，聰明厲害的日本偵探，他一定知道那些人指的是誰。爲了躭心朋友受累，所以有些地方應該省略；但是不全部寫出來，又覺得美中不足，這是我猶豫再三還不能動筆的原因。

第三、華山是我國有名的五嶽之一，風景壯美，氣象森嚴。我自從來到三元洞，整天看白雲縹緲，聽好鳥嬌啼。我帶着孩子看松鼠、採野花，整個的心情，完全陶醉在大自然的美景裏，把寫文章的事，忘記得乾乾淨淨，我這才領悟：寫文章實在需要環境配合心情，在這麼幽美的風景裏，來描寫獄中的生活，實在太不調和；想了又想，索性改變計劃，只顧遊山，不寫文章了。

大約過了一個星期，接到達明來信，問我文章寫了多少？幾時可以下山？我猛然想起我來華山的目的，如果不把這本書寫完，不但對不住他，更對不起我自己的良心。試想，用生命換來的寶貴材料，怎麼可以讓它永遠埋沒在我的腦子裏呢？於是我下了決心：一定要寫完它才下山！否則，我要終老於華山。

無論做什麼事情，只怕不動手，一動手，總有一天會成功的。自從那晚下了決心以後，我便開始擬小題目，一共寫了二十三個，我預計一天至少可以寫三千字，一個月就能寫完；可是問題發生了：我那時主編黃河文藝月刊，雖然有個路丁小姐幫我審查初步稿子；但編稿、改稿、解答讀者的問題，還得我來負責；同時我只請了一個月的假，已經玩過了一星期，現在只剩下三個禮拜，連抄寫、修改都包括在內，實際上，只能允許我寫兩個星期；以十萬字來說，每天要寫六千多字才能完成，這時我心裏又着急、又難過，萬一不能在預定的日子裏完成，我究竟下不下山呢?

正在這時，路丁(湯錦文)小姐，和她的未婚夫來山上旅行結婚，還帶來了好幾個朋友，達明也來山上住了三天，她們約我同遊南峯，我婉辭拒絕，堅決地要一個人留在小房子裏寫文章。「眞洩氣!這麼美麗的風景，擺在眼前不去欣賞，却關在斗室裏寫獄中生活，獄神有知，還不知要如何地痛罵你呢!」

朋友說着挖苦我的話，我只好一笑置之。

也許誰都有這種經驗：寫文章，起頭最難!只要筆尖一開動，就像黃河長江的流水，滔滔而來，我第一天的成績很可觀，居然寫了「前奏曲」和「櫻花開的時候」兩段。我把每天日夜什麼時候寫作，什麼時候休息、散步、吃飯的程序，列了一張表貼在牆壁上;那時湘兒還只有兩歲多，帶他的郭媽，也和我同住在一間房子，白天我要她把孩子帶去找馬道姑玩，只要一兩小時不見我，孩子便哭着要媽媽，眞是麻煩極了。

我對於寫作的態度，是非常認眞的：只要一動筆寫文章，我全副的精神，都要集中在情節上，我沒有心思來做別的事，甚至聽到孩子的笑聲，我也並不高興。我希望他們離開我遠遠的，不要讓我看到他們的影子，聽到他們的聲音;我要使全部的情感，沉浸在回憶裏，使那一幕幕血淋淋地，驚心動魄的場面，像電影似的在我眼前演放;因此我在那兩個星期裏，決不和孩子玩，我只等他們一出去，馬上把門關上，同時用藍布把窗戶遮住，只露出四分之一的窗口，使光線黯淡得像獄中一般。在這樣的佈景和氣氛之下，我寫得很快，精神貫注，一氣寫成三四千字是常有的事；到了晚上，更是我寫作的理想時間，孩子和郭媽，很早便睡了；在豆大的菜油燈下，許多小青蟲來撲向燈光，起初牠們飛得很快很高，慢慢地牠們受了創傷，翅膀被火燒得支支作響；但牠們並不灰心，仍然在再接再厲地掙扎着，奮勇地向前猛撲；最後，牠們的小生命都被犧牲了，後來者又踏着牠們的屍體前進……。

我癡癡地望着這些小小的無名英雄，得到很大的啓示。回想我在獄中受難時，也像這些小蟲子一樣，以必死的決心，在忍受一切敵人加於我的種種打擊。我把生死置之度外，我只有一個信念：那就是只要我不被他們折磨死，總有復仇雪恥的一天來到；萬一死了，爲了祖國而犧牲，也是值得的、光榮的，所謂「求仁而得仁」，有什麼可怨呢？

本着這種精神，在日本獄中，很快地度過了三個星期的日子；現在我又帶着悲憤的心情來寫「在日本獄中」，好像神差鬼使似的，在那幾星期裏面，我的精神特別好，每天的飯量雖然減少了，睡眠也不足；幸好我寫作的成績，一天比一天多；最初兩三天，每天只寫一二節，後來寫三節，最後居然可以寫上四節了。我完全變成了另一個人，說得過火一點，簡直像瘋子。腦子裏不論白天晚上，時時刻刻都在回憶獄中的生活；例如看守，犯人，和我同室住的良子，吉子，以及法官，翻譯，大島公寓的管理人……他們一齊來到我的腦海裏；我有時痛恨，有時傷心，有時我從門縫裏望望隔壁，看見一些來遊山的客人，在那兒有說有笑的，我就討厭他們！我恨他們的談話影響了我的寫作，於是我在這邊故意用拳頭把桌子捶得𠳐𠳐響，大聲地學着日本警察的口氣罵着：「馬鹿野郎！」

由於我罵別人，而聯想到日本警察罵我，『打我，以及我當時的心境。當我寫「鐵窗外的陽光」的時候，我故意把窗戶統統遮住，只剩下幾條縫，讓陽光透射一點點進來。我還記得，那天孩子出去玩，一會兒就回來了，他推門進來，看見房子裏黑洞洞地，就嚇得大哭起來，郭媽粗聲厲氣地責備我：

「不知道你在幹什麼？一天到晚不管孩子，只顧寫呀寫的，唉！」

「我寫我的，你管不着！出去吧，不要來打擾我！老太婆，眞討厭！」

我把她當做警察，『我討厭她，恨她！眞的，在這個時候，不論什麼人，他如果妨礙我的工作，我就把他當做敵人一般看待。

然而，人，究竟不是機器，可以一天到晚不休息。在埋頭寫了十天以後，精神漸漸不能支持了，頭暈、眼睛模糊、腰酸、背痛、腿子發麻，一切的毛病都出來了，只好放下筆來休息。

「我竟瘦成這個樣子了嗎？」對着鏡子一照，我不覺自言自語。

不知是否因爲思想過度，還是「懶惰」這個無形的魔鬼在作怪，我居然想半途而廢了；幸虧這時候華北新聞的趙社長來信，催促我快點把稿子交他付印，他說消息登出後，已有許多讀者來預約了；加之這時，又恰好來了一位朋友，他願意擔任替我抄寫的工作，因此，又重新燃起了我寫作的熱情，我不再感到疲勞了，我又恢復了夜以繼日的工作。

「你這些材料，眞是太寶貴了，簡直是用生命換來的！」

梁佐華先生一面抄，一面停下筆來搖頭嘆息。

「眞的，到了虎口，我已經沒有生還的希望，誰知後來我終於得到了自由，這條生命等於是檢來的。」

我這樣回答他，同時咬緊牙根，在內心裏發誓：我一定要把這些用生命換來的材料寫出來，告訴全中國的同胞，倘若一個國家，受到別國的凌辱，個人的生命，根本不能存在，這就是「皮之不存，毛將焉附」的道理。假使過去袁世凱沒有和日本訂立過賣國條約，東北不失守，我們的國土是完整的，我們個人的生命，自然也是安全的；如今國家遭受到莫大的侮辱與侵略，我只好含着淚，默默地忍受着一切痛苦。

在目黑警察署，我是在忍受敵人給與我肉體上，和精神上的壓迫；寫「在日本獄中」，我是在發洩我的悲憤，和滿腔的愛國熱情；我很難過，也很痛快。腦子裏又坐了一次監獄，當我寫完最後一個字時，我興奮得一夜沒有睡，我慶幸我用生命和血淚換來的材料，到底把它完成了！

說來慚愧！這部將近十萬字的作品，我只寫了兩星期，從頭到尾只修改過一次，就草草付印了，後來一連發行過四版；現在遠東圖書公司把這本書又在臺再版了，只是錯字很多。不久以前接李瑞爽君自東京來信，他說「在日本獄中」已由日本的名作家魚返善雄譯成了日文，而且出版已久，我聽了非常驚訝！這是暴露日本帝國主義者虐待我們中國愛國青年的作品，也能允許它出版嗎？事實上，它是眞的出版了，這證明眞理戰勝了強權，民主推翻了專制，我坐監牢的罪沒有白受，我終於得到了精神上的安慰，我們的國家，也得到了最後的勝利；至於個人的損失，又算得什麼呢？

焚稿記

一個多月以來，天氣老是那麼陰沉沉地，有時淅瀝淅瀝下着不大不小的雨點；有時飄着牛毛似的細雨；有時看樣子彷彿要出太陽，猛不防，一陣大雨傾盆而下，在這種情形之下，誰都在討厭雨天，咀咒雨天。

近來，我的心情也隨着這若斷若續的雨聲，而變得有時急躁，有時沉悶，有時消極；也許因爲欠的文債太多，提起筆來，老是不知應該先寫那一篇好。偏偏有許多巧合的事，每次當我猶疑不決的時候，恰好朋友來訪了；於是有了藉口，連忙放下筆，微笑着去歡迎客人。我好像一個讀私塾的學生，正在背書的時候，遇着老師的朋友來了，突然叫我停止背書，那眞是一種無法形容的快樂。

文章旣然寫不出，書看多了，眼睛又澀又痛；忽然我想到要看看自己過去的作品。

我相信一定很多人都有這種感覺，自己的作品，一方面很愛惜它，所謂敝帚自珍；一方面又不滿意，不好意思再讀它。許多人都說「文章是自己的好，」我從來沒有這種觀念，更不敢存這種心理。我每次收到一本朋友贈給我的作品時，都要仔細閱讀，我總覺得別人的文章都是好的；而我老是這麼粗枝大葉敍述，很少有細膩生動的描寫；尤其我不敢看早年寫的文章，那些一天寫萬餘字，連一遍也不修改，就交給書局去排印的書，更使我不敢翻看它。我曾經不知接過多少讀者來信，希望我把所有的作品借給他們看看；他們還再三聲明，要看「從軍日記」，我總是回他們一封委婉的信，說出不能借給他們看的原因——實在寫得太幼稚了，眞不好意思拿出來。

今天我打開抽屜，先看「湖南的風」，這本在北新書局出版的小册子，它的形式、編排，和「生日」一模一樣；但我討厭它，爲的是裏面多半是些身邊瑣事，而且寫得很潦草，有幾篇是抒發自己情感的文章，特別使我覺得傷心！我奇怪，在年輕的時候，怎麼感情特別容易衝動，不注意別人的性格、思想，只要人家表面上對我好，我就把他當作好人；等到自己上了當，大覺大悟時，心靈上的創傷，已無法醫治了。

——燒了它，希望我一輩子不再看見這本書！

第二本，拿起「前路」來看，這是我第一個短篇小說集子，照理我應該保留它做紀念。先看題目，我還清清楚楚地記得每篇的內容，隨便翻開一唸，有些標語口號似的對話，一看就不順眼。那時還是北伐以後，不但我如此，許多寫文章的人，也是開口革命、改造，閉口國家、民族。還有一兩篇被別人看做思想有問題的文章；其實，我的思想從北伐到現在，始終是一貫的，正確的。

有幾篇小說，是在上海動盪不安的環境裏寫的，爲了這本書，也曾經給我帶來不少麻煩：左翼作家批評它是小資產階級玩藝兒；右翼作家說它有左傾嫌疑；也有人說我那封「給S妹的信」寫得很好，「清算」裏面的文字，一字一淚。

——這本書帶給我的煩惱和痛苦太多，也燒了它吧。

第三本是「梅子姑娘」，已經有四篇我選在「霧」裏了，其餘幾篇，我看了看，覺得很平凡。

——我要把舊的燒掉，才能產生新的作品。

僅僅憑着這個信念，我把一些報紙雜誌上發表過的文章，隨便翻一翻，發現有許多是只能換幾文稿費，而沒有保留價值的文章，於是統統拿來丟在字紙簍，連同前面說的那三本書，在細雨霏霏中，我站在後面園子裏，劃燃一根火柴，丟下去，火熄滅了；於是我又劃第二根，蹲下去，我小心地用紙點着，奇怪！火又熄了！

——難道有什麼魔鬼在和我搗亂，他不讓我燒？

我心裏想着。

這回我氣極了，一連取出三根火柴來，果然一劃就點着了。我看見火焰由小而大，由慢而快，因為有微微的風在助燃，我把散篇的隨同字紙一塊兒燒；然後把整本的書撕開來丟下去；我看見自己用心血寫成的書，變成一堆堆白灰，上面還有字跡的印痕，我高興極了，絲毫也不痛惜，我像瘋子似的站在那裏自言自語：

「眞痛快！燒得眞痛快！舊的不燒掉，怎麼會有新的產生？」

在熊熊的火焰裏，最容易想起果戈里來，他的文藝光輝，是被火光照亮的；他能夠把一部剛完成的偉大作品，在好友的面前，投入火爐裏焚燬，爲什麼我不能呢？

「梅子姑娘」是在戰時的西安出版的，和「戰士的手」這本書一樣，紙質很壞，所以最容易燒；「湖南的風」和「前路」是戰前在上海出版的，紙質優良，印得也很淸楚；只是文字遠不如「梅子姑娘」的洗鍊。燒起來時，火焰很高，煙很濃密，正在這時，小雨點慢慢地降下來，它好似我的眼淚，這眼淚，代表我過去坎坷的命運，代表我無限的悲傷；我忽然難過起來，想到這些作品，都是我的心血結晶，我的財產，爲什麼不給子女留下做個紀念呢？可是立刻另外一種心理又戰勝我了：

——這些幼稚的不成熟的東西，留給他們有什麼益處呢？我應該利用餘生，好好地寫幾部能使自己滿意的作品出來，才對得起九泉下的雙親，對得起自己和厚望我的許多朋友。

於是從燒得發亮的火光裏，我似乎看到了自己的笑容，也看到了自己美麗的前程。

——舊的，不滿意的文字，讓它統統燬滅吧；新的，健康的作品，希望在千錘百鍊之中產生……。

四十六年元月十七日於潛齋

六十九年（一九八〇）六月六日改寫於金山

創作與靈感

靈感(Inspiration)被譯作「煙士披里純」，是感情突然湧現的意思。我們經常聽到這兩個字，每逢上作文課時，往往聽到同學們說：「沒有靈感，寫不出文章來。」

究竟靈感是什麼?它從何而來?往何處去?我們要怎樣去創造它，抓住它，使它完全受我們的支配，受我們的驅使；換一句話說，我們要爭取主動，做到隨時隨地有靈感存在我們的腦海中，而絕不受它的限制，受它的影響才好。

當我們旅行到一處風景優美的地方，大家會異口同聲地說：「這地方眞美!」於是會作詩的人，便開始動腦筋了，會歌詠的人，就會引吭高唱；喜歡寫文章的人，不用說，他自然會利用這風景寫散文，寫小說。凡是詩人、作家、藝術家，他們的感覺，往往特別靈敏，當他看到一片落葉，被秋風吹得在空中飛旋，就會覺得身世飄零，猶如美人看到花開花謝，有紅顏易老之感一般；由此我們可以知道，靈感的來源，約可分爲下列三種：

1. 發自內心的創作衝動。

2. 受外界的刺激，因而引起的寫作衝動。

3. 由生活經驗中，培養出來的寫作技巧。

有人以爲寫文章，一定要等待靈感來潮的時候，才能動筆；否則，拚命擠出來的文章，是要不得的。自然，這話也有幾分道理；但他不知道，靈感是可以隨時創造的，而毋須坐着等待；例如那些在報館擔任寫社論的編輯、主筆，他們所要談論的問題，是今天所發生的事；有時社論和新聞同時刊載，讓讀者對於某個問題，有更深一層的認識；又如從事採訪新聞的記者，他們參加一個什麼會，需要寫一篇特寫，往往白天忙了一整天，晚上還要開夜車來完成這篇文章；還有副刊編者，也經常有這種經驗，臨到要發稿了，還差三四百字，可巧手邊又沒有短稿，於是只好自己隨便化一個筆名，寫一篇補白的方塊文章。

像上面所說的三種人，他們絕對不能等待靈感，他們彷彿有齊天大聖的本領，什麼時候交稿，到時自自然然地能寫出文章來；而且內容、字數，都有一定的限制；甚至一個字也不能馬虎，例如社論。

究竟我們寫文章，需不需要靈感呢？當然要的！不過在這裏，我所說的靈感，並不是一時的寫作衝動；而是一種日夜在作者腦子裏醞釀着的寫作泉源。由於各人的生活經驗不同，接受的智識遺產不同，所以各人的靈感也不一樣。有的寫了數十年，靈感愈來愈豐富；有的好像曇花一現，剛到中年，便江郎才盡了。

一個情感熱烈的人，他的靈感也特別豐富。我們有志於寫作的人，首先應該充實自己的生活，我們隨時隨地可以創造靈感，運用靈感，能夠做到使靈感完全服從手腦的命令，招之即來，揮之即去，不論什麼時候，在什麼場合，拿起筆來，就能一寫千言，倚馬可待；如果能夠做到這個地步，當你在寫文章的時候，遇到有人來打斷了你的文思，你絲毫不受他的影響，等到這人走了，你馬上又能繼續寫下去，那麼，你的修養功夫可說到家了。

最後，我還要重複地說一句：我們不但要創造靈感，利用靈感；而且還要支配靈感，只要你肯不斷地思索，不斷地充實你的生活，那麼靈感的泉源，永遠不會枯竭的。

文藝參考書目

中國文學之部

	書名	英文原名	作者	譯者	備註
一	世說新語		劉義慶		
二	聊齋誌異		蒲留仙		

三　武林舊事　周密
四　陶庵夢憶　張岱
五　西湖夢尋　張岱
六　袁中郎集　袁宏道
七　虞初新誌　張山來
八　虞初續誌　鄭醒愚
九　庸庵筆記　薛福成
一〇　西廂記　王實甫
一一　桃花扇　孔尚任
一二　牡丹亭　湯顯祖
一三　三國志演義　羅貫中
一四　水滸傳　施耐庵
一五　紅樓夢　曹霑
一六　儒林外史　吳敬梓
一七　老殘遊記　劉鶚
一八　西遊記　吳承恩
一九　鏡花緣　李汝珍

二〇	兒女英雄傳	文康
二一	閒情偶寄	李漁
二二	東京夢華錄	孟元老
二三	老學庵筆記	陸游
二四	入蜀記	陸游
二五	歸田記	歐陽修
二六	涑水紀聞	司馬光
二七	夷堅志	洪邁
二八	東齋紀事	范鎮
二九	觚賸	鈕琇
三〇	諧鐸	沈起鳳
三一	廿年目睹之怪現狀	吳研人
三二	官場現形記	李伯元
三三	上下古今談	吳敬恒
三四	醒世姻緣	蒲留仙
三五	曼殊六記	蘇曼殊
三六	晚明文選集	朱劍心選編

三七　筆記文選集　呂湘編

三八　今古奇觀　抱甕老人

三九　徐霞客遊記　徐宏祖

四〇　浮生六記　沈復

四一　閱微草堂筆記　紀曉嵐

四二　飲冰室全集　梁啓超

四三　新文學大系　胡適等

法國文學之部

四四　西特　柯乃衣

四五　僞善者　莫里哀

四六　上門醫生　莫里哀

四七　曼儂

四八　紅與黑

四九　特里斯當與依賽蒂

五〇　從妹貝德　巴爾札克著　穆木天譯

五一　人間喜劇　巴爾札克

六九	企鵝島	法朗士	
七〇	西哈諾	羅斯丹	
七一	約翰・克利斯托夫	羅曼羅蘭	
七二	光明	巴比塞	
七三	青鳥	梅特林克	
七四	嫫娜娃娜	梅特林克	

英國文學之部

七五	哈姆雷特	莎士比亞	
七六	李爾王	莎士比亞	
七七	羅密歐與朱麗葉	莎士比亞	
七八	仲夏夜之夢	莎士比亞	
七九	失樂園	密爾頓	
八〇	魯濱遜飄流記	狄福	
八一	傲慢與偏見	奧斯汀	
八二	簡愛	勃朗特	
八三	咆哮山莊	勃朗特	梁實秋譯

八四　塊肉餘生錄（又名大衛・高柏菲爾）　狄更斯
八五　還　鄉　哈　代
八六　金　銀　島　斯蒂文生
八七　人類的啓程　Samuel Butler
八八　有　產　者　高斯華綏
八九　浮　世　圖　W. S. Maugham
九〇　雙　城　記　狄更斯
九一　曼　佛　萊　特　拜　倫
九二　亞　都　納　斯　雪　萊
九三　沙　樂　美　王爾德
九四　少奶奶的扇子　王爾德
九五　華倫夫人之職業　蕭伯納
九六　人　與　超　人　蕭伯納
九七　莎　氏　樂　府　莎士比亞
九八　哈　姆　雷　特　莎士比亞
九九　吉爾菲先生的情史　梁實秋譯
一〇〇　織　工　馬　南　傳　梁實秋譯

德國文學之部

一一六　沉鐘　霍普特曼

希臘文學之部

一一七　伊利亞特　荷馬

一一八　奧特賽　荷馬

一一九　波斯人　安斯基列斯

一二〇　海倫娜　幽里披底斯

一二一　伊勒克特拉　沙孚克累斯

一二二　雲　亞里斯多芬

西班牙文學之部

一二三　唐吉訶德　西萬提斯

一二四　渡海的蝴蝶　倍那文德

挪威文學之部

一二五　傀儡家庭（又名娜拉）　易卜生

一二六　羣鬼　易卜生

一二七 魏都麗姑娘 哈姆生

意大利文學之部

一二八 神曲 但丁

一二九 羅馬的詩歌 鄧南遮

一三〇 十日談 薄伽邱

日本文學之部

一三一 我是貓 夏目漱石

一三二 哥兒 夏目漱石

一三三 母 鶴見佑輔

一三四 藤十郎之戀 菊池寬

一三五 羅生門 芥川龍之介

一三六 友情 武者小路實篤

一三七 細雪 谷崎潤一郎

一三八 某女人 有島武郎

一三九 越過了死線 賀川豐彥

一四〇 破船 久米正雄
一四一 心的遠景 與謝野晶子

波蘭文學之部

一四二 往何處去 顯克微支 波蘭的傳奇長篇小說
一四三 喜劇女伶 萊芒(曾於一九二四年得諾貝爾獎)

美國文學之部

一四四 紅A字 霍桑
一四五 草葉集 惠特曼
一四六 湯姆歷險記 馬克吐溫
一四七 白鯨記 Herman melville
一四八 老人與海 海明威(曾於一九五八年得諾貝爾獎)
一四九 愛默生論文集 何欣譯
一五〇 佛蘭克林自傳 楊景邁譯
一五一 拊掌錄 林琴南譯
一五二 黑奴籲天錄 林琴南譯

一五三 野性的呼聲 賈克倫敦

一五四 小婦人 奧爾珂德

印度文學之部

一五五 麻哈布拉塔 印度古代敍事詩之一有(Romesh Dutt)之英譯

一五六 刺馬耶那 印度古代敍事詩之二

一五七 漂鳥集 泰戈爾著 糜文開譯

一五八 新月集 泰戈爾著 糜文開譯

一五九 園丁集 泰戈爾著 糜文開譯

一六〇 採果集 泰戈爾著 糜文開譯

後記

看完了最後一校，腦子裏昏昏沉沉，內心裏空空洞洞，我很難過，又感到萬分慚愧，因為這本小書的內容太貧乏了。

許多讀者來信，要我給他們介紹文藝書籍，最好開一張書單。記得在八年前，爲了給師大國文系選修新文藝習作的同學做參考，曾經商請本系七位同事，開列了一百四十多部作品，目錄曾在馬來亞的學生週報上刊載過，今年又請梁實秋先生重看了一遍，承他又增加了三十多本。我很想把書目放在這本小册子的後面，又怕不妥當，於是特地寫了封信徵求胡適之先生的高見。在胡夫人剛剛回國，正忙得不可開交的時候，我本來不應該去打擾他；而他今天居然把書目看過一遍寄還我了，我依着他的指示，删去了二十本；這時我心裏還在猶豫，又特地跑去徵求梁先生的高見，他也說：「可以排在後面。」

好了，書目決定排了；不過，在這裏，我有幾點必須要特別聲明的：

一、中外名著浩如煙海，絕不是這一百多本所能包括的；但我們也無法把全世界的名著統統讀完，只好選擇那些流傳最久，最廣的先看，以後隨讀者自已補充。

二、外國名著，以有中文譯本者為限，有些只寫出譯者的名字；還有，書沒有按照時代編排，這是要請讀者特別原諒的。

三、在這張書目裏，幾乎大部份是古典文學，中國部份，只選到清朝為止，近代的只選了一部新文學大系和飲冰室全集；五四時代到如今的中國文學作品，及世界各國的近代文學作品，都沒有介紹，非常遺憾。據我所知，現在正有某文藝團體在進行這項工作，也許不久的將來，就可以得到補償的。

一想到這本書能夠與讀者見面，首先要感謝幾位好朋友在經濟上的幫忙；特別使我感動的，是雪林姊辛辛苦苦地教了三十多年大學，好容易拿到兩千元獎金，她一元不用，還加上一月薪水為我寄來，給我買紙；我收到滙票，眼淚立刻滾下來，這種眞摯熱烈的友情，怎不使我感激呢？

最後，為了印刷所趕印教科書，以致躭誤了本書的出版時間，特此向預約的讀者諸君致歉。

謝冰瑩　寫於師大二二一教室

民國五十年十月二十一日下午

滄海叢刊已刊行書目（四）

書名	作者	類別
累廬聲氣集	姜超嶽	中國文學
苕華詞與人間詞話述評	王宗樂	中國文學
杜甫作品繫年	李辰冬	中國文學
元曲六大家	應裕康 王忠林	中國文學
林下生涯	姜超嶽	中國文學
詩經研讀指導	裴普賢	中國文學
莊子及其文學	黃錦鋐	中國文學
歐陽修詩本義研究	裴普賢	中國文學
清眞詞研究	王支洪	中國文學
宋儒風範	董金裕	中國文學
紅樓夢的文學價值	羅盤	中國文學
中國文學鑑賞舉隅	黃慶萱 許家鸞	中國文學
浮士德研究	李辰冬譯	西洋文學
蘇忍尼辛選集	劉安雲譯	西洋文學
印度文學歷代名著選(上)	糜文開	西洋文學
文學欣賞的靈魂	劉述先	西洋文學
現代藝術哲學	孫旗	藝術
音樂人生	黃友棣	音樂
音樂與我	趙琴	音樂
爐邊閒話	李抱忱	音樂
琴臺碎語	黃友棣	音樂
音樂隨筆	趙琴	音樂
樂林蓽露	黃友棣	音樂
樂谷鳴泉	黃友棣	音樂
水彩技巧與創作	劉其偉	美術
繪畫隨筆	陳景容	美術
素描的技法	陳景容	美術
都市計劃概論	王紀鯤	建築
建築設計方法	陳政雄	建築
建築基本畫	陳榮美 楊麗黛	建築
中國的建築藝術	張紹載	建築
現代工藝概論	張長傑	雕刻
藤竹工	張長傑	雕刻
戲劇藝術之發展及其原理	趙如琳	戲劇
戲劇編寫法	方寸	戲劇

滄海叢刊已刊行書目（三）

書名	作者	類別
知識之劍	陳鼎環	文學
野草詞	韋瀚章	文學
現代散文欣賞	鄭明娳	文學
藍天白雲集	梁容若	文學
寫作是藝術	張秀亞	文學
孟武自選文集	薩孟武	文學
歷史圈外	朱桂	文學
小說創作論	羅盤	文學
往日旋律	幼柏	文學
現實的探索	陳銘磻編	文學
金排附	鍾延豪	文學
放鷹	吳錦發	文學
黃巢殺人八百萬	宋澤萊	文學
燈下燈	蕭蕭	文學
陽關千唱	陳煌	文學
種籽	向陽	文學
泥土的香味	彭瑞金	文學
無緣廟	陳艷秋	文學
鄉事	林清玄	文學
余忠雄的春天	鍾鐵民	文學
卡薩爾斯之琴	葉石濤	文學
青囊夜燈	許振江	文學
我永遠年輕	唐文標	文學
思想起	陌上塵	文學
心酸記	李喬	文學
離訣	林蒼鬱	文學
孤獨園	林蒼鬱	文學
托塔少年	林文欽編	文學
北美情逅	卜貴美	文學
女兵自傳	謝冰瑩	文學
抗戰日記	謝冰瑩	文學
孤寂的廻響	洛夫	文學
韓非子析論	謝雲飛	中國文學
陶淵明評論	李辰冬	中國文學
文學新論	李辰冬	中國文學
分析文學	陳啓佑	中國文學
離騷九歌九章淺釋	繆天華	中國文學

滄海叢刊已刊行書目（二）

書名	作者	類別
國家論	薩孟武譯	社會
紅樓夢與中國舊家庭	薩孟武	社會
社會學與中國研究	蔡文輝	社會
財經文存	王作榮	經濟
財經時論	楊道淮	經濟
中國管理哲學	曾仕強	管理
中國歷代政治得失	錢穆	政治
周禮的政治思想	周世輔 周文湘 著	政治
先秦政治思想史	梁啓超原著 賈馥茗標點	政治
憲法論集	林紀東	法律
憲法論叢	鄭彥棻	法律
師友風義	鄭彥棻	歷史
黃帝	錢穆	歷史
歷史與人物	吳相湘	歷史
歷史與文化論叢	錢穆	歷史
中國人的故事	夏雨人	歷史
精忠岳飛傳	李安	傳記
弘一大師傳	陳慧劍	傳記
中國歷史精神	錢穆	史學
國史新論	錢穆	史學
與西方史家論中國史學	杜維運	史學
中國文字學	潘重規	語言
中國聲韻學	潘重規 陳紹棠	語言
文學與音律	謝雲飛	語言
還鄉夢的幻滅	賴景瑚	文學
葫蘆・再見	鄭明娳	文學
大地之歌	大地詩社	文學
青春	葉蟬貞	文學
比較文學的墾拓在臺灣	古添洪 陳慧樺	文學
從比較神話到文學	古添洪 陳慧樺	文學
牧場的情思	張媛媛	文學
萍踪憶語	賴景瑚	文學
讀書與生活	琦君	文學
中西文學關係研究	王潤華	文學
文開隨筆	糜文開	文學

滄海叢刊已刊行書目（一）

書名	作者	類別
中國學術思想史論叢(一)(二)(三)(四)(五)(六)(七)(八)	錢穆	國學
兩漢經學今古文平議	錢穆	國學
先秦諸子論叢	唐端正	國學
湖上閒思錄	錢穆	哲學
中西兩百位哲學家	黎建球 鄔昆如	哲學
比較哲學與文化(一)	吳森	哲學
比較哲學與文化(二)	吳森	哲學
文化哲學講錄(一)	鄔昆如	哲學
哲學淺論	張康	哲學
哲學十大問題	鄔昆如	哲學
哲學智慧的尋求	何秀煌	哲學
老子的哲學	王邦雄	中國哲學
孔學漫談	余家菊	中國哲學
中庸誠的哲學	吳怡	中國哲學
哲學演講錄	吳怡	中國哲學
墨家的哲學方法	鐘友聯	中國哲學
韓非子哲學	王邦雄	中國哲學
墨家哲學	蔡仁厚	中國哲學
中國哲學的生命和方法	吳怡	中國哲學
希臘哲學趣談	鄔昆如	西洋哲學
中世哲學趣談	鄔昆如	西洋哲學
近代哲學趣談	鄔昆如	西洋哲學
現代哲學趣談	鄔昆如	西洋哲學
佛學研究	周中一	佛學
佛學論著	周中一	佛學
禪話	周中一	佛學
天人之際	李杏邨	佛學
公案禪語	吳怡	佛學
不疑不懼	王洪鈞	教育
文化與教育	錢穆	教育
教育叢談	上官業佑	教育
印度文化十八篇	糜文開	社會
清代科舉	劉兆璸	社會
世界局勢與中國文化	錢穆	社會